Cathy Cassidy

# Die Chocolate Box Girls

## Sommertörtchen

Band 3

Cathy Cassidy

# Die Chocolate Box Girls

# Sommertörtchen

Band 3

Aus dem Englischen
von Bettina Spangler

cbt

Kinder- und Jugendbuchverlag
in der Verlagsgruppe Random House



MIX
Papier aus verantwortungsvollen Quellen
FSC
www.fsc.org
FSC® C014496

Verlagsgruppe Random House FSC® N001967
Das für dieses Buch verwendete FSC®-zertifizierte
Papier *Super Snowbright* liefert
Hellefoss AS, Hokksund, Norwegen.

1. Auflage 2015

Die Originalausgabe erschien 2012 unter dem Titel
»The Chocolate Box Girls – Summer's Dream« bei
Penguin Books Ltd, London.

Übersetzung: Bettina Spangler
Umschlaggestaltung: © init | Kommunikationsdesign, Bad Oeynhausen
Umschlagmotiv: © Anne-Lise Dugat/Nathan
jb · Herstellung: kw
Satz: KompetenzCenter, Mönchengladbach
Druck: GGP Media GmbH, Pößneck
ISBN 978-3-570-16382-5
Printed in Germany

www.cbt-buecher.de

# 1

**Habt ihr euch schon mal was so sehr gewünscht, dass es** wehgetan hat? Schätze, so geht es jedem von uns mal, aber ich bin nicht heiß auf ein neues Kleid oder ein Kätzchen oder einen rosaroten Laptop – schön wär's. Nein, mein großer Traum ist ein bisschen mehr als das, und er ist unerreichbar, was mich echt quält.

Dabei ist es noch nicht mal ein besonders ausgefallener Wunsch – unzählige kleine Mädchen haben vermutlich den gleichen Traum. Jeder, der schon mal Tanzunterricht genommen hat oder mit Feenflügeln verkleidet durchs Wohnzimmer getänzelt ist, hegt wohl insgeheim die Hoffnung, eines Tages oben auf einer Bühne stehen zu dürfen, während das Publikum einem rote Rosen zu Füßen wirft. Doch ich konnte diesen Traum nie wirklich vergessen; er wurde nicht abgelöst durch eine Leidenschaft für Ponys, Popstars oder Jungs. Auch wenn ich neuerdings einen Freund habe, bin ich von dem Traum nicht im Geringsten abgekommen.

Ich will Tänzerin werden, Ballerina genauer gesagt, und

ich will die Rolle der Giselle oder der Coppélia oder der Julia tanzen, will mich als Schwanenprinzessin verkleiden im weißen Federtutu, will das Publikum zum Staunen und zum Jubeln bringen. Ich will tanzen, und wisst ihr was? Damals, als ich neun oder zehn war, kam mir diese Vorstellung gar nicht so abwegig vor.

Ich stoße die Tür zum Exmoor-Tanzstudio auf und trete ein, die Balletttasche schwingend. Es ist noch früh, mein Unterricht beginnt erst in einer Stunde, aber das kleine Studio oben, das für die älteren Schüler gedacht ist, ist um diese Uhrzeit leer, und Miss Elise versichert mir ständig, ich könne es benutzen, wann immer ich wolle.

Und das tue ich, in letzter Zeit sogar recht häufig.

Im Eingangsbereich tummelt sich eine ganze Schar kleiner Mädchen in rosa Turnsachen, sie lachen, reden, kaufen sich Saft und Kekse als kleine Belohnung nach der Schule, bevor der Tanzunterricht beginnt, oder sie stehen mit ihren Müttern in der Schlange, um sich für die Sommerferienkurse einzutragen. Irgendwann mal war ich genau wie sie.

Ich war gut. Ich bestand jede Prüfung mit Auszeichnung, tanzte bei jeder Inszenierung an der Tanzschule die Hauptrolle und war daran gewöhnt, dass Miss Elise der Klasse zurief: »Nein, nein, Mädchen, passt doch auf – seht euch Summer an! Warum könnt ihr nicht alle tanzen wie sie?«

Meine Zwillingsschwester Skye verdrehte ständig die

Augen und streckte mir die Zunge raus, und sobald Miss Elise uns den Rücken zukehrte, brach die ganze Klasse kichernd zusammen.

Versteht mich jetzt bloß nicht falsch – ich hab das Tanzen schon immer sehr ernst genommen, ganz anders als Skye. Ich habe es geliebt. Ich hab mich immer für jeden Kurs angemeldet, den man in der Tanzschule anbot: Stepptanz, Modern Dance, Jazz, Street ... Aber Ballett war meine erste große Liebe und wird es auch immer bleiben. Zu Hause verschlang ich Ballettbücher über Mädchen, die sich sämtlichen Schwierigkeiten stellten, nur um ihren großen Traum zu verwirklichen. Mein leuchtendes Vorbild war Angelina Ballerina, und ich sah mir Billy Elliot dermaßen oft an, dass die DVD irgendwann total ausgeleiert war. Wenn ich nicht gerade Bücher übers Tanzen las oder mir DVDs dazu ansah oder davon träumte, dann übte ich, weil mir nämlich bereits damals klar war, dass es nicht genügte, wenn man gut war; ich musste die Beste sein.

Dad nannte mich immer seine kleine Ballerina, und das gefiel mir sehr. Wenn man viele Schwestern hat – clevere, talentierte Schwestern –, dann muss man sich schon etwas mehr anstrengen als die anderen, um aufzufallen. Schätze mal, ich bin wohl eine kleine Perfektionistin.

Miss Elise erzählte sogar irgendwann meiner Mom, sie denke, ich sei gut genug für ein Vortanzen an der Royal Ballet School, dass sie mich dorthin schicken würde, sobald ich elf sei. Ich war dermaßen aufgeregt, dass ich das Gefühl hatte, zu zerplatzen. Ich malte mir eine glänzende Zukunft aus, eine Zukunft voller Spitzenschuhe und Gymnastikanzüge und schmerzender Muskeln, eine Zukunft, die darin enden würde, dass ich im Federtutu auf der Bühne des Royal Opera House stand.

Mein Traum schien mir so nah, dass ich das Gefühl hatte, ich bräuchte nur die Hand ausstrecken und nach ihm greifen.

Und dann ging plötzlich alles in die Brüche. Dad ließ uns sitzen und zog nach London, und es war fast so, als würde unsere Familie komplett auseinanderbrechen. Monatelang wirkte meine Mom total hoffnungslos und am Boden zerstört, und es gab ständig Streitereien wegen Besuchen von Dad, Streitereien wegen der Unterhaltszahlungen, Streitereien wegen allem. Meine große Schwester Honey war total wütend und gab Mom an allem, was geschehen war, die Schuld.

»Ich wette, Dad denkt, sie liebt ihn nicht mehr«, erklärte Honey uns. »Sie streiten sich viel in letzter Zeit. Aber Dad kann doch auch nichts dafür, wenn er ständig unterwegs ist, er ist Geschäftsmann! Mom nörgelt viel zu viel an ihm rum – sie hat ihn vergrault!«

Was das betraf, war ich mir allerdings nicht so sicher. Mir kam es eher so vor, als hätte Dad schon eine ganze Weile immer weniger Zeit mit uns und dafür mehr und mehr in

London verbracht. Im Grunde nörgelte Mom nicht, sondern wies lediglich darauf hin, dass es schön wäre, wenn er an Cocos Geburtstag oder an Ostern oder wenigstens am Vatertag bei uns sein könnte, und das führte dann zu einem Riesenkrach, bei dem Dad herumbrüllte und Türen zuschlug und Mom in Tränen aufgelöst war.

Als ich Dad fragte, warum er uns verlassen wollte, meinte er, er würde uns ja immer noch lieben, sehr sogar, aber die Dinge liefen jetzt schon eine Zeitlang nicht mehr ganz so rund. Damals konnte mich das als Grund nicht wirklich überzeugen. Wenn es nicht so rund läuft, dann muss man eben daran arbeiten, bis alles wieder gut ist, oder? Doch Dad hatte da offenbar andere Ansichten.

Ein paar Tage nach der Trennung verkündete Skye, meine Zwillingsschwester, sie wolle nicht länger zum Ballettunterricht gehen, sie habe da nur mitgemacht, weil ich es unbedingt wollte. Das zog mir irgendwie den Boden unter den Füßen weg. Ich war immer der Auffassung gewesen, Skye und ich wüssten alles, was es über den jeweils anderen eben zu wissen gibt … doch wie sich rausstellte, hatte ich mich da getäuscht. Skye hatte allerhand im Kopf, von dem ich keinen Schimmer hatte.

»Summer, ich hab keine Lust, länger in deinem Schatten zu stehen«, hatte sie gesagt, und es hätte nicht schlimmer wehgetan, wenn sie mir eine Ohrfeige verpasst hätte. Es war fast so, als würde sie sich von mir lossagen und mich genau in dem Moment auf mich allein gestellt lassen, da ich sie am dringendsten brauchte.

Das Chaos hätte nicht größer sein können, wenn man mein Leben genommen, geschüttelt und die einzelnen Bruchstücke dann wütend zu Boden geschleudert hätte. Also … tja nun, diese ganze Ballettgeschichte … das würde jetzt wohl nie was werden, nachdem Dad weg war, so viel war mir klar.

Ich schlug mich ganz passabel beim regionalen Vortanzen, doch als der Termin für London gekommen war, herrschte in meinem Kopf das reinste Chaos, ein Durcheinander aus Sorgen und Ängsten. Konnte ich Mom ernsthaft alleine lassen, schon so bald nach der Trennung? Konnte ich meine Schwestern verlassen? Ich war hin- und hergerissen.

Dad hatte sich einverstanden erklärt, mich zu dem Vortanzen zu fahren, weil er jetzt ja selbst in London lebte, doch er holte mich zu spät ab, und als wir es dann endlich dorthin geschafft hatten, war mir kotzübel vor lauter Aufregung. Ich tanzte total schlecht, und als mich die Jury fragte, warum ich der Ansicht sei, man sollte mir einen Platz an der Royal Ballet School geben, da fiel mir nicht ein einziger Grund ein.

»Mach dir nichts draus«, empörte Dad sich während der Heimfahrt. »Ist doch kein Drama. Ballett ist ja eh bloß ein Hobby für dich, oder?«

Das gab mir dann den Rest. Denn Ballett bedeutete mir sehr viel – es bedeutete mir alles. An diesem Tag hörte ich auf, Dads »kleine Ballerina« zu sein. Ich hatte seinen Respekt verspielt – jetzt war ich nur noch eine Tochter von vielen, diejenige, deren liebstes Hobby Tanzen war.

Ich brauche wohl nicht zu erwähnen, dass ich keinen Platz an der Royal Ballet School bekam.

»Mach dir keine Vorwürfe«, sagte Mom zu mir. »Du stehst in letzter Zeit ziemlich unter Druck, und ich hätte deinem Dad niemals vertrauen dürfen, dass er dich rechtzeitig dort abliefert. Es kommt schon wieder die Gelegenheit.«

Ich lächelte, doch war uns beiden klar, dass ich eine einmalige Chance vertan hatte.

*Du hättest es so oder so nicht geschafft,* flüsterte eine traurige, verbitterte Stimme in meinem Kopf. *Du hast dir doch selbst was vorgemacht.*

Ich verdrängte die Stimme, auch wenn ich sie nie ganz vergessen konnte. Tatsächlich ist diese Stimme seither immer da und mischt sich regelmäßig mit gemeinen und abschätzigen Worten in meine Gedanken ein.

Das alles ist jetzt über zwei Jahre her. Inzwischen bin ich dreizehn und liebe es immer noch, zu tanzen. Ich brilliere immer noch bei den Prüfungen und ich bekomme auch tolle Rollen bei den Aufführungen. Zu Hause läuft es wieder besser. Dad lebt jetzt in Australien, aber es ist ja nicht so, als hätten wir ihn noch wahnsinnig oft zu Gesicht bekommen, selbst vor dem Umzug war er nur selten da. Mom hat einen neuen Freund, Paddy, der ist nett und witzig, und man muss ihn einfach gern haben. In wenigen Tagen wollen die beiden heiraten. Paddy hat selbst eine Tochter, Cherry, also hab ich jetzt auch noch eine Stiefschwester, die ich ebenfalls ins Herz geschlossen habe.

Meine große Schwester Honey ist immer noch ab und an ein Albtraum, besonders seit Paddy und Cherry bei uns eingezogen sind, aber ich hab ja noch Skye und Coco und meinen Freund und einen Haufen guter Freundinnen, auf die ich mich verlassen kann. In der Schule bin ich recht gut. Ich sollte glücklich sein, das ist mir klar … aber ich bin es nicht. Denn auch wenn ich mir die Chance auf eine professionelle Tanzkarriere verbaut habe, hege ich immer noch diesen Traum.

In der verlassenen Umkleide neben dem Studio der Seniors schäle ich mich aus der Schuluniform und lege sie säuberlich zusammen, ehe ich mich in Strumpfhose und Gymnastikanzug zwänge. Es ist fast so, als würde man die wirkliche Welt Schicht für Schicht ablegen. In meinen Tanzklamotten fühle ich mich leicht, rein und frei.

Ich löse meine geflochtenen Zöpfe, bürste die Ärgernisse des Tages fort und flechte mir das Haar dann ganz neu zu zwei festen Strängen, die ich mir um den Kopf herum feststecke. Das habe ich schon so oft getan, dass ich noch nicht mal mehr einen Spiegel dazu benötige. Ich nehme auf der Holzbank Platz und krame meine Spitzenschuhe aus der Tasche. Dann lasse ich die Füße in die rosa Satinschuhe gleiten und binde die Bänder ganz fest. Die Enden stecke ich so weg, dass man sie nicht sieht, ganz wie es Miss Elise mir beigebracht hat. Ich stehe auf, durchquere die Umkleide und betrete das leere Studio mit den glänzenden Spiegeln. Gleich neben der Tür tauche ich die Spitzen meiner Schuhe in das klebrig weiße Kolophoniumpulver in einer kleinen Kiste, damit ich auf dem Parkett nicht ausrutsche. Ich beuge mich runter und schalte den CD-Player an, und sofort entfaltet sich die Musik um mich herum und sickert mir unter die Haut.

Wenn ich tanze, sind alle meine Sorgen und Ängste vergessen. Dann spielt es keine Rolle mehr, dass Dad uns verlassen hat und dass meine Familie immer noch damit beschäftigt ist, die Scherben aufzusammeln. Es spielt noch nicht einmal eine Rolle, dass ich es nie auf die Royal Ballet School geschafft habe.

Ich hole tief Luft und laufe vorwärts, gehe dabei auf die Spitzen, nehme die Arme hoch, alles eine einzige fließende Bewegung, wirble herum, verliere mich selbst in der Musik. Wenn ich tanze, löst die Welt um mich herum sich in nichts auf, und dann ist endlich alles wieder gut.

# 2

***»Summer!«, ruft mich meine Zwillingsschwester aus*** unserem Zimmer. »Kannst du mir mit meinen Haaren helfen?«

Ich werfe einen Blick in den Badezimmerspiegel und streiche stirnrunzelnd mein weißes Spitzenkleid glatt. Es sieht aus wie ein Vintage-Petticoatkleid, jede von uns fünf Schwestern trägt ein ganz ähnliches, nur dass der Satingürtel jeweils eine andere Farbe hat. Skye liebt dieses Vintagezeug, aber ich hätte mir das Kleid nie im Leben ausgesucht. Irgendwie sieht es an mir nicht richtig aus, viel zu bauschig, viel zu aufgeplustert, ich sehe viel dicker aus, als ich in Wirklichkeit bin. In letzter Zeit finde ich sowieso alle meine Klamotten an mir schrecklich … oder ist es meine Figur, die mir plötzlich nicht mehr gefällt?

»Summer?«, ruft Skye erneut.

»Schon gut, ich komme!«

Skye hat für ihr Haar einen Kranz aus hellrosa Eibischblüten geflochten mit einem babyblauen Band hinten dran, und jetzt benötigt sie meine Hilfe, um ihn festzustecken. Ich trage mein Haar ganz einfach offen und gelockt, nur mit einer rosa Seidenblüte auf einer Seite. Die Blume habe ich vergangenes Jahr von meinem Freund Aaron zu Weihnachten bekommen. Das war natürlich, bevor er mein Freund wurde, klar. Ich fand das hübsch verpackte Geschenk damals in meinem Schließfach in der Schule, da war nur noch eine Karte mit den Worten »Von einem heimlichen Verehrer« – vermutlich das Süßeste, was Aaron je getan hat. Er ist eigentlich nicht besonders romantisch veranlagt, und er hat die Blume nie erwähnt, aber trotzdem, ich mag sie sehr.

»Wir sehen doch ganz passabel aus, oder?«, fragt Skye. »Für Brautjungfern!«

»Du siehst perfekt aus«, pflichte ich ihr bei. »Aber … findest du nicht, dass mich das Kleid ein bisschen zu … na ja, kurvig aussehen lässt?«

»Zu kurvig?«, wiederholt Skye. »Auf gar keinen Fall, Summer! Du bist total schlank, und das weißt du auch! Außerdem, ist doch normal, dass wir Kurven kriegen. Das gehört zum Erwachsenwerden dazu.«

»Bin mir nicht sicher, ob mir das so gefällt«, sage ich seufzend. »Wenn ich neuerdings in den Spiegel schaue, dann hab ich jedes Mal das Gefühl, das bin nicht ich.«

»Tja, bist du aber«, sagt Skye. »Und ich bin nicht anders – immerhin sind wir eineiige Zwillinge, schon vergessen? Ich weiß aber genau, was du meinst. Es dauert ein bisschen, bis man sich daran gewöhnt hat!«

Sie streckt ihrem Spiegelbild die Zunge raus, und gemeinsam fangen wir an zu lachen.

»Ich kann es gar nicht erwarten, endlich Moms Kleid zu sehen!«, sage ich. »Sie hat so ein großes Geheimnis daraus gemacht. Gestern Nacht hat sie Paddy sogar im Zigeunerwohnwagen schlafen lassen!«

»Es bringt Unglück, wenn der Bräutigam das Brautkleid vor dem großen Tag zu sehen bekommt«, erklärt Skye. »Und davon hatten Mom und Paddy echt mehr als genug!«

Skye hat recht. Paddys erste Ehefrau starb, als ihre Tochter Cherry noch ein kleines Baby war, und Mom hatte es auch nicht eben leicht, nachdem Dad sie verlassen hatte. Wir alle hoffen, dass mit dieser Hochzeit bessere Zeiten anbrechen.

Die Tür schwingt auf und Coco kommt rein. Sie zerrt Humbug, ihr Lämmchen, an einer Leine hinter sich her. »Soll ich einen Blumenkranz für Humbugs Halsband flechten?«, will sie wissen. »Damit sie hübsch aussieht bei der Hochzeit? Oder würde sie den bloß auffressen, was meint ihr?«

»Sie frisst ihn auf«, sagen Skye und ich gleichzeitig.

»Eindeutig«, schiebe ich noch hinterher, wobei ich aus dem Fenster linse. »Dieses Lämmchen ist ein blökender Abfalleimer auf vier Beinen. Oh … seht mal! Da kommt JJ mit dem Pferd … dem Apfelschimmel!«

JJs Dad gehört der Bauernhof gleich nebenan, und Mom und Paddy borgen sich von ihm eins der Pferde, um den Zigeunerwohnwagen zu ziehen.

»Er ist früh dran!«, quiekt Coco. »Ich geh nach unten!« Sie poltert die Treppe runter, Humbug ihr dicht auf den Fersen.

Ich presse mein Gesicht gegen die Scheibe und schaue runter in den Garten. Ein paar Jungs, die ich noch nie zuvor gesehen habe, hängen Lichterketten und Wimpelgirlanden in die Bäume. Dann fährt ein Auto vor und Paddy geht über den Rasen darauf zu. Sein Haar steht ihm wirr vom Kopf ab, und er trägt ein neues Paar Chucks und hat seinen Hochzeitsanzug über dem Arm hängen.

»Der Trauzeuge ist da, um Paddy abzuholen«, sage ich. »Das war's dann also ... jetzt dauert es nicht mehr lang!«

Seit dem frühen Morgen herrscht auf Tanglewood das totale Chaos. Im Haus wimmelt es von Moms Freundinnen und Verwandten, statt der üblichen Übernachtungsgäste, und als Skye und ich vorhin nach unten gegangen sind, trafen wir dort auf eine Horde von Frauen, die sich am Küchentisch im Pyjama Speck und Eier einverleibten. Sie alle sind Freundinnen von Mom aus ihrer Zeit an der Kunstakademie. Im Wohnzimmer stießen wir noch auf zwei Großtanten aus Yorkshire, die gruselige Hüte anprobierten, und eine Schar Kinder mit schokoladenverschmierten Gesichtern, die Sprösslinge von entfernten Cousins und

Cousinen. Und mittendrin backt Grandma Kate mit aller Seelenruhe Käsescones; ihr Mann Jules (der nicht wirklich mein Großvater ist, aber jetzt irgendwie schon) schmierte derweil Butter auf Brote.

»Vielleicht sollten wir nach unten gehen und bei den Vorbereitungen fürs Essen helfen«, sagt Skye jetzt, als würde sie meine Gedanken lesen.

Auf halbem Weg die Treppe runter lauert uns allerdings Honey auf, die ihr weißes Kleid so abgeändert hat, dass es mehr oder weniger ein Minikleid ist. Das kinnlange blonde Haar ist zerzaust, als wäre sie eben erst aus dem Bett gekrochen. Über einen Arm voller Schnittblumen aus dem Garten hinweg blinzelt sie mich aus ihren blauen Augen mit dicker kohlschwarzer Wimperntusche an, cool wie ein Model.

»Grandma Kate hat mir die Verantwortung für die Blumen übertragen«, sagt sie. »Ich weiß ja, dass das Budget für diese Hochzeit eher mau ist, aber deshalb bei der Deko sparen? Ich hab mich mal im Garten umgesehen. Könnt ihr zwei mir helfen, Sträuße zu binden?«

Honey lässt die Blumen ins Badezimmerwaschbecken fallen, ehe sie sich wieder auf den Weg nach draußen macht, um noch mehr zu holen. Skye und ich machen uns also daran, Sträuße zusammenzustellen, und Cherry hilft uns dabei. Sie schneidet leuchtend rote Nelken für Knopflöcher zurecht und umwickelt die Stängel mit Bindedraht und Silberfolie. Cherry hat ihrem Pettycoatkleid ihren eigenen, recht coolen Stempel aufgedrückt, indem sie es mit Accessoires wie einem japanischen Sonnenschirm und Stäbchen im Haar kombiniert hat. Ihre Mutter stammte aus Japan, daher passt das perfekt zu ihr.

»Dad ist mit Onkel Shaun nach Kitnor gefahren und macht sich dort fertig«, sagt sie. »Er war ja so was von nervös …«

»Das sollte er auch«, meint Honey, die gerade mit einer letzten Ladung Blumen ankommt. »Wenn er Mom je wehtut, dann erwürge ich ihn eigenhändig. Nimm's mir nicht übel, okay?«

»Okay«, presst Cherry zwischen zusammengebissenen Zähnen hervor.

Das mit der Hochzeit war für Honey ein ziemlich harter Schlag. Sie mag Paddy nicht, und Cherry kann sie auch nicht ausstehen, zumal unsere neue Stiefschwester inzwischen mit Honeys Ex zusammen ist. Es war eine echte Herausforderung für die beiden, am heutigen Tag Blutvergießen, Herumgezicke und größere Streitereien zu vermeiden. Daher schätze ich, wir alle sollten froh sein, dass sie sich auf bissige Bemerkungen statt Türenschlagen und lautem Gebrüll beschränken.

Auf der anderen Seite des Flurs erscheinen Moms Freundinnen von der Kunstschule mit Haarspray und Lockenschere und verschwinden damit bei ihr im Zimmer. Ich erwische gerade noch die Tür, ehe sie zufällt, und wir werfen einen neugierigen Blick hinein, um zu sehen, wie Mom geschminkt wird. Sie sieht so hübsch aus, dass mir der Atem stockt.

»Ach, Mädchen!«, sagt sie, und ihr Gesicht fängt an zu strahlen, als sie uns entdeckt. »Ihr seht fabelhaft aus!«

»Nicht so fabelhaft wie du, Mom!«, versichere ich ihr.

Dann scheuchen uns ihre Freundinnen fort und knallen uns entschlossen die Tür vor der Nase zu. Meine Schwestern kommen offenbar recht gut damit klar, dass das Haus voller Fremder ist, aber ich kann nicht anders, ich fühle mich ein bisschen ausgeschlossen, und das Chaos stresst mich auch ein wenig. Ich mag es, wenn alles seinen geregelten Gang geht, wenn alles seine Ordnung hat, unter Kontrolle ist … und das trifft so gut wie nie zu, nicht in diesem Haus. Und erst recht nicht heute.

»Ich mach mich vom Acker«, sagt Honey. »Ich will Moms Blumenstrauß endlich fertigkriegen.«

Skye, Cherry und ich gehen nach unten, um die Küche aufzuräumen und um Grandma Kate und Jules fortzuscheuchen, damit sie sich endlich zurechtmachen. Draußen sind jetzt Biertische, Klappstühle und Picknickdecken über den Rasen verteilt, und irgendwelche Verwandten huschen durch die Küche mit Tischdecken, Tellern und Besteck.

»Ich wünschte, hier würde nicht so ein Durcheinander herrschen«, sage ich stirnrunzelnd, während ich die Spülmaschine einräume. Cherry verteilt währenddessen Ansteckblumen und Sträuße. »Wir müssen doch in fünf Minuten los …«

»Ja, machen wir auch«, meint Skye lachend. »Entspann dich!«

Auf dem Rasen versammeln sich jetzt die ersten Gäste, die eben noch schokoladeverschmierten Kinder, denen man den Mund zu einem engelsgleichen Lächeln zurechtgewischt hat, und die Tanten aus Yorkshire, die aussehen wie grell bunte, gerade erst neu gepolsterte Sofas und die gruselige Hüte auf ihren frisch eingedrehten grauen Kringellöckchen balancieren. JJ fährt mit dem Zigeunerwohnwagen direkt vor dem Haus vor und springt runter, um den Apfelschimmel festzuhalten. Jemand hat dem Pferd eine Schnur mit kleinen Glöckchen um das Zaumzeug gewickelt – ich wette, das war Coco.

Grandma Kate und Jules tauchen endlich mit einem stolzen Lächeln im Gesicht auf, dann nimmt Grandma die Zügel in die Hand und klettert hoch auf die Stufen zum Wagen. Unser richtiger Großvater starb noch vor Skyes und meiner Geburt, daher ist Grandma Kate diejenige, die Mom zum Altar führt. Sie hat kein Problem damit, den Zigeunerwagen zu lenken, weil sie das vor langer Zeit, als sie selbst noch hier auf Tanglewood lebte, ständig getan hat.

»Da kommen sie!«, ruft jemand, dann strömen Moms Freundinnen aus dem Haus, eine Horde Frauen mit roten

Haaren und roten Lippen, und endlich erscheint auch Mom in der Tür.

Ihr Haar ist zu einem losen, unordentlichen Knoten hochgesteckt, während vereinzelt Korkenzieherlocken ihr Gesicht umspielen. Winzige blaue Blüten sind in die goldblonden Locken geflochten. Sie trägt ein wunderschönes Etuikleid im Vintagestil aus weichem weißem Samt; ihre gebräunten Beine sind nackt, und an den Füßen trägt sie Flipflops mit Glitzersteinen, die sie in Minehead in einem Billigschuhladen für zwei Pfund neunundneunzig erstanden hat. Sie trägt ein Gesteck aus sternförmigen weißen Jasminblüten und Rosen mit einem hübschen Band drumherum, und ihr Gesicht strahlt vor Glück und Hoffnung.

Mein Herz schwillt vor Stolz an. Ich freue mich so für Mom, das tue ich wirklich, aber ich bin auch traurig, weil wir nicht mehr die Familie sind, die wir mal waren. Alles verändert sich, und ich bin mir nicht sicher, ob ich Veränderungen so gern mag.

Jules hilft Mom hoch auf den Wagensitz, und Grandma Kate lässt die Zügel schnalzen, sodass der Apfelschimmel sich klingelnd in Bewegung setzt und sich aufmacht in Richtung Kirche.

# 3

**Wir alle gehen bis runter ins Dorf hinter dem Zigeuner-**wohnwagen her, erst die Brautjungfern, und dann der ganze Rest. Ist schon irgendwie komisch, dass wir jetzt hier auf der Hochzeit unserer eigenen Mutter sind, aber es wird viel gelacht und gequatscht, als würden wir uns gerade aufmachen zu einer Art Familienpicknick. Als wir am Gasthaus am Ortseingang vorbeikommen, reihen sich auch noch Paddys Musikerfreunde aus Schottland mit ein und spielen auf Gitarre, Geige und Flöte, sodass wir mit großem Trara in der Kirche einmarschieren.

Die Tanten und Cousinen und Freundinnen betreten nacheinander die Kirche, begleitet vom Klang fröhlicher schottischer Geigenmelodien, während der Rest von uns sich auf der Kirchentreppe versammelt. Mom streicht ihr weißes Samtkleid glatt und steckt sich eine entwischte Strähne hinters Ohr.

Die Kirche ist voll, und Paddy und sein Bruder warten bereits zusammen mit dem Pfarrer vorne am Altar. Dann stimmt die Kirchenorgel die »Hier kommt die Braut«-Melodie an, und Grandma Kate nimmt Mom am Arm, und dann kommen sie rein und schreiten langsam den Gang hinunter, gefolgt von uns allen.

Sämtliche Blicke sind auf uns gerichtet, und auch wenn ich schon das ein oder andere Mal im Scheinwerferlicht stand, strapaziert das hier meine Nerven weit mehr. Auf der Bühne fühle ich mich in meinem Element, ich verstecke mich hinter meiner Rolle, verliere mich im Tanz. Hier aber bin ich einfach nur ich selbst und habe nichts, wohinter ich mich verbergen könnte. Ich fühle mich unwohl in dem Petticoatkleid, das ich mir selbst nie ausgesucht hätte. Zwei rote Flecken brennen mir auf den Wangen, doch ich hake mich bei Skye unter, und schon gehen wir im Gleichschritt weiter.

Wir quetschen uns in die ersten vier Reihen, wobei Coco sich abmüht, das Lämmchen Humbug an der kurzen Leine zu halten. Dann beginnt auch schon die Zeremonie. Es verläuft alles ohne Zwischenfälle, und als wir an dem Punkt angelangt sind, wo der Pfarrer seine Frage stellt, ob irgendjemand einen Grund wüsste, weshalb Mom und Paddy nicht rechtmäßig vermählt werden sollten, da sehe ich mich ängstlich um, nur für den Fall, dass Dad plötzlich in die Kirche marschiert kommt und Einspruch erhebt. Doch natürlich tut er das nicht, weil er a) in Australien ist und es ihm b) egal ist, ob Mom wieder heiratet oder nicht. Es passiert nichts weiter, außer dass Honey leise flüstert: »Weil Paddy ein Idiot ist.« Zum Glück hört sie keiner außer mir.

Als ich noch jünger war, da dachte ich immer, Dad würde seine Meinung ändern und sich nicht scheiden lassen, dass er einsehen würde, dass er nicht ohne uns leben kann, und dann mit einem riesigen Strauß Blumen antanzen und sich entschuldigen würde, damit alles wieder so ist wie früher. Klar hat er das nie getan, und mir wurde allmählich klar, dass so ein Happy End nicht immer auf die Weise endet, wie man sich das vorstellt.

Der Pfarrer verkündet nun, dass Paddy und Mom Mann und Frau sind, und dann küssen sie sich, und Coco meint: »Igitt!«, und alle lachen. Ich schlucke den Knoten hinunter, der sich in meiner Kehle gebildet hat, ein Gewirr an Gefühlen, teils Trauer um das, was hätte sein können, teils Freude für Mom, und ich hoffe, dass mir keiner meine widersprüchlichen Empfindungen von den Augen ablesen kann. Mein Dad gewinnt sicherlich keinen Preis als »bester Vater des Universums«, das ist sicher. Aber ich kann nicht anders, insgeheim wünsche ich mir bisweilen, ich könnte die Uhr zurückdrehen. Ich würde mir mehr Mühe geben, damit er mich liebt, würde ihn stolz machen, denn dann wäre er vielleicht geblieben.

Oder auch nicht.

Inmitten eines Schneesturms aus Konfetti strömen wir wieder raus aus der Kirche, und die nächste halbe Stunde ist in meiner Erinnerung ein verschwommenes Bild von lächelnden Gesichtern. Wir machten Fotos ... wie wir auf der Treppe stehen, unter den Bäumen, wie wir vor dem Zigeunerwohnwagen posieren, während JJ das Pferd festhält und Honey schmachtende Blicke zuwirft.

Schließlich klettern Mom und Paddy hoch auf den Wagensitz. Paddy zerrt an den Zügeln, und schon verfällt der Apfelschimmel in einen gemächlichen Trott, während Mom ihren Strauß in die Menge schleudert. Man sagt, dass diejenige, die den Brautstrauß fängt, als Nächstes heiraten wird, und eine der Tanten aus Yorkshire stürzt sich sofort darauf und hält ihn entschlossen umklammert. Sie ist bereits über siebzig und war nie verheiratet, deshalb sorgt das Ganze für große Erheiterung, zumal sie jetzt wie ein Mädchen kichert und gesteht, dass sie ein Auge auf den Pfarrer geworfen hat.

Zurück in Tanglewood, kommt die Party so langsam ins Rollen. Der Garten ist voller Leute, die Mom und Paddy nacheinander um den Hals fallen und Geschenke überreichen, um sich dann am Büfett zu bedienen. Allmählich treffen auch jene Gäste ein, die nicht mit in der Kirche waren, Freunde und Nachbarn aus dem Dorf, Tia und Millie von der Schule, Mrs Lee, die in der Post arbeitet, und selbst Mr und Mrs Anderson aus dem Reformladen mit ihren Hippieklamotten und den süßen kleinen Töchtern und ihrem absolut ätzenden Sohn Alfie, der es sich zur

Lebensaufgabe gemacht zu haben scheint, mir auf die Nerven zu gehen.

»Coole Hochzeit«, meint Alfie. »Dein Kleid gefällt mir, Summer …«

Ich verdrehe die Augen. »Dein Kleid gefällt mir« bedeutet bei Alfie Anderson vermutlich »Du siehst aus, als hättest du dir einen Spitzenvorhang übergeworfen«. Dieser Junge verarscht mich doch schon von dem Tag an, an dem wir uns das erste Mal begegnet sind, damals in unserem ersten Jahr an der Schule, als er in der Mittagspause auf mich zukam und fragte, ob ich seine Freundin sein wolle, ehe er mir eine Himbeere ins Ohr blies und mich so dazu brachte, meinen Milchreis mit Fruchtkompott fallen zu lassen.

Das hab ich ihm nie so recht verziehen.

»Verschwinde, Alfie«, sage ich deshalb.

Und dann kommt meine Rettung, weil mir nämlich jemand die Augen zuhält und mir ins Haar flüstert: »Rate mal, wer da ist?«

Manchmal denke ich schon, dass ich das glücklichste Mädchen der Welt sein muss, weil Aaron Jones nämlich der süßeste Typ an der ganzen Exmoor-Park-Mittelschule ist und jedes Mädchen in meinem Jahrgang schon ewig in ihn verknallt ist. Und er hat mich gewählt.

»Aaron«, sage ich grinsend. »Wer sonst?«

Er nimmt meine Hände und wirbelt mich lachend herum. »Und, wie ist es gelaufen?«, fragt er. »Alles cool, möchte ich wetten. Hübsches Kleid ... sehr eng ... das bringt deine Figur gut zur Geltung!«

Ich laufe knallrot an und will schon die Arme vor der Brust verschränken, doch Aaron lacht nur. »Das ist doch gut, Summer! Eine echt tolle Party – hast du schon was gegessen?«

»Ich hatte keinen Hunger ... mein Magen ist ganz flau ...«

Er reicht mir einen Teller und nimmt sich selbst einen, den er auch gleich mit Würstchen im Schlafrock und Quiche und einem Berg Kartoffelsalat belädt. »Jaja, die Nerven«, meint er wissend. »Ist ein großer Tag für dich und deine Familie, Summer. Mir geht es manchmal vor einem Fußballturnier so. Und hinterher könnte ich schaufeln wie ein Scheunendrescher. Die Pizza sieht echt lecker aus ...«

Ich strecke die Hand aus, um mir ein Stück zu nehmen, dann aber fällt mir Aarons Bemerkung zu meiner Figur wieder ein, daher genehmige ich mir stattdessen nur eine Gabel Salatblätter.

Die Musik verstummt, und der Trauzeuge greift zum Mikro. Er erzählt, dass Mom und Paddy ja schon auf der Kunstakademie befreundet waren und sich dann viele Jahre später wiederfanden und ineinander verliebten. Er meint, Mom müsse verrückt sein, dass sie es mit Paddy aushält. »Entweder das, oder sie hat sich in sein Talent fürs Pralinenmachen verliebt«, sagt er jetzt und verrät den versammelten Gästen, wie Paddy Mom selbst gemachte Pralinen geschickt hat, um sie rumzukriegen.

»Am besten aber war die Praline, die Paddy vergangenen August für mich gemacht hat, direkt nachdem er mit Cherry hier eingezogen war«, ruft Mom dazwischen. »Es war an dem Tag, als wir von der Bank den Kredit für unser Pralinengeschäft zugesichert bekamen. Paddy hat meine Lieblingspralinen gemacht, mit Kaffeegeschmack, aber es gab noch eine geheime Zutat, eine, von der ich nichts ahnte ...«

Sie hält ihre linke Hand hoch und der Verlobungsring mit dem Diamanten funkelt in der Sonne. Daneben ist jetzt ein schlichter goldener Ring zu sehen. Alle fangen an zu jubeln und zu pfeifen. Ich erinnere mich gut an diesen Tag – dass er den Ring in der Praline versteckt hat, war damals für mich das Romantischste, das ich je erlebt hatte.

Aaron schiebt mir den Arm um die Taille, und ich lächle und winde mich aus der Umarmung, weil ich mich in dem Kleid immer noch unwohl fühle. Außerdem mag ich dieses ewige Gegrapsche nicht so gern. Erst recht nicht, wenn andere Leute zusehen.

Mom und Paddy schneiden jetzt die riesige, schokoladige Hochzeitstorte an, und Jules und die Tanten aus Yorkshire bewegen sich durch die Menge, füllen Champagnergläser nach und verteilen Limonade an die Kinder. Grandma Kate erhebt ihr Glas und bringt einen Toast aus, dann fangen

Paddys Musikerfreunde an zu spielen, und Paddy ergreift Moms Hand und führt sie raus auf den Rasen. Sie fangen an zu tanzen, ganz langsam, wobei sie sich tief in die Augen sehen und so zärtlich lächeln, dass ich schwören könnte, dass es selbst das härteste Herz weich werden lässt.

Jedenfalls schmelze ich dahin, und ich verdränge sämtliche Gedanken an Dad, der nicht mehr bei uns ist, weil sie ja doch nur in Tränen enden würden. Heute ist Moms und Paddys Tag, ein Tag der Neuanfänge und ein Tag zum Feiern.

Honeys Herz aber muss härter sein als meines, denn ich sehe, wie sie sich jetzt zwischen den Kirschbäumen mit JJ davonstiehlt und zu all dem angewidert das Gesicht verzieht.

# 4

**Die Feierlichkeiten gehen bis weit nach Mitternacht,** wir tanzen unter den Sternen und den Lichterketten, die an den Bäumen hängen. Ich tanze mit Skye und Cherry und Coco. Ich tanze mit Tia und Millie und den kleinen Cousinen, die total überdreht sind und ständig kichern, wegen den vielen Cupcakes und der vielen Limonade. Ich tanze Walzer mit den Tanten aus Yorkshire und Boogie mit Moms Freundinnen von der Kunstakademie und dann noch einen Jig mit Paddys Musikerkumpeln. Zu guter Letzt tanze ich noch einen langsamen Tanz mit Aaron, der mich ganz fest an sich drückt, fester, als mir das eigentlich lieb ist, und dann versichert er mir, dass ich das hübscheste Mädchen bin, mit dem er je zusammen war.

Das lässt mein Herz schneller schlagen, auch wenn ich nicht recht sagen kann, ob vor Glück oder aus schierer Panik. Aaron hatte in der Vergangenheit schon einige Freundinnen, und es geht sogar das Gerücht, ein Mädchen von der Highschool namens Marisa McKenna sei in ihn verknallt. Marisa trägt derart kurze Röcke, dass es manchmal so aussieht, als hätte sie völlig vergessen, einen anzuziehen. Doch als ich Aaron mal nach ihr fragte, lachte er nur und meinte, ich sei das einzige Mädchen, das er will.

»Liebt du und Aaron euch?«, will meine Zwillingsschwester später wissen, als wir uns in unsere Betten kuscheln, während draußen im Garten noch Musik und Gelächter zu hören sind. »Wie ist das so, Summer? Mal ganz ehrlich?«

Ich runzle im Dunkeln die Stirn. Ich mag Aaron sehr – klar, wer würde das nicht tun? Ich bin mir bloß nicht sicher, ob ich ihn auch liebe. So richtig liebe, wie Mom und Paddy sich lieben.

»Ich weiß es nicht«, gestehe ich Skye. »Ist noch zu früh, um was zu sagen.«

»Ihr seid jetzt schon vier Monate zusammen«, entgegnet Skye. »Du musst es doch wenigstens ungefähr wissen. Lässt er dein Herz schneller schlagen? Bringt er dein Innerstes zum Schmelzen? Liegst du nachts wach und wirfst dich von einer Seite auf die andere, weil du ständig an ihn denken musst?«

»Bei dir klingt das ja so, als wäre es eine Krankheit«, sage ich. »Es ist kompliziert … Aaron war schon mit vielen Mädchen zusammen. Ich mach mir Sorgen, er könnte mich sitzen lassen, sich eine suchen, die er noch besser findet …«

Eine, die besser mit der Knutscherei und dem Gefummele klarkommt, eine, die nicht zurückschreckt, wenn er sie an sich zieht. In Wirklichkeit ist das mit dem Küssen nämlich gar nicht so traumhaft, wie die Zeitschriften es einem gerne weismachen. Man macht sich Gedanken darüber, dass man mit den Nasen zusammenstoßen könnte, man überlegt sich, ob sich die Zähne wohl berühren, ob der eigene Atem nach Zwiebeln stinkt wegen der Nudelsoße, die es zum Abendessen gab. Man fühlt sich unwohl, hat Angst, ist vielleicht ein bisschen gelangweilt … zumindest ist das bei mir so.

»Das wird er nicht«, meint Skye. »Er ist verrückt nach dir, das sieht doch ein Blinder!«

Ich seufze in die Dunkelheit hinein. »Vielleicht.«

»Denkst du, eines Tages empfindet ein Junge das Gleiche auch für mich?«, erkundigt Skye sich leise.

»Natürlich!«

Erst später, als Skyes Atem regelmäßiger geworden ist und sie schläft, fange ich an, mich zu fragen, ob sie dabei wohl an einen bestimmten Jungen gedacht hat.

Am nächsten Morgen ist das Haus voll von verschlafenen Verwandten und Moms verkaterten Freundinnen, denen das Haar wirr vom Kopf absteht. Ganz behäbig räumen sie auf, sammeln Flaschen und Dosen für den Wertstoffhof ein, beladen und entladen die Spülmaschine mindestens ein Dutzend Mal. Wir entdecken einen Schuh mit Stilettoabsatz, der im Fischteich treibt, eine Flasche Whisky, die im Blumenbeet versteckt ist, und den Trauzeugen, der im Zigeunerwohnwagen schläft mit nichts an außer einem Paar gepunkteter Boxershorts, einer verspiegelten Sonnenbrille und einem Trilby auf dem Kopf.

»Tolle Party«, meint Paddy grinsend. »Zumindest soweit ich mich daran erinnern kann!«

»Solltet ihr zwei jetzt nicht in die Flitterwochen fahren?«, necke ich ihn, während ich den Boden in der Küche wische. »Ist doch so üblich, das ist dir doch klar!«

»Soll ich deshalb etwa meine eigene Hochzeitsfeier verpassen?«, kontert Paddy. »Keine Chance!«

»Liegt wohl eher am Geld«, sagt Mom. »Außerdem müssen wir uns ja um euch Mädchen kümmern und um das B&B und das Pralinengeschäft!«

»Vielleicht hab ich aber noch was in petto für die Sommerferien«, deutet Paddy an, und Mom erklärt, dass sie sich jetzt besser nicht zu sehr freut, weil es ja wahrscheinlich eh nur ein Tagesausflug nach Minehead sein wird, und alle lachen.

Der Vormittag geht in den Nachmittag über, und allmählich fangen die Leute an zu packen und machen sich auf den Heimweg. Bis zum Abend sind sämtliche Gäste bis auf Grandma Kate und Jules abgereist, und endlich hat man wieder das Gefühl, das Haus gehört uns.

Ich nehme mir eine kleine Auszeit, um in meinem Zimmer ein paar Ballettübungen zu machen, weil ich die gestrige Unterrichtsstunde verpasst habe, und ich werde jedes Mal ganz hibbelig und unruhig, wenn ich nicht trainiert habe. Ich liebe es, wie mein Körper sich anfühlt, wenn er Drehungen vollführt und sich dehnt, kraftvoll und doch leicht. Ich liebe es, wie die Musik mein Denken erfüllt, mein Herz. Tanzen ist für mich eine reinere, einfachere Form des Lebens. Ich kenne die Regeln. Ich muss mir keine Gedanken machen über nicht ganz so schmeichelhafte Kleider oder über Freunde, die mich beim Tanzen zu fest an sich drücken.

Ich tanze, bis meine Muskeln schmerzen, bis der Geruch nach Brathähnchen die Treppe hochwabert und Mom mich zum Essen ruft. Alle sind um den Esstisch versammelt, selbst Honey ist da. Sie hat sich gestern früh von der Party verkrümelt und sich vor den heutigen Aufräumarbeiten gedrückt, indem sie sich in ihrem Zimmer versteckt hat.

»Tja«, meint Paddy, während er das Hühnchen zerteilt. »Was für ein Wochenende! Du hast mich zum glücklichsten Mann der Welt gemacht, Charlotte, und ihr Mädchen auch … Kate, Jules … nun ja, vielen Dank euch allen, dafür, dass ihr Cherry und mich so gut aufgenommen habt. Schätze, jetzt sind wir eine richtige Familie.«

Honey schnaubt verächtlich, doch ich verpasse ihr unter dem Tisch einen Stoß, sodass sie sich auf die Zunge beißt.

»Nun … dann heißt es also auf nach Minehead für die Flitterwochen, oder?«, meint Grandma Kate grinsend.

»Ist mir einerlei«, meint Mom mit einem Schulterzucken. »Mit Paddy wäre ich überall glücklich.«

»Gut«, sagt Paddy. »Weil Kate und Jules nämlich eine Überraschung für dich haben …«

»Eine Überraschung?«, wiederholt Mom verwundert. »Was denn für eine Überraschung?«

»Wir würden euch gerne auf Hochzeitsreise schicken«, verkündet Grandma Kate. »Ihr habt es euch verdient, nach all der harten Arbeit, die ihr in das B&B und in das Pralinengeschäft gesteckt habt. Wir wollen euch einen Urlaub schenken, an den ihr euch immer erinnern werdet, etwas Besonderes … Es ist unser Hochzeitsgeschenk an euch beide. Wir haben schon mit Paddy gesprochen, es ist alles arrangiert …«

»Was ist arrangiert?«, will Mom wissen.

Grandma Kate schiebt ihr einen fetten weißen Umschlag über den Tisch zu, den Mom stirnrunzelnd öffnet. Darin stecken zwei Flugtickets, ein Packen Straßenkarten und eine Hochglanz-Urlaubsbroschüre.

Für Peru.

Moms Augen füllen sich mit Tränen. »Ich … ich verstehe nicht! Drei Wochen Peru? Das ist wundervoll, aber ich kann es nicht annehmen. Mom, Jules, ihr könnt doch nicht … außerdem, wer soll sich um die Mädchen kümmern … ums Geschäft … nicht zu vergessen die Filmcrew, die sich im Sommer hier auf Tanglewood einquartieren will! Ich wüsste nicht, wie wir das stemmen sollten!«

»Ist alles schon organisiert«, meint Jules. »Paddy hat jemanden fürs Pralinengeschäft eingestellt, und Kate und ich kommen her und passen auf die Mädchen auf, solange ihr weg seid …«

»Die Filmcrew ist auch da, ja, das wissen wir«, fügt Grandma Kate hinzu. »Aber die kommen schon alleine klar, und das B&B müssten wir sowieso schließen für die Zeit, die sie hier auf Tanglewood sind. Komm schon, Charlotte … du hast doch immer davon geträumt, mal nach Peru zu reisen!«

»Nun ja«, gibt Mom kleinlaut zu. »Ich würde wahnsinnig gern dorthin fahren, und ich hab auch schon mal mit Paddy darüber gesprochen, wegen der Schokolade …«

»Wir zahlen mehr, um fair produzierte Kakaobohnen zu beziehen«, erklärt Paddy. »Das könnte unsere Chance sein, um noch einen Schritt weiter zu gehen … wir könnten eine kleine Familienplantage unterstützen, alles Fairtrade und Bio. Und obendrein machen wir noch die Reise unseres Lebens!«

»Nun ja«, meint Mom wieder. »Aber …«

Paddy legt ihr einen Arm um die Schulter. »Kein Aber«, sagt er. »Es ist schon alles in die Wege geleitet. Wir fliegen am ersten Wochenende der Schulferien. Kate wird dann hier sein, und die Kinder sind so und so alt genug, um Verantwortung zu übernehmen, sich zu benehmen und zu helfen, wenn man sie braucht. Stimmt doch, Mädels?«

»Stimmt!«, pflichtet Skye ihm bei. »Wir kommen schon klar, nicht wahr?«

»Absolut«, melde ich mich zu Wort, auch wenn ich mir da gar nicht so sicher bin, wie gut ich tatsächlich klarkomme, wenn Mom und Paddy nach Peru verschwinden, und das für ganze drei Wochen. Klingt mir nach genialen Flitterwochen, und es ist echt großzügig von Grandma Kate und Jules, aber ich hätte es dennoch gut gefunden, wenn sie erst uns gefragt hätten, was wir davon halten.

Ich schiebe mein Abendessen, von dem ich nur die Hälfte gegessen habe, von mir. Ich habe bereits einen Dad, der auf der anderen Seite der Erdkugel lebt – ich bin mir nicht sicher, ob ich es so toll finde, wenn Mom jetzt auch noch verschwindet, wenn auch nur für drei Wochen. Aber das kann ich natürlich nicht laut aussprechen – das würde sich ja echt schrecklich gemein und egoistisch anhören.

Außerdem scheine ich die Einzige zu sein, die irgendwelche Zweifel hegt.

»Wow«, meint Honey. »Mom, hör mal, ich hab es dir in letzter Zeit wirklich nicht leichtgemacht … Vielleicht habe ich Paddy und Cherry nicht ganz so herzlich hier aufgenommen, wie ich es hätte tun sollen …«

Cherrys Augen werden ganz groß. Das ist nämlich die

Untertreibung des Jahres, wenn nicht sogar des gesamten Jahrhunderts.

»Schätze, ich möchte mich entschuldigen«, sagt Honey jetzt munter. »Ich war echt eine Last für dich, aber das ist jetzt vorbei. Wir kommen schon klar, während ihr auf Flitterwochen seid – du musst diese Reise machen, Mom, das weißt du doch, oder? Wann kriegst du je wieder eine solche Chance?«

»Ganz genau«, meint Grandma Kate.

Ich wechsle einen Blick mit Skye. Wir warten schon ewig darauf, dass Honey endlich wieder ein bisschen netter wird … aber jetzt, da es tatsächlich geschieht, kann ich es nicht so recht glauben. Meine große Schwester weiß nämlich ganz genau, wie sie ihren Charme spielen lässt, wenn ihr danach ist, und Mom und Grandma Kate fallen jedes Mal darauf herein. Ich dagegen, ich hab da so meine Zweifel, dass sie das ernst meint.

Wir kommen auf Reisepässe und das Packen und die Kakaoplantagen in Peru zu sprechen. Ich wünschte, ich könnte mich auch so freuen wie alle anderen, aber stattdessen habe ich Angst, fühle mich unsicher, im Schwebezustand.

»Yesss«, flüstert meine große Schwester ganz leise. »Drei Wochen pure Freiheit. Das werden die besten Sommerferien aller Zeiten …«

Ich aber habe ein ungutes Gefühl dabei … ein richtig ungutes Gefühl, wenn ich ehrlich bin.

# 5

**Das Tanzen auf der Spitze zu erlernen, ist echt harte** Arbeit. Man braucht viele Jahre, bis man die nötige Kraft hat, Jahre der Disziplin und des ständigen Übens. Selbst jetzt noch versuche ich jeden Tag mindestens hundert Relevés zu machen, damit meine Füße und Knöchel kräftig bleiben. Miss Elise nennt sie die »Killer«, und ich weiß genau, warum.

Es erfordert echtes Durchhaltevermögen, um das Tanzen auf der Spitze nach einer leichten Sache aussehen zu lassen, so simpel und frei. Die ersten paar Mal, als ich es versucht habe, bekam ich Blasen an den Zehen und blutete, und meine Zehennägel waren hinterher ganz grün und blau. Doch beklagt habe ich mich nicht – so etwas tut eine Ballerina nicht.

Ich trainiere gerade an der Stange im leeren Studio der Seniors, als die Tür knarzend aufgeht und meine Freundin Jodie hereinspaziert kommt. Jodie wohnt drüben auf der anderen Seite außerhalb von Minehead und besucht eine

Schule in einer anderen Stadt. Wenn es ums Tanzen geht, ist Jodie echt gut. Sie ist der einzige Mensch, den ich kenne, der das Tanzen ebenso ernst nimmt wie ich.

Einst hatten wir beide den Traum, die Royal Ballet School zu besuchen, nur leider führten diese Träume letzten Endes zu nichts. In meinem Fall lag es daran, dass ich viel zu spät und total gehetzt ankam und dann nicht gut getanzt habe, aber bei Jodie war es noch viel grausamer. Das Gremium erklärte, Jodie verfüge über eine natürliche Anmut und durchaus auch Talent, doch ihre Figur sei nicht ganz passend für eine Karriere als professionelle Tänzerin.

»Was soll das denn eigentlich heißen?«, wollte Jodie hinterher von mir wissen, das Gesicht immer noch tränenüberströmt. »Hab ich denn zwei Köpfe, oder was?«

In meinen Augen sah Jodie absolut okay aus. Sie war nicht zu groß und nicht zu klein, nicht zu dick und nicht zu dünn. Sie hatte eine gute Haltung, ihre Muskeln waren stark. Ich wischte ihr die Tränen weg und sagte, sie solle die Sache vergessen. Doch wie sich herausstellte, wussten diese Experten mehr als wir. Als Jodie in die Pubertät kam, veränderte sich ihr Körper – sie bekam üppige Brüste, ihr Bäuchlein rundete sich, ihre Beine wurden kräftig und solide. In ganz alltäglichen Klamotten sieht sie echt umwerfend aus, kurvig und weich und echt süß. Das Gremium aber behielt recht. Wie eine Tänzerin sieht sie nicht aus.

Wir hörten auf, uns über unsere Ballerinaträume auszutauschen, doch habe ich meinen nie wirklich aufgegeben, und ich bin mir so gut wie sicher, dass es bei Jodie nicht anders ist. Mittlerweile sind wir nicht mal mehr zusammen in einer Klasse – Miss Elise hat mich im Januar um eine Klasse hochgestuft, um mit den Seniors zu tanzen, daher bin ich überrascht und erfreut zugleich, Jodie hier zu sehen.

»Hey«, sage ich grinsend. »Was ist denn jetzt los? Ich hatte nicht erwartet, dich hier zu sehen!«

Jodie lächelt. »Miss Elise hat mich heute gebeten, mit der Senior-Klasse zu tanzen. Ich glaube, sie hat auch noch ein paar Schülerinnen aus der Sechsten gefragt … jemand hat mir erzählt, eine Freundin von ihr würde kommen und zusehen, und die will sie beeindrucken.«

»Oh! Ich wünschte, sie hätte uns informiert!« Ich runzle die Stirn. »Dann hätte ich mich ein bisschen besser vorbereiten können. Ich hasse es, wenn sie uns so vor vollendete Tatsachen stellt. Wer ist diese Freundin? Denkst du, es könnte jemand sein, der Miss Lauras Klasse übernimmt, sobald sie in Mutterschutz geht?«

»Keine Ahnung«, meint Jodie und zuckt die Schulter. »Ich bin aber ganz schön nervös, dass ich jetzt mit den Seniors tanzen soll – ich dachte mir, ich mach erst mal ein paar Aufwärmübungen. Wenn ich Miss Elise beeindrucken kann, dann stuft sie mich vielleicht auch hoch, wie sie es mit dir getan hat. Sie meint, ich wäre bald so weit, dass ich auf Spitze tanze!«

»Genial!«, sage ich. »Ich hoffe, sie tut es – das wäre echt so was von cool!«

»Tut es weh?«, will sie wissen. »Das Tanzen auf der Spitze?«

»Ein kleines bisschen am Anfang«, gebe ich schulterzuckend zu. »Aber das ist es wert. Und nach einer Weile spürst du gar nichts mehr.«

Jodie nickt. Sie bringt sich an der Stange in Position und absolviert ihre Übungen, und bis die anderen allmählich zum Unterricht eintrudeln, haben wir beide bereits eine gute halbe Stunde trainiert, in perfekter Eintracht, absolut konzentriert, zufrieden.

Wie von Jodie angekündigt, tauchen auch ein paar Schülerinnen aus der sechsten und sogar eine aus der fünften Klasse auf. Wie sich rausstellt, handelt es sich bei Miss Elises Besucherin um eine schlanke, anmutige ältere Dame, die ihr bereits angegrautes Haar im Nacken zu einem Ballerinaknoten zusammengefasst trägt.

»Darf ich euch meine liebe Freundin Sylvie vorstellen«, sagt Miss Elise nun. »Sie ist ebenfalls Ballettlehrerin, und ich wollte, dass sie bei einer unserer Unterrichtsstunden zusieht. Ich weiß, dass ihr euer Bestes geben werdet für sie!«

Ich stelle mich ein wenig aufrechter hin, hebe das Kinn an, und als die Musik beginnt, lasse ich mich völlig von ihr einnehmen. Meine Glieder sind leicht wie Seide und stark wie Stahl, mein Körper ist angespannt wie ein Drahtseil und doch so nachgiebig wie der Ast eines Baumes, der sich im Wind neigt. Ich höre, wie Miss Elise im Hintergrund die üblichen Kommentare ruft: »Lucy, achte auf deine Zehen! Jasmine, konzentriere dich – du bist aus dem Rhythmus! Sushila, strecke dein Bein durch … streng dich an! An die Arbeit, Amanda! Träum nicht vor dich hin! Jodie, ausgezeichnet, weiter so!«

Zu mir sagt sie keinen Ton, und nach einer Weile verliere ich mich ganz in der Musik, vergesse Miss Elise und ihre Freundin, vergesse Jodie, vergesse alles, abgesehen vom Tanz.

Die Umkleide ist nach dem Unterricht erfüllt vom schweren Duft nach Deodorant und von allerlei Getratsche.

»Ich frage mich, warum Miss Elise wollte, dass ihre Freundin uns tanzen sieht«, meint Jodie. »Ich wette, sie springt für Miss Laura ein, solange sie weg ist. Sie macht einen strengen Eindruck, aber ich habe das Gefühl, sie weiß, was sie tut. Sie hat dir sehr lange zugesehen, Summer, und mich hat sie auch beobachtet. Wir haben heute beide ausgezeichnet getanzt!«

»Denkst du, sie war mal professionelle Tänzerin?«, frage ich. »Sie sieht irgendwie so aus. Wie sie sich bewegt. Vielleicht übernimmt sie auch ein paar Unterrichtsstunden. Ist vielleicht gut, mal eine andere Lehrerin zu haben! Eine Herausforderung!«

Miss Elise taucht in der Tür auf. Sie bittet Jodie, Sushila

und mich, zu ihr ins Büro zu kommen, sobald wir fertig sind, woraufhin wir drei besorgte Blicke wechseln, während wir unser Haar in Ordnung bringen und unsere Ballett-taschen schultern.

Sushila ist eins der Senior-Mädchen. »Kriegen wir jetzt Ärger?«, fragt sie sich. »Miss Elise hat mir wieder und wieder eingebläut, ich solle mich mehr anstrengen, härter arbeiten!«

»Aber sie meinte auch, Jodie würde gut tanzen«, halte ich dagegen. »Und zu mir hat sie gar nichts gesagt. Wir können doch nicht ernsthaft alle Ärger kriegen, oder?«

Trotz allem krampft sich mir vor Furcht der Magen zusammen, als wir schließlich an der Tür zu ihrem Büro klopfen.

»Mädchen! Kommt rein«, fordert Miss Elise uns auf.

Das Büro ist eher so was wie ein Wohnzimmer. Das letzte Mal, dass ich hier war, war damals, als meine Mom meine Beiträge zu spät bezahlte. Das war in dem Jahr, als Dad uns verließ. Damals saßen wir nebeneinander auf dem Sofa und hörten zu, während Miss Elise uns erklärte, sie sei nicht bereit, auf eine Tänzerin wie mich zu verzichten, Gebühren hin oder her, und dass Mom sich so lange Zeit nehmen könne, wie sie wolle, um die Schulden zu begleichen. Mom verkaufte daraufhin ihr Fahrrad und bezahlte gleich am darauffolgenden Tag, doch ich werde nie vergessen, wie nett Miss Elise zu uns war. Ihr war klar, wie schlimm es für mich wäre, nicht tanzen zu können.

Miss Elise und ihre Freundin sitzen in Sesseln und trinken Tee aus hübschen Porzellantassen. Miss Elise winkt uns rüber zum Sofa, auf das wir uns umständlich quetschen, während sie drei Gläser stark verdünnten Orangensafts einschenkt und ein paar Kekse auf einem Teller arrangiert.

»Sushila, Jodie, Summer … ich möchte euch mit Sylvie Rochelle bekannt machen«, sagt sie. »Sie war höchst beeindruckt von euch dreien beim Unterricht heute. Gut gemacht!«

»Vielen Dank, Miss Elise!«, sagt Jodie freudestrahlend. »Vielen Dank, Miss … ähm … Rochelle.«

»Vielen Dank«, sagt jetzt auch Sushila.

Mich allerdings haben meine guten Manieren verlassen, weil ich den Namen Sylvie Rochelle nämlich schon mal gehört habe. Und als ich die elegante Dame jetzt ansehe, die mich über ihre Teetasse hinweg anlächelt, weiß ich auch genau, warum. Es war das graue Haar, das mich verwirrt hat. Auf dem Poster an der Wand in meinem Zimmer hat Sylvie Rochelle noch schwarzes Haar, das ihr in sanften Locken über die Ohren fällt, sie trägt eine Haube mit dunkelroten Blüten dran und ein Tutu aus karmesinroter Seide und Tüll.

»Sylvie Rochelle«, flüstere ich. »Sie haben in den Siebzigern im Royal Ballet getanzt! Ich habe ein Foto von Ihnen aus *Der Feuervogel!*«

»Ah, ja …« Sylvie lächelt. Sie spricht langsam und mit starkem Akzent, genau wie Grandad Jules. »Das ist natürlisch lange 'er. 'inter'er 'abe isch noch in einigen kleineren französischen Ensembles getanzt, doch die letzten fünfzehn Jahre 'abe isch nur noch unterrichtet, zunächst in Frankreisch und dann an der Royal Ballet School.«

»Wow«, sage ich. »Ich meine … wow!«

»Sylvie arbeitet jetzt etwa seit einem Jahr an einem eigenen Projekt«, erzählt Miss Elise uns. »Einer unabhängigen Tanzschule in Devon, eine Art Internat wie die Royal Ballet School, nur mit einem etwas europäischeren Einschlag. Sylvie hat ein altes Mädcheninternat renovieren und ein Theater und Studios nach den neusten Standards einbauen lassen. Sie ist nun dabei, Lehrer aus aller Welt zu rekrutieren, es soll schon im September losgehen …«

Jodie beißt in einen der Kekse, die Augen ganz groß, und Sushila verschluckt sich an ihrem Orangensaft. Was mich betrifft, ich wage es kaum, zu atmen.

»Elise war immer eine gute Freundin für mich«, sagt Sylvie Rochelle nun schulterzuckend. »Sie spricht schon eine ganze Weile immer wieder davon, dass es an einer Ballett-Internatsschule mangelt mit einem etwas … nun ja, kosmopolitischeren Anstrich? Als sie mir erzählte, sie 'ätte da ein paar Schülerinnen, die ich mir ansehen sollte, da kam ich ihrer Bitte nur zu gerne nach. Wir planen gerade das Vortanzen für die letzten Stipendienplätze an der Rochelle Academy im August. Ich würde mich wirklich sehr freuen, wenn ihr drei Mädchen euch bewerben würdet.«

»Ist nicht wahr!«, sagt Sushila.

»Ich?«, stammelt Jodie. »Im Ernst?«

Ich krieg keinen Ton raus.

»Es handelt sich nur um ein Vortanzen«, weist uns Miss Elise hin. »Auch andere Mädchen bewerben sich um einen Platz – es wird ein harter Wettbewerb werden. Wenn man euch einen Stipendienplatz anbietet, dann merkt euch eins – das habt ihr ganz allein euch selbst zu verdanken. Sylvie ist auf der Suche nach Hingabe und Potenzial, nach Schülerinnen, die bereit sind, hart zu arbeiten, die den Tanz über alles andere stellen. Wenn ihr dafür nicht bereit seid, dann ist dieses Vortanzen nichts für euch.«

»Doch, das sind wir«, sage ich sofort. »Wir werden unser Bestes geben, versprochen.«

»Ihr 'abt acht Wochen, um euch auf das Vortanzen vorzubereiten«, erklärt Sylvie Rochelle, wobei sie sachte ihre Teetasse abstellt. »Vergeudet daher keine Zeit. Jede von eusch 'at Talent, doch ich will mehr sehen. Was isch brauche, ist Potenzial, Leidenschaft, der 'unger nach Erfolg. Ihr müsst misch davon überzeugen, dass einer dieser Plätze an der Akademie euch ge'ören sollte.«

Mein Herz rast, meine Augen glänzen. Als ich das Vortanzen an der Royal Ballet School vergeigt hatte, da dachte ich, mein Traum hätte damit ein Ende. Doch der Traum weigerte sich, mich aufzugeben. Manchmal glaube ich, er war das Einzige, was mich die vergangenen Jahre über Wasser gehalten hat. Ich habe nie aufgehört, an mir zu arbeiten, habe nie aufgehört zu hoffen, und ich habe mir selbst geschworen, dass ich, sollte ich je eine zweite Chance kriegen, sie mit beiden Händen ergreifen und mich ganz fest daran klammern würde.

Man müsste schon verrückt sein, zuzulassen, einen solchen Traum erneut zwischen den Fingern zerrinnen zu sehen, oder nicht?

# 6

**Als ich nach Tanglewood zurückkehre, sitzt meine** Zwillingsschwester bereits auf dem Gartentor und wartet auf mich. Sie springt runter und kommt den Weg entlang auf mich zugelaufen, das Haar flattert im Wind hinter ihr her.

»Was ist los?«, will sie wissen. »Was ist passiert? Es ist doch was passiert, das weiß ich. Ist es was Gutes?«

Es geschieht nicht mehr ganz so oft wie früher, doch Skye und ich können immer noch die Gedanken und Gefühle der anderen spüren. Erst im Februar, als Skye die Grippe hatte und von unserer Geburtstagsparty weggelaufen ist und dann im Wald ohnmächtig wurde, im Schnee … da gab es so einen Moment. Ich konnte sie spüren, merkte, wie sie sich von mir entfernte, und irgendwie wusste ich genau, wo ich suchen musste. Skye denkt, ich hätte ihr in jener Nacht das Leben gerettet. In dem Punkt bin ich mir nicht so sicher. Ich bin sicher, dass wir sie so oder so gefunden hätten.

Jetzt passiert es also wieder.

»Ist es … hat es etwas mit der Filmcrew und dem Film zu tun, den sie im Sommer hier drehen wollen?«, erkundigt Skye sich. »Hat man in der Ballettschule angefragt wegen Statisten? Das wäre ja wohl obercool!«

Das bringt die Blase, in der ich mich befinde, zum Platzen.

»Hat nichts mit dem Film zu tun«, sage ich.

Seit wir wissen, dass sich im Sommer eine Filmcrew auf Tanglewood einquartieren will, um einen Film zu drehen, sprechen wir davon, dass wir vielleicht selbst eine kleinere Rolle darin übernehmen. Doch jetzt, da ich weiß, dass Mom und Paddy nicht hier sein werden, während das Ganze vonstatten geht, bin ich nicht mehr so scharf darauf. Ich mache mir Sorgen, die Filmcrew könnte vielleicht das Haus übernehmen, alles auf den Kopf stellen … und ohne Mom würde dann alles im Chaos versinken.

Von Chaos halte ich nun absolut nichts, wie ihr vielleicht schon festgestellt habt.

»Hat es dann was mit dem Ballett zu tun?«, rät Skye. »Sag schon, Summer, bitte!«

»Man hat mich gefragt, ob ich für eine neue Ballettschule vortanzen will«, sage ich, und noch während ich es ausspreche, wird mir klar, dass ich es selbst noch nicht so recht glauben kann. »Eine Internatsschule, Skye. Es handelt sich um ein Stipendium, daher würde es nicht allzu viel kosten, und die Leiterin ist Sylvie Rochelle, die französische Ballerina, von der ich dieses Poster aus *Der Feuervogel* habe! Sie hat mich ausgewählt und Jodie und ein Senior-Mädchen namens Sushila … sie möchte, dass wir uns bewerben. Ist das nicht unglaublich?«

»Aber klar«, sagt Skye. »Du bist spitzenmäßig, Summer, weißt du das denn nicht? Meine supertalentierte Schwester!«

»Es handelt sich um ein Vortanzen, den Platz hab ich noch nicht«, kläre ich sie auf. »Ich werde wie verrückt schuften müssen, wenn ich eine echte Chance haben will …«

»Du schuftest doch immer wie verrückt«, meint Skye schulterzuckend. »Du schaffst das, ich weiß es.«

*Das letzte Mal war es aber nicht so,* meldet sich eine zweifelnde Stimme in meinem Kopf, und schon überkommt mich die Panik. Es ist schon eine Weile her, seit ich diese Stimme gehört habe, doch ich empfange die Botschaft klar und deutlich: Sie denkt, dass ich scheitern werde. Ich hole tief Luft, beiße die Zähne zusammen. Dieses Mal kommt Scheitern für mich nicht infrage.

Am Freitag, als Skye, Coco und ich von der Schule nach Hause kommen, sitzt Mom am Küchentisch und trinkt Tee. Dabei blättert sie durch eine Hochglanzbroschüre von der Rochelle Academy.

»Die ist heute gekommen«, sagt sie zu mir. »Zusammen mit einem Brief von Miss Elise und einem ganzen Packen

Formulare. Das sieht alles ganz toll aus, Summer, doch es würden große Veränderungen auf dich zukommen, große Verantwortung. Bist du dir sicher, dass es das ist, was du willst?«

Da könnte sie mich ja genauso gut fragen, ob ich Luft zum Atmen brauche.

»Ich bin mir sicher«, erkläre ich. »Verstehst du denn nicht, Mom? Ich dachte, ich hätte meine Chance auf eine Karriere als Tänzerin vertan, aber vielleicht schaffe ich es jetzt doch noch! Vielleicht war das alles doch nicht bloß ein Traum!«

»Ich hab ja immer gesagt, dass du alles schaffen kannst, was du dir wünschst«, sagt Mom. »Doch du hast dir einen beschwerlichen Weg ausgesucht, Summer. Ich will mir nur ganz sicher sein, dass du dir das auch alles reiflich überlegt hast.«

Seit der Begegnung mit Sylvie Rochelle denke ich über so gut wie nichts anderes mehr nach. Im Grunde denke ich schon mein ganzes Leben an kaum etwas anderes.

»Das habe ich«, versichere ich Mom.

»Na dann«, sagt sie seufzend. »Paddy und ich werden dich unterstützen, wo wir können. Du hast Talent, Summer, das war uns immer klar. Natürlich musst du diese Chance wahrnehmen.«

Ich lasse mich auf einen Stuhl neben Mom plumpsen und kaue auf meiner Lippe herum. »Es ist nur ein Vortanzen«, rufe ich ihr ins Gedächtnis. »Es sind nur noch drei Plätze zu vergeben, und es bewerben sich Leute aus allen Teilen des Landes. Vielleicht komm ich ja gar nicht erst rein. Viele werden den Anforderungen nicht gerecht.«

»Du schaffst das schon«, sagt Skye entschieden. »Ich weiß, dass du es schaffst.«

Ich wünschte, ich wäre auch nur halb so überzeugt.

»Das sieht echt fantastisch aus«, fährt sie fort, während sie die Broschüre durchblättert. »Ein echtes altes Landhaus. Wirklich hübsch.«

»Ich bin ja so was von neidisch!«, meint Coco. »Ein Internat! So wie Hogwarts! Wie cool ist das denn?«

»Ja, ist echt cool«, gebe ich zu. »Aber ich denke nicht, dass es irgendeine Ähnlichkeit mit Hogwarts haben wird. Dort begegnen einem eher Gymnastikanzüge und Beinstulpen, nichts mit Zaubertränken und Unsichtbarkeitsumhängen …«

Ich betrachte die glänzenden Fotografien, die Pläne vom vormittäglichen Unterricht und von den nachmittäglichen Tanzstunden. Ich sehe mir die Riege an Ballettlehrerinnen und -lehrern an, der Großteil von ihnen ehemalige Profis, und ich frage mich, ob ich je wirklich dort sein, in dem nagelneuen Studio tanzen, meinen Traum leben werde. Die Zweifel sorgen dafür, dass sich mir der Magen verkrampft.

»Es gibt nur einen Haken«, meint Mom. »Dem Brief zufolge soll dein Vortanzen Mitte August stattfinden … während Paddy und ich auf Hochzeitsreise sind. Ich wäre gern bei dir gewesen, hätte mich gern dort umgesehen, mit dieser Sylvie Rochelle gesprochen. Ich will doch sichergehen, dass das der richtige Ort ist für dich.«

»Oh … seid ihr denn da immer noch fort?« Ich runzle die Stirn.

»Dein Vortanzen ist am Samstag in der Früh – wir kommen erst am nächsten Tag zurück«, sagt Mom. »Schlechtes Timing, aber wir können es nicht ändern. Wenn wir vielleicht in der Schule anrufen und versuchen, das Vortanzen zu verschieben …«

»Nein, tu das nicht«, sage ich schnell, weil ich Panik kriege. »Es werden sich viele um diesen Platz bewerben. Ich geh auf jeden Fall zum offiziellen Termin hin – da möchte ich keine Sonderbehandlung.«

Ich halte mich gern an die Regeln – und ich will auch nicht, dass man für mich eine Ausnahme macht. Es könnte kindisch klingen, unprofessionell. Was, wenn Sylvie Rochelle dann denkt, ich wäre nicht entschlossen genug, ich hätte zu viel Angst, um ohne meine Mom vorzutanzen?

Ich ringe mir ein Lächeln ab. »Mom, ist doch kein Problem«, versichere ich ihr. »Es reicht doch, wenn du dich dort umsiehst, sobald ich tatsächlich einen Platz gekriegt habe.

Miss Elise kann mich ja mitnehmen, und Jodie und Sushila sind ja auch noch da.«

Mom seufzt. »Ich weiß, ich weiß. Aber … bist du wirklich sicher, dass du alleine klarkommst?«

Sie spricht es nicht laut aus, aber mir ist bewusst, was sie insgeheim denkt … Nach der Erfahrung beim letzten Mal?

Okay, klar. Das letzte Mal, als Dad mich hinbringen sollte und ich zu spät kam und mir die Chance auf einen Platz an der Royal Ballet School habe entgehen lassen.

Natürlich war das nicht meine Schuld. Ich hätte wissen sollen, dass Dad viel zu beschäftigt war mit sich selbst, um primär an mich zu denken, aber damals dachte ich noch, ich könnte alles in Ordnung bringen, könnte unsere zerbrochene Familie wieder kitten. Ich wollte, dass Dad mich tanzen sieht, dass er stolz ist auf mich, dass er mich so sehr liebt, dass er es sich anders überlegt mit der Scheidung.

Doch es kam leider ganz anders. Direkt vor seinen Augen bin ich zusammengebrochen, und ich habe seinen Blick gesehen, auch wenn er es vor mir verbergen wollte. Ich sah, wie enttäuscht er war, wie leid ich ihm tat, wie wütend er war. Ich war nicht gut genug, nicht gut genug für die Royal Ballet School und nicht gut genug für Dad.

Vielleicht, wenn ich mich dieses Mal beweisen kann, mache ich meinen Traum möglicherweise doch noch wahr – und verdiene mir Dads Respekt, seinen Stolz, seine Liebe.

Mom legt mir einen Arm um die Schultern und zieht mich an sich.

»Du kannst es schaffen, Summer«, versichert sie mir. »Und ob ich nun dabei bin, um dir zuzusehen, oder nicht, ich verspreche dir, ich werde dich immer unterstützen.«

# 7

**»Du willst mich doch veräppeln, oder?«, sagt Aaron,** als ich ihm das mit dem Vortanzen erzähle. »Ein Internat? Im Ernst?«

Der Arm, den er mir um die Schulter gelegt hat, fühlt sich schwer an, bedrückend, weshalb ich ihn abschüttle wie eine überflüssige Jacke an einem lauen Sommerabend. Wir gehen am Strand von Kitnor entlang, sehen zu, wie die Sonne langsam im schieferblauen Ozean versinkt. Das hier sollte eigentlich romantisch sein, doch weit davon entfernt – ich bin nur noch genervt. Ich hatte nicht erwartet, dass Aaron mich verstehen würde, nicht ernsthaft – aber ich bin fest davon ausgegangen, dass er sich zumindest für mich freuen würde.

»Verstehst du das denn nicht?«, frage ich. »Die Sache ist mir verdammt wichtig. Gelegenheiten wie diese bekommt man nicht alle Tage! Vielleicht ein- oder zweimal im Leben, wenn überhaupt …«

Aaron schüttelt den Kopf. »Nein, ich verstehe es wirklich

nicht«, sagt er. »Du stehst also auf Tanzen? Na und? Warum kannst du nicht warten, bis du älter bist, und dann machst du einen Tanzkurs an der Uni oder so?«

»So läuft das aber nicht«, sage ich seufzend. »Nicht wenn man ganz nach oben will. Dann muss man so früh wie möglich anfangen, bei den besten Lehrern in die Schule gehen, sich selbst das Äußerste abverlangen. Wenn man dann auserwählt wird, ist das schon ein großes Ding, Aaron. Und wenn ich zum Vortanzen eingeladen werde, dann gehe ich da auch hin. Ich muss das tun!«

Entnervt fährt er sich mit der Hand durchs Haar. »Du verbringst doch eh schon deine ganze Freizeit mit Tanzen. Ist das nicht genug?«

»Nein!«, erwidere ich. »In einer Provinzschule wie meiner komme ich nicht weiter, ich will mehr! An der Rochelle Academy hätte ich morgens normalen Schulunterricht und würde dann den ganzen Nachmittag lang tanzen, mit Lehrerinnen und Lehrern, die selbst mal professionelle Tänzerinnen und Tänzer in den besten Ensembles der Welt waren. Das wäre weit intensiver ...«

»Und auch viel stressiger«, beharrt er. »Du bist doch eh schon total besessen vom Ballett. Du bist dreizehn, Summer, du solltest doch eigentlich dein Leben genießen!«

Ballett ist mein Leben, will ich ihm antworten, doch die Worte bleiben mir in der Kehle stecken. Weil ich nämlich genau weiß, dass Aaron das nicht hören will.

»Was ist mit uns?«, will er schließlich wissen. Sein Gesicht wirkt verschlossen, beleidigt. *Was soll mit uns sein?*, will ich ihm entgegnen, aber ich tu es nicht, natürlich nicht.

»Wir kriegen das schon hin«, versichere ich ihm. »Wir können uns Briefe, SMS und Mails schreiben. Und wir sehen uns ja in den Ferien.«

»Das ist nicht das Gleiche«, hält er dagegen, und mir wird klar, dass es vermutlich keine Briefe und SMS und Mails geben wird, sollte ich tatsächlich fortgehen. Aaron gehört zu der Sorte Jungs, die gern viel Zeit mit ihrer Freundin verbringen. Er braucht eine, mit der er auf Partys gehen, Händchen haltend Spaziergänge am Strand entlang machen kann. Ein Mädchen, das ganze Hundert Meilen weit entfernt lebt, nützt ihm da herzlich wenig.

Für einen Jungen wie Aaron wird es aber auch stets andere Mädchen geben – Mädchen wie Marisa McKenna. Die stehen doch eh schon in den Startlöchern. Wenn ich das Vortanzen tatsächlich erfolgreich meistere, dann bin ich meinen Freund los. Nur dass der Gedanke mich gar nicht so sehr stört, wie man es erwarten sollte.

»Schätze, dann machen wir wohl das Beste aus diesem Sommer«, meint Aaron. Er schiebt mir den Arm um die Hüften und zieht mich ganz fest an sich. Dieses Mal befreie ich mich nicht aus der Umklammerung, und nach einer Weile sinkt die Sonne tiefer, färbt den Himmel karmesinrot und hellviolett. Jetzt ist es mit einem Mal ziemlich frisch.

Aaron küsst mich, und ich versuche, mich in dem Kuss zu verlieren, so wie ich mich bisweilen im Tanz verliere. Nur leider funktioniert es nicht. Stattdessen ertappe ich mich selbst dabei, wie ich mir überlege, dass sich die Arme meines Freundes, die mich umschlungen halten, anfühlen, als wäre ich eine Gefangene.

Als ich am nächsten Tag zum Ballettunterricht komme, ist Jodie schon da und trägt ein nagelneues Paar Spitzenschuhe sowie den burgunderfarbenen Gymnastikanzug der Seniors. »Miss Elise denkt, dass ich jetzt so weit bin«, meint sie, und ihre Augen leuchten. »Sie sagt, wenn ich hart genug arbeite, kann ich beim Vortanzen schon ein bisschen Spitzentanz wagen. Es wird keine Rolle spielen, dass ich keine große Erfahrung vorzuweisen habe, sagt sie. Sie sind auf der Suche nach Potenzial, nicht nach einem fertigen Produkt.«

»Du willst dich also bewerben?«, frage ich.

»Das müssen wir, oder nicht?«, meint Jodie mit einem Schulterzucken. »Wir waren doch verrückt, wenn wir es nicht wenigstens versuchen.«

»Denkst du, wir haben eine Chance?«

Jodie grinst. »Die gleiche Chance wie alle«, meint sie.

Im Unterricht beobachte ich Jodie dabei, wie sie die ersten zögerlichen Schritte auf Spitze tanzt. Mir entgeht nicht, dass sie, wenn sie auch noch ein wenig unsicher und unbehaglich wirkt, über eine gewisse Anmut verfügt, eine besondere Ausstrahlung. Auch für Jodie ist dieses Vortanzen eine zweite Chance – ob Sylvie Rochelle wohl in erster Linie ihren Körper oder ihren Tanz bewerten wird? Wird es eine Rolle spielen, dass sie fürs Ballett »nicht ganz die richtige Figur« hat?

Miss Elise geht kein Risiko ein. Sie bittet Jodie, Sushila und mich, uns für eine Reihe von Privatstunden anzumelden, um uns auf das Vortanzen vorzubereiten. »Ist auch kostenlos«, meint sie mit einem Seitenblick auf mich. »Wenn ihr möchtet, könnt ihr im Gegenzug bei den Unterrichtsstunden in den Sommerferien aushelfen.«

»Ich helfe gern, auf jeden Fall«, verspreche ich. »Fände ich toll.«

»Ich vielleicht auch«, schließt Jodie sich an. »Cool.«

»Schön«, meint Miss Elise. »Die Sache ist die, ich möchte, dass ihr auf all das bestens vorbereitet seid, ihr alle drei. Sie werden ein paar Übungen an der Stange sehen wollen, ein einstudiertes Stück – ich kann euch gern helfen, euch darauf vorzubereiten. Sie wollen aber auch ein wenig Ausdruckstanz sehen. Jede von euch wird sich ein Stück aussuchen müssen, das sie inspiriert, und dann bereitet ihr eine passende Choreografie dafür vor …«

Ich beiße mir auf die Unterlippe und nicke. Ich gehe bereits die Ballettstücke durch, die ich kenne, treffe eine kleine Vorauswahl, was die Musik betrifft. Ich liebe Herausforderungen.

»Gebt euer Bestes«, sagt Miss Elise. »Es würde ein gutes Licht auf unsere Schule hier werfen, wenn eine von euch einen Stipendienplatz bei Sylvie bekäme.«

Eine von uns. Es stehen drei Plätze zur Verfügung, aber natürlich werden sich auch Dutzende anderer Mädchen um diese Stipendien bewerben. Miss Elise ist der Ansicht, dass ich gut bin, aber bin ich auch wirklich gut genug? Die Angst meldet sich flatternd in der Magengegend, fühlt sich an wie die Schwingen von Vögeln, die gegen eine Scheibe schlagen. Nicht ausgewählt zu werden … es würde sich anfühlen wie das Ende der Welt. Aber wer behauptet denn, dass ich auch nur im Ansatz besser bin als Jodie, mit ihrer Anmut, ihrer energetischen Ausstrahlung? Oder besser als Sushila, die ganze achtzehn Monate länger in der Senior-Klasse war als ich und bereits die Hauptrolle der Cinderella in der Weihnachtsvorstellung tanzen durfte?

»Sollen wir uns einen Smoothie gönnen?«, fragt Jodie mich nach dem Unterricht, als wir durch die Doppeltür hinaustreten in den sonnigen Junitag. »Bevor du den Bus nimmst?«

»Klar«, sage ich. »Warum nicht?«

Wir gehen in ein Café unten am Meer, bestellen jede einen Smoothie und ein Stück Kuchen dazu und setzen uns an einen Tisch am Fenster.

»Ich bin ja so was von nervös wegen dem Vortanzen«, sagt Jodie. »Ich hätte nie gedacht, dass ich je eine zweite Chance auf einen Platz an einer Ballett-Ganztagsschule kriegen würde. Mom meint, ich solle mir keine allzu großen Hoffnungen machen, erst recht nicht nach dem letzten Mal, aber ich kann nicht anders, Summer. Ich will das doch so sehr!«

»Ich auch«, sage ich seufzend und spieße ein Stück Karottenkuchen auf. »Wenigstens haben wir schon mal an einem großen Vortanzen teilgenommen. Wir wissen, was uns erwartet.«

»Das ist ja das Problem«, meint Jodie. »Das letzte Mal … na ja, da schien es ganz gut zu laufen. Sie fanden gut, wie ich getanzt habe, ich weiß, dass es so war. Und dann … die ganze Sache von wegen, welche Figur eine Tänzerin haben sollte. Das war echt schrecklich. Ich hab mich so nutzlos gefühlt. Aber in diesem Geschäft muss man sich ein dickes Fell zulegen, Summer. Man muss es immer weiter versuchen. Man darf nicht aufgeben!«

»Niemals«, pflichte ich ihr bei, aber ich bin mir nicht sicher, ob ich über ein dickes Fell verfüge, ganz und gar nicht. Die leiseste Kritik und die geringste Herabsetzung treffen mich zutiefst und lasten dann schwer wie ein Stein auf meinem Herzen. Manchmal spornt mich das dazu an, noch härter zu arbeiten, aber bisweilen erfüllt es mich auch mit Trauer.

»Wir können aus dem letzten Mal lernen«, überlege ich. »Ich hab alles falsch gemacht … es war kurz nachdem Dad uns verlassen hatte, und wir kamen viel zu spät und … na ja, ich war nicht wirklich gut vorbereitet. Dieses Mal aber werde ich es sein. Dieses Mal läuft alles anders.«

»Ich hoffe es«, seufzt Jodie. »Mom meint, damals hätte ich ein klein wenig Babyspeck gehabt, aber inzwischen sei ich da rausgewachsen. Sie sagt, die Sanduhrfigur liegt wieder absolut im Trend!«

»Genau«, entgegne ich, bin mir allerdings nicht so sicher, ob im Ballett Kurven je in Mode kommen werden. Sämtliche berühmten Tänzerinnen, die ich kenne, waren klein, dünn und drahtig. Sie waren gertenschlank. Ist Jodie das denn nicht bewusst?

Ich sehe zu, wie sie genüsslich in ein Stück Schokotorte mit dick Buttercreme oben drauf beißt, und ich beschließe, dass es ihr offenbar nicht klar ist. Kein Mensch würde Schokotorte essen, wenn er sich wegen seiner Figur Gedanken machen würde, oder?

*Und auch keinen Karottenkuchen,* weist die Stimme in meinem Kopf mich zurecht.

Meine Wangen fangen an zu glühen. Jodie ist nicht die Einzige mit Kurven. Der Kuchen verwandelt sich in meinem Mund zu Sägemehl. Karottenkuchen klingt ja ach so gesund, aber in Wirklichkeit ist er genauso voller Fett und Zucker, und das ist nun wirklich das Letzte, was ich jetzt brauche. Jodie mag ja blind sein für die Tatsache, dass Balletttänzerinnen eine lange, schlanke Gestalt haben müssen, aber ich nicht. Ich werde nicht zulassen, dass meine eigenen Rundungen mir die Chance auf ein Leben im Scheinwerferlicht verbauen. In einem Anflug von schlechtem Gewissen schiebe ich den Teller mit dem halb aufgegessenen Kuchen von mir.

# 8

**Skye kommt in unser Zimmer geplatzt und stört mich** mitten in meinen Ballettübungen. Sie strahlt übers ganze Gesicht.

»Sie sind hier!«, verkündet sie. Der Strohhut sitzt ganz schief auf ihrem Kopf, ihre blauen Augen blitzen. »Die Filmcrew ist soeben eingetroffen! Komm schon, Summer, gehen wir nachsehen!«

»Ich trainiere!«, protestiere ich.

»Na und?«, schnaubt Skye. »Das kannst du doch immer … aber so eine Filmcrew kommt nicht alle Tage ins Dorf! Interessiert dich das denn gar nicht? Ist es dir egal? Komm schon!«

Ich bin tatsächlich nicht interessiert … ich habe im Moment so schon genug um die Ohren, und ich könnte sehr gut ohne diese Filmsache leben, das macht alles nur noch komplizierter. Skye empfindet da anders, daher lasse ich widerstrebend zu, dass sie mich mitzerrt, runter in den Garten und dann weiter zur Wiese von JJs Dad, auf der mit einem Mal ein ganzer Konvoi von Anhängern und provisorischen Studios steht.

Sieht fast so aus, als wäre ein Zirkus in die Stadt gekommen. Es gibt eine Kantine und einen Küchenwagen, einen Truck fürs Make-up und einen ganzen Haufen Wohnwagen und Zelte. Ein paar Zigeunerwohnwagen ähnlich dem in unserem Garten sind ebenfalls im Gras geparkt. Die Filmarbeiten sollen frühestens in einer Woche beginnen, daher ist derzeit nur eine Notbesetzung vor Ort, und trotzdem herrscht bereits reges Treiben. Eine Frau ist dabei, im Kostümzelt einen Haufen altmodischer Kleider zu bügeln, und zwei Jungs im Teeniealter bemalen Kulissen mit etwas, das nach alten Jahrmarktschildern aussieht. Die Strom- und Wasserversorgung steht, und es gibt sogar Dixiklos und mobile Duschen. Musik dringt durch den diesigen nachmittäglichen Sonnenschein zu uns, und der Geruch nach einem Currygericht kommt aus dem Küchenanhänger.

»Ist fast wie auf einem Festival«, haucht Skye ehrfürchtig. »Und wir dürfen das alles miterleben – und ein Teil des Produktionsteams wohnt bei uns im Haus!«

Die Hauptdarsteller werden auf verschiedene Urlaubscottages im Dorf verteilt, aber die Produzentin, der Regisseur und ein paar andere Leute, die auf Internet und Telefon angewiesen sind, sind auf Tanglewood stationiert, und zwar den ganzen Sommer lang. Sie bewohnen die Zimmer, die wir normalerweise an die B&B-Gäste vermieten. Auch darauf könnte ich gut und gern verzichten.

»Das wird schon seltsam«, sage ich stirnrunzelnd. »Mom und Paddy sind fort, und dafür wohnt eine berühmte Fernsehproduzentin bei uns …«

»Nikki heißt sie«, ruft Skye mir in Erinnerung. »Die Produzentin. Sie war ja im Frühling schon mal da, als sie auf der Suche nach dem passenden Drehort war …«

»Stimmt … die mit dem gut aussehenden Sohn«, fällt es mir wieder ein. »Wie war doch gleich sein Name?«

»Jamie Finch«, sagt Skye und läuft rot an. »Aber seine Freunde nennen ihn Finch …«

Ich werfe einen kurzen Blick auf meine Schwester, und ihre roten Wangen und ihr begeisterter Tonfall entgehen mir nicht. Mir kommt wieder in den Sinn, wie sie mich vor ein paar Tagen gefragt hat, wie es ist, sich zu verlieben, und endlich fällt bei mir der Groschen. Meine Zwillingsschwester ist also in einen Jungen namens Jamie Finch verknallt, der noch dazu den Sommer auf Tanglewood verbringen wird. Es hat sich ja schon angedeutet, als Jamie und seine Mutter hier waren, damals im Frühling … Schätze, ich hatte damals nur zu viel um die Ohren, um das richtig zu registrieren. Zu der Zeit hab ich mir nämlich ziemlich viele Gedanken darüber gemacht, meine Schwester und ich könnten uns immer mehr entfremden, und auch wenn wir jetzt ernsthaft daran arbeiten, wird mir nun klar, dass es vieles gibt, das wir nicht voneinander wissen. Ich schwöre mir, mich den Sommer über um sie zu bemühen, für sie da zu sein.

»Also … findest du denn wirklich, dass er gut aussieht?«, will Skye wissen. »Dieser Jamie?«

»Na, dir scheint er ja zu gefallen«, sage ich grinsend. »Mal ehrlich, Skye, ich weiß gar nicht, wieso es mir nicht schon viel früher aufgefallen ist. Du konntest ja kein Auge von ihm lassen, als er damals hier war. Und ich wette, er mag dich auch – also echt, er wäre ja verrückt, nicht auf dich zu stehen!«

Skye lacht. »Ich bezweifle, dass er mich überhaupt registriert hat, nicht auf die Art, aber … na ja, er ist mir sehr wohl aufgefallen. Denkst du, er könnte mich vielleicht mögen, Summer? Ernsthaft? Ich meine, du weißt solche Dinge doch. Du hast Aaron …«

Mein Lächeln verblasst ganz leicht, doch sofort ziehe ich die Mundwinkel wieder nach oben, ehe Skye etwas mitkriegt. Ja, ich habe Aaron, aber manchmal wünschte ich, es wäre anders. Früher fand ich es cool, mit dem beliebtesten Jungen der Schule zusammen zu sein, aber neuerdings kriege ich deswegen Beklemmungen. Die Treffen mit Aaron sind immer eine Mischung aus der Furcht, nicht das Richtige zu sagen, und der Sorge, dass mir überhaupt nichts einfällt, was ich mit ihm reden könnte. Ich muss mich immer wieder daran erinnern, interessiert zu wirken, wenn er mir von seinem neusten Spiel für die Xbox oder von einem Fußballspiel, das er am Wochenende geguckt hat, erzählt. Ich muss so tun, als fände ich es toll, wenn er sich vorbeugt, um mich zu küssen.

Ich bin also nicht ganz die Expertin in Sachen Jungs, für die Skye mich hält.

»Jamie Finch steht auf dich«, versichere ich Skye und hoffe, ich habe recht.

»Vielleicht«, meint Skye seufzend. »Ich glaub aber nicht, dass ich ihn überhaupt zu Gesicht bekomme, zumindest nicht oft …«

»Klar wirst du!«, entgegne ich. »Schließlich wird er ja auch bei uns im Haus wohnen, oder nicht? Mit dem Produktionsteam. Eure Blicke werden sich am Frühstückstisch über einem Teller von Grandma Kates French Toast begegnen, und dazu werden im Hintergrund Geigen spielen …«

»Wenn wir uns hier schon Fantasien hingeben, können wir dann bitte Coco und ihr Geigengefiedel außen vor lassen?«, protestiert meine Zwillingsschwester. »Bitte. Kein Katzengeheul!« Sie stößt mir den Ellbogen in die Rippen, und ich lasse mich von der Mauer runtergleiten und zerre sie hinter mir her. Wir stolpern gegeneinander, lachen, sodass die Jungs aufhören, am Bühnenbild zu malen, um uns ein wenig perplex anzustarren.

»Psst!«, flüstere ich. »Die halten uns doch sonst für verrückt!«

»Na und? Sind wir doch auch«, kichert Skye, und dann winken die Maler uns zu, legen ihre Pinsel weg und kommen zu uns rübergeschlendert, um sich mit uns zu unterhalten. Sie heißen Chris und Marty, und wie sich rausstellt, studieren sie Bühnendesign. Während der Sommerferien helfen sie beim Film mit. Wir erzählen ihnen, dass wir in Tanglewood House wohnen, und sie scheinen bereits alles über uns zu wissen ... alles über das B&B, in dem die Produktionschefs absteigen, über das Pralinengeschäft und über die fünf Schwestern.

»Im Film kommt euer Zigeunerwohnwagen zum Einsatz«, meint Marty grinsend. »Wir bringen ihn runter in den Wald zu den beiden, die wir mitgebracht haben. Großartige Location. Muss toll sein, hier zu leben.«

»Schon okay«, meine ich schulterzuckend.

Und dann fällt mir der Strand ein und das Meer und der Wald mit den kleinen, knorrigen Bäumen; ich denke an die moosgrünen Wiesen, die Hügel, das Moor, das Dorf, ein kunterbuntes Durcheinander an strohgedeckten Cottages und altmodischen Lädchen, die dicht an dicht nebeneinanderstehen. Ich werde all das vermissen, falls – wenn – ich fortgehe, um die Ballettschule zu besuchen.

Chris und Marty machen für uns eine kleine Führung durchs Camp. Wir dürfen das Requisitenzelt besichtigen und den Haar- und Make-up-Wagen mit den Spiegeln und Drehsesseln, mit den vielen Paletten voller Farben und Tiegeln mit Lippenstift, Föhns, Glätteisen und Lockenscheren. In der Sekunde, in der wir das Garderobenzelt betreten, ist Skye völlig von den Socken, so begeistert ist sie von den Kleiderstangen voller bestickter Kleider und ausgeblichener Tweedjacketts.

»Das hier ist so was wie der beste und größte Laden für Vintagekleider, den ich je gesehen habe«, keucht sie ehrfürchtig, und Jess, die Kostümbildnerin, lacht und hört auf mit dem Bügeln, um uns die Klamotten zu zeigen. Ein paar Minuten später drehen wir uns in Fransenschals um die eigene Achse, und unsere Füße stecken in alten Stiefeln zum Knöpfen. Als die Kleider wieder sicher auf ihren Bügeln hängen, macht Chris ein paar Dosen Cola auf. Ohne lange nachzudenken, nehme ich eine und lasse mir das süße, dunkle Bitzelgetränk auf der Zunge explodieren.

»Ab nächster Woche habe ich eine Assistentin«, erzählt Jess uns. »Aber ich kann zusätzliche Hilfe immer gut gebrauchen, falls eine von euch Interesse hat? In der Umkleide kann es schon mal ganz schön hoch hergehen bei Historienfilmen wie diesem. Wir haben ein paar Szenen mit großen Menschenmengen und vielen Statisten, da herrscht dann immer das reinste Chaos. Das hat nichts Glamouröses an sich, man müsste bügeln, flicken, den Schauspielerinnen und Schauspielern beim Ankleiden helfen …«

»Ich hätte tatsächlich Interesse«, antwortet Skye mit

glänzenden Augen. »Ich war noch nie in meinem Leben mehr an was interessiert! Ich würde liebend gerne helfen!«

»Okay«, meint Jess grinsend. »Ausgezeichnet! Und du, Summer, möchtest du auch?«

Ich zögere. Ein paar Wochen mit einer Filmcrew rumhängen, bei den Kostümen helfen, während direkt vor unserer Haustür ein Film gedreht wird … das klingt doch zu schön, um wahr zu sein, und das ist es ja auch.

Ich weiß, dass ich den August nicht hier verbringen werde, dass ich nicht im Kostümzelt mithelfe, zusehe, wie die Filmarbeiten voranschreiten. Ich werde meine Zeit stattdessen in den Räumen der Exmoor-Tanzschule verbringen und trainieren, mich ins Zeug legen, nach Perfektion streben, mich auf das Vortanzen vorbereiten. Ich habe einen Traum, den es festzuhalten gilt, und dieser Traum hat rein gar nichts zu tun mit einem Film oder Spaß oder einem Ferienjob.

Man muss nun mal Opfer bringen, wie Miss Elise immer so schön sagt, um es im Ballett ganz nach oben zu schaffen. Und wenn das heißt, dass ich diesen Sommer auf ein bisschen Spaß verzichten muss, nun, dann soll es eben so sein. Der Traum bedeutet mir nun mal weit mehr.

»Vielleicht«, antworte ich schließlich mit einem Schulterzucken, aber für mich gibt es hier kein Vielleicht. Ich werde nicht mithelfen. Ich kann es mir nicht leisten, zeitlich nicht, und ich darf mich auch nicht ablenken lassen, nicht einmal von so was wie dem hier. Mit einem Mal schmeckt die Cola in meinem Mund widerlich – sie besteht aus nichts als Zucker und Kohlensäure und leeren Kalorien.

Skye plappert munter weiter und erzählt Jess was von ihrer Sammlung an Samtkleidern und Glockenhüten aus den Zwanzigerjahren. Ich aber stelle die Dose ab und trete ein paar Schritte zurück, abseits an den Rand des Geschehens, in den Hintergrund.

# 9

**Ich stehe gerade an der Salatbar der Schulmensa und** versuche zu entscheiden, ob ich wirklich schon wieder einen Teller voll grünem Salat, Tomaten und Mais nehme oder ob ich mir stattdessen einen Teller Thunfischpasta gönnen kann. Mein Magen knurrt vor Hunger.

Alfie, der nervigste Typ der westlichen Hemisphäre, steht plötzlich neben mir.

»Tauschen wir?«, meint er und hält mir seinen Teller voll Pudding mit Vanillesoße direkt unter die Nase. »Komm schon … bist du sicher, dass ich dich nicht rumkriegen kann?«

Der Pudding riecht unheimlich lecker, aber ich weiß, dass er nicht gut für mich ist. Diese Sorte Nahrungsmittel sollte mit einem Warnhinweis der Gesundheitsbehörde versehen sein. Tod durch Pudding. Aber wenigstens stirbt man dann glücklich und zufrieden, könnte ich mir vorstellen.

»Verzieh dich, Alfie«, sage ich seufzend. »Als Ballerina isst man so eine Pampe nicht.«

»Du könntest doch alles essen, was du willst, Summer«, meint er mit einem Schulterzucken. »Du bist doch total schlank und hübsch. Und beim Tanzen verbrennt man bestimmt sowieso eine Million Kalorien in der Sekunde …«

Schlank und hübsch? Ich sehe Alfie an, und er lächelt, die braunen Augen weichen meinem Blick nicht aus. Er ist gut, das muss ich zugeben. Fast hätte er mich reingelegt. Ein Teil von mir nimmt ihm sogar ab, dass er das mit dem Kompliment ernst meint, doch dann rufe ich mir wieder ins Gedächtnis, dass es Alfies einziger Lebensinhalt ist, die Leute zu verarschen.

»Ich hab dich beobachtet«, raunt er mir leise zu. »In letzter Zeit ernährst du dich ausschließlich von diesem Hasenfutter da.«

Die Wut schnürt mir die Kehle zu, heiß und stechend und schmerzhaft. Alfie hat kein Recht, mich zu beobachten, es hat ihn nicht zu interessieren, was ich esse. Ich wähle immer die gesünderen Alternativen, nur habe ich bewusst beschlossen, ab jetzt in erster Linie bloß noch Salat zu essen. Ich kann Jodies Worte nicht vergessen, von wegen, man habe sie darauf hingewiesen, dass sie die »falsche« Figur habe fürs Ballett. Ich werde nicht zulassen, dass irgendjemand das Gleiche zu mir sagt. Ich lasse nicht zu, dass irgendetwas zwischen mich und meinen Traum von der Ballettschule kommt.

»Dann beobachte mich halt einfach nicht«, flüstere ich.

»Ich habe dich nicht darum gebeten. Ich mein's ernst, Alfie. Deine schlauen Sprüche kann ich jetzt echt nicht gebrauchen.«

»Was ist denn hier los?«, will Aaron wissen, der plötzlich neben mir steht und meine Hüfte umklammert, als würde er sein Territorium markieren. »Nervt er dich, Summer?«

»Nicht mehr als sonst«, sage ich. »Alfie wollte seinen Pudding nicht essen, daher hat er ihn mir angeboten, aber … ich will ihn auch nicht. Klar.«

»Sie achtet auf ihre Figur«, meint Aaron grinsend. »Ich übrigens auch, zu zweit haben wir das ganz gut im Griff, Alfie. Deine Hilfe benötigen wir also nicht. Verschwinde.«

Meine Wangen glühen.

Als Aaron mich das erste Mal um ein Date bat, da war ich dermaßen geschmeichelt, dass ich gar nicht schnell genug zusagen konnte. Neuerdings aber fällt er mir immer mehr auf die Nerven, je öfter wir uns sehen. Als er mir jetzt mitten in der Schulmensa den Arm um die Hüften legt und dem Klassenclown erklärt, er würde auf meine Figur aufpassen, da möchte ich ihn am liebsten erwürgen.

Alfie zuckt nur traurig mit den Schultern, reicht mir den Pudding und geht weg. Der Duft der warmen Vanillesoße macht mir den Mund wässrig, aber mir ist klar, dass das ganz und gar nicht die Sorte Essen ist, die meinem Körper guttut. Wäre keine so gute Idee, auch nur ein bisschen davon zu probieren. Oder vielleicht doch?

Aaron verdreht die Augen, nimmt mir den Teller ab und kippt den Pudding kurzerhand in die Mülltonne.

Allmählich neigt das Schuljahr sich mit einer Reihe von Ausflügen und Sportevents dem Ende zu. Selbst an den gewöhnlichen Unterrichtstagen schalten die Lehrer einen Gang zurück und nutzen die Stunden für Ratespiele und Filme. Weniger Hausaufgaben bedeuten mehr Zeit fürs Training, aber ich freue mich dennoch auf die Ferien, weil ich mich dann mehrere Wochen den Vorbereitungen auf das Vortanzen widmen kann. Alle meine Freundinnen freuen sich natürlich aus ganz anderen Gründen auf die Sommerferien.

»Das werden die besten Ferien aller Zeiten«, schwärmt Tia, als wir am nächsten Tag in der Mittagspause auf der Wiese vor der Schule lümmeln und Blumenkränze aus Gänseblümchen flechten und die Sonne genießen. Meine Freundinnen essen Fritten und Donuts zu Mittag, während ich mich für einen Apfel entschieden habe.

Ich stelle hinten in meinem Hausaufgabenheft schon mal heimlich einen Trainingsplan auf und verplane die nächsten drei Wochen. Mit Bleistift trage ich die normalen Ballettstunden, die Termine für zusätzlichen Unterricht und die Tage ein, an denen das Senior-Studio in der Tanzschule frei ist. Dann blocke ich noch einen Zeitraum daheim, wo ich an meinem Ausdruckstanz arbeiten und allgemein trainieren will.

»Wir sind dreizehn Jahre alt«, meint Tia, ehe sie wieder in ihren Donut beißt. »Richtige Teenager! Wir sollten jede Minute auskosten!«

»Wie wahr«, pflichtet Millie ihr bei, wobei sie Skye und mich anrempelt. »Das gilt besonders für euch zwei, wo ihr doch ganze drei Wochen ohne Eltern seid, die ein Auge auf euch haben. Dann wird Tanglewood wohl zur Partyhochburg!«

»Keine Chance!«, erklärt Skye lachend. »Unsere Gran wohnt bei uns, um auf uns aufzupassen – wir werden uns also benehmen müssen!«

Millie zuckt mit den Schultern. »Aber Großmütter lassen sich doch meistens ziemlich leicht rumkriegen, oder? In der Regel lassen die sich ganz problemlos um den Finger wickeln. Sagt einfach, dass ihr eure Mom vermisst und deshalb ganz viele Partys mit euren Freundinnen feiern müsst, damit ihr abgelenkt seid …«

»Das wäre nicht fair Grandma Kate gegenüber«, sage ich.

Und schon füge ich meinem Trainingsplan eine Liste an Dingen hinzu, die ich tun kann, um Grandma Kate zu unterstützen. Doch dann runzle ich die Stirn. Meine Tage sehen jetzt schon recht voll aus. Da bleibt nicht mehr viel Zeit, um mich mit Freunden zu treffen.

»Komm schon«, meint Tia. »Die drehen einen Film direkt vor eurer Haustür und ein Großteil der Crew kampiert gleich nebenan auf der Wiese. Ganz zu schweigen von den wichtigen Leuten, die direkt bei euch im Haus wohnen. Das ist doch wohl das Spannendste, was in Kitnor seit Langem passiert! Da solltet ihr schon die eine oder andere Party schmeißen!«

Tia linst mir über die Schulter, weil sie wissen will, was ich da schreibe.

»Summer! Das sieht mir ja nach den langweiligsten Ferien aller Zeiten aus!« Sie reißt mir den Stift aus der Hand und kritzelt das Wort SPASS in riesigen Buchstaben quer über die Seite, nur für den Fall, dass ich es nicht geschnallt habe. Meinen ordentlich aufgezeichneten Stundenplan kann ich vergessen, aber ich gebe mir alle Mühe, mich nicht aufzuregen.

»Wir könnten versuchen, hin und wieder eine Party unterzubringen«, meint Skye. »Wir werden Grandma Kate schon bearbeiten!«

Tia und Millie und Skye schmieden Pläne für Lagerfeuer am Strand und Picknicks und überlegen, ob sie dazu Jungs aus der Schule einladen oder lieber versuchen sollen, ein paar süße Schauspieler im Teeniealter kennenzulernen, die beim Film mitspielen. Ich runzle die Stirn und beschließe, den Stundenplan einfach noch mal abzuzeichnen, sobald ich zu Hause bin. Nur dass ich den Spaß weglasse. Ich pflücke ein paar Gänseblümchen und fädle sie stattdessen aneinander.

»Da müssen doch ein paar Jungs mitspielen bei dem Film«, rätselt Millie. »Muss doch so sein, oder? Und Schauspieler im Teeniealter können im Grunde nur süß sein.«

»Jedenfalls besser als die Typen aus dem Dorf«, meint Tia, während sie Alfie und ein paar andere Jungs beobachtet, die ein Huckepackrennen auf dem Rasen veranstalten. Sie stolpern, rudern mit den Armen und schreien herum. »Ist schon echt deprimierend. Sei mir nicht böse, Millie … ich weiß ja, dass du Alfie magst. Er sieht ja auch nicht schlecht aus, aber er ist halt so eine Witzfigur!«

Millie und Alfie hatten bei der Geburtstagsfeier zu meinem Dreizehnten was miteinander, auch wenn sie sich seitdem aus dem Weg gehen. Alfie verhält sich Millie gegenüber höflich, aber distanziert, als hätten sie nie miteinander geknutscht. Ich glaube aber, dass sie immer noch in ihn verknallt ist. Über Geschmack lässt sich ja bekanntlich nicht streiten.

Dann ertönt ein durchdringender Schrei und Sid Sharma kommt mit Alfie auf dem Rücken auf uns zugestürmt. Den Mund hat er weit aufgerissen zu einem Siegesschrei. Sid galoppiert mitten in unsere Gruppe hinein und lässt Alfie ganz unvermittelt fallen. Der landet neben uns auf dem Boden, und noch während er fällt, rutscht seine Hose runter auf Halbmast und entblößt eine aufgeblähte Boxershorts in Neongrün mit Punkten drauf. Sid läuft lachend davon, während wir losjaulen und unsere Augen bedecken.

»Wie eklig!«, quiekt Millie. »Mädels, ich bin über ihn hinweg. Jetzt ist es offiziell.«

»Tut mir leid!« Alfie grinst übers ganze Gesicht und zerrt seine Hose wieder auf eine anständige Höhe hoch. »Sid kann schon manchmal echt nerven. Er hält sich ja für ach so witzig.«

»Ist er nicht«, erwidere ich trocken. »Genauso wenig wie du, Alfie. Verpisst euch, okay? Wir sind hier mitten in einem ernsthaften Gespräch!«

»Ich kann auch ernst!«, protestiert Alfie. »Macht nur weiter, Mädels. Kümmert euch nicht um mich. Ich mag politische Debatten und Kultur und … äh … na ja, was auch immer. Also redet weiter!«

Millie wirft ihm einen vernichtenden Blick zu und kehrt ihm dann den Rücken zu. »Ist tatsächlich ein total ernstes Gespräch«, pflichtet sie mir bei. »Wir reden über den Film, den die im Sommer hier im Dorf drehen wollen.«

»Cool«, meint Alfie, während er über Millies Schulter linst und ein trauriges Gesicht in meine Richtung zieht. »Darüber rede ich doch gern …«

»Achte nicht auf ihn, Millie«, erwidere ich seufzend. »Anders geht es nicht.«

»Tu ich«, schnaubt sie. »Mach dir keine Sorgen. Was ich vorhin sagen wollte, denkt ihr, wir dürfen tatsächlich beim Dreh zusehen? Weil vielleicht fällt ihnen ja eine von uns auf, und dann geben sie ihr eine Rolle. Vielleicht werde ich ja entdeckt und bin am Ende reich und berühmt, wie Emma Watson oder so …«

»Verlass dich aber lieber nicht drauf«, wirft Alfie Anderson ein. »Wenn ich mich recht entsinne, dann hast du das letzte Mal, als du in einer Schulvorführung mitgespielt hast, deinen Text vergessen, bist über dein Engelsgewand gestolpert und dann von der Bühne runtergefallen.«

»Damals war ich gerade mal sechs!«, schnaubt Millie. »Ehrlich, Alfie, meine schauspielerischen Fähigkeiten haben sich seitdem um einiges verbessert.«

»Mag schon sein«, meint er mit einem Schulterzucken. »Nur … wenn eine von euch eine Rolle in einem Film kriegt, dann Summer … sie hat doch schon haufenweise Erfahrung im Rampenlicht. Sie wäre bestimmt genial.«

Alfie grinst und ein vertrautes Gefühl der Panik rührt sich in meiner Brust. Ich hasse es, wenn er mich verarscht. Solange ich denken kann, macht er Witze auf meine Kosten, und auch wenn seine Worte dieses Mal recht wohlwollend klingen, bin ich mir doch ziemlich sicher, dass er sich wieder nur über mich lustig macht.

»Nicht witzig, Alfie«, sage ich.

»War auch nicht meine Absicht«, erklärt er. Er zwinkert mir zu und nimmt dann den Kranz aus Gänseblümchen und lässt ihn in seiner Hosentasche verschwinden, ehe er davonschlendert. Jungs können schon echt nervig sein.

»Auf keinen Fall will ich irgendwelche Jungs von der

Schule bei unseren Strandpartys und Picknicks sehen«, meint Millie.

»Und was ist mit Aaron?«, nimmt Tia mir die Frage ab. »Du kannst doch nicht generell alle Jungs davon verbannen!«

Sofort kommt mir der Gedanke, dass ich einen Sommer ohne Aaron gar nicht so schlecht fände, fühle mich aber mies deswegen. Man sollte nicht so schnell gelangweilt sein von seinem Freund, nicht wenn er zu den beliebtesten Jungs der Schule zählt.

»Aaron kann gern kommen, klar«, räumt Millie ein. »Er ist ja schließlich Summers Freund! Die coolen Jungs sind schon okay … aber nicht jemand wie Alfie Anderson!«

»Alfie ist schon in Ordnung«, meint Skye netterweise. »Er ist doch ein guter Kumpel, oder?«

»Na ja«, meint Tia schulterzuckend. »Solange er nicht die Hosen runterlässt.«

Millie seufzt. »Ihr seid doch viel zu nett«, sagt sie, doch sie lächelt dabei, weil sie offenbar von einem langen, sonnigen Sommer träumt, voll sandiger Strände und Schwimmsessions im Meer, aufregenden Filmdrehs, lauen Nächten mit Lagerfeuern aus Treibholz und Gitarrenmusik und Gelächter und Geknutsche.

Ich kann mir nichts von alledem vorstellen. Sobald ich versuche, es mir auszumalen, ist mein Gehirn wie leergefegt, wie der Monitor eines abgestürzten Computers. Ich lausche meiner Schwester und unseren Freundinnen, wie sie Pläne schmieden von sommerlichen Vergnügungen und Spaß in der Sonne, doch ich kann an nichts anderes denken als an Ballettübungen und das Vortanzen, daran, meinen Traum Wirklichkeit werden zu lassen. Ich lasse mein Hausaufgabenheft mit dem ruinierten Stundenplan in meiner Schultasche verschwinden.

Plötzlich verspüre ich einen leisen, nagenden Schmerz in der Magengegend, und ich könnte nicht sagen, ob es an der Furcht oder am Hunger liegt.

# 10

***Die letzte Schulwoche vor den Ferien ist angebrochen*** und Paddy und Mom bereiten sich auf ihre große Reise vor. Unser Zigeunerwohnwagen wurde bereits runtergebracht in den Wald, wo er für eines der Filmsets verwendet werden soll, und Paddy hat extra einen pensionierten Lehrer aus dem Dorf engagiert, der sich während seiner Abwesenheit um das Pralinengeschäft kümmern soll. Jeden Morgen kommt Harry keuchend hier auf seinem uralten Fahrrad in Tanglewood an, bereit, die Geheimnisse der perfekten Praline zu erlernen. Er ist ein stets vergnügter Exzentriker mit grauem Schnurrbart, der im Besitz einer ganzen Reihe von bunten Fliegen ist.

Paddy ruft uns alle zusammen, damit wir alles noch mal durchgehen. »Harry kümmert sich ums Tagesgeschäft und die Pralinenproduktion«, erklärt er. »Er hält alles am Laufen. Es sind genügend Vorräte in den Kühlschränken, die halten ewig, also braucht er sich in der Hinsicht um nichts zu kümmern, und Grandma Kate kann die Schecks einlösen und ein Auge auf die Website haben. Es sind nur drei Wochen, wir haben keine neuen Anzeigen in der Presse geschaltet, daher sollte nicht allzu viel los sein …«

»Mach dir nicht so viele Gedanken, Paddy«, meldet Harry sich jetzt zu Wort. »Du kannst auf mich zählen. Die Mädchen helfen sicher mit, falls wir uns vor Bestellungen kaum retten können. Stimmt doch, meine Damen, oder?«

»Klar, Harry«, antworten Skye, Cherry und Coco im Chor. Ich nicke bloß schwach, hoffe aber insgeheim, dass man meine Hilfe nicht brauchen wird, weil ich nämlich keinen Schimmer habe, wann ich dafür die Zeit aufbringen soll. Ich habe noch keine einzige Idee für meinen Ausdruckstanz, und ich muss mich jetzt bald mal auf etwas festlegen, das ist mir klar. Außerdem bin ich schon am Zweifeln, ob ich in den Sommerferien tatsächlich in der Tanzschule aushelfen kann, auch wenn ich Miss Elise das versprochen habe – es ist nur alles so knapp vor dem Vortanzen.

Honey fühlt sich im Gegensatz zu mir kein bisschen schuldig. Sie zieht lediglich amüsiert die Augenbrauen hoch. Ich bin mir ziemlich sicher, dass Harry nicht auf ihre Mithilfe zu zählen braucht, solange Paddy und Mom weg sind.

Gerade erst habe ich mich daran gewöhnt, dass Harry hier herumschleicht, als die Filmcrew in Tanglewood House einfällt und Quartier bezieht. Die Leute belagern die Gästezimmer und funktionieren den Frühstücksraum für die Gäste kurzerhand zu einem Büro um. Wir begegnen ihnen auf der Treppe oder sehen sie im Garten sitzen, wie sie in der Abendsonne auf ihre iPads und Laptops einhacken. Sie sehen cool aus, kreativ und schrecklich beschäftigt.

»Wir können uns im Grunde selbst versorgen«, erklärt Nikki, die Produzentin. Sie sitzt am Küchentisch und nippt an ihrem schwarzen Kaffee. »Wir erwarten kein großes Frühstück oder dass man unsere Zimmer täglich säubert. Alles, was wir wollen, ist ein bisschen Ruhe zum Arbeiten, eine stabile Internetverbindung, Festnetztelefon und einen Ort, an dem wir uns ab und an von den Filmarbeiten erholen können.«

»Das kriegen wir auf jeden Fall hin«, versichert Mom ihr. »Es gibt Müsli, Brot, Marmelade und einen Toaster im Frühstücksraum, dazu noch eine Mikrowelle und einen kleinen Kühlschrank voller Milch, Obst und Saft. Sollten Sie sonst noch etwas benötigen, fragen Sie einfach nach.«

»Wir werden Ihnen keine großen Unannehmlichkeiten bereiten, das verspreche ich«, entgegnet Nikki. »Auch wenn ich befürchte, dass Jamie nichts gegen die Gesellschaft von ein paar Leuten in seinem Alter hätte, wenn er gerade nicht arbeitet … Er kommt am Samstag, sobald die Schule zu Ende ist.«

»Die Mädchen kümmern sich schon um ihn«, verspricht Mom. »Nicht wahr?«

»Aber sicher«, sage ich. »Wir stellen ihm unsere Freunde vor, sorgen dafür, dass er sich nicht ausgeschlossen fühlt. Nicht wahr, Skye?«

»Ganz bestimmt«, flüstert meine Zwillingsschwester.

Doch abgesehen von mir bemerkt keiner, dass sie dabei rot wird.

Freitag ist der letzte Schultag und damit der allerletzte Tag überhaupt an der Exmoor-Park-Mittelschule für mich und Skye. Es gibt eine Versammlung für die Abschlussklasse, bei der Mom und Paddy und die Eltern von allen anderen sich auf kleine Plastikstühle quetschen und voller Stolz die Augen mit Taschentüchern abtupfen. Ich weiß noch, wie Dad zu solchen Veranstaltungen kam, Theatervorführungen in der Schule oder Weihnachtskonzerte und Elternabende, damals, als wir noch in der Grundschule waren. Na ja, tatsächlich ist er vielleicht ein- oder zweimal aufgekreuzt.

Ein paar von den Jungs haben eine Band gegründet und spielen jetzt einen Song darüber, dass man nach den Sternen greifen soll. Tia liest ein Gedicht vor, in dem es darum geht, dass man immer sein Bestes geben sollte, und dann gibt es noch eine Diavorführung mit Fotos von uns. Wie wir alle in Kajaks sitzen, Fotos von den Wissenschaftstagen, der Ausflug in der Siebten nach Alton Towers, die Schultheaterproduktion von *Bugsy Malone* (Ich war damals Tallulah, und ich fand die Tanzszenen spitze – ist ja klar).

Schon seltsam, zu sehen, wie wir uns verändert haben. Die aufgeweckten Neunjährigen mit den strahlenden Augen und den nagelneuen Schuluniformen sind nun zu richtigen Teenagern herangewachsen, die Haargel und Glätteisen und Eyeliner benutzen. Wir sind jetzt zu alt für die Mittelschule. Wir sprechen neuerdings nicht mehr über Puppen und Ponys, sondern über Boybands und Make-up und wer auf wen steht.

Wir lachen und kauen Kaugummi und legen zwischen den Unterrichtsstunden auf dem Flur neuen Lipgloss auf, aber ich frage mich trotzdem, wie viele von uns sich wünschten, wieder neun zu sein, wie viele sich zurücksehnen in Zeiten, als wir uns noch keine Gedanken machen mussten über BHs oder unsere Tage oder über Jungs, als es noch in Ordnung war, Spiele zu spielen, bei denen man so tat, als ob, oder als man noch Schokoriegel mampfen konnte, ohne einen Gedanken an Kalorien zu verschwenden. Manchmal denke ich, ein Teenager zu sein, ist ein Spiel, eine Rolle, die wir in einem Stück übernehmen, ohne dass uns jemand das Skript dazu gezeigt hätte. Wir sprühen uns mit Deo ein, das nach Erdbeeren riecht, stehen auf die gleichen Bands und tun so, als wären wir viel erwachsener, als wir es in Wirklichkeit sind.

Und dabei hoffen wir, dass niemand unser Spiel durchschaut. Vielleicht bemerkt ja der ein oder andere, dass wir nicht ganz so selbstsicher sind, wie es den Anschein hat, dass wir uns hinter der Fassade aus Eyeliner und fröhlichem Gelächter doch verloren fühlen. Oder geht es nur mir so? Es ist alles dermaßen schwer – und am schwersten ist es, den Schein zu wahren.

Tia stößt mich in die Rippen, und ich richte meine Aufmerksamkeit auf den Direktor, der nun zum Abschluss die Auszeichnungen verleiht. Jeder bekommt einen Titel verliehen. Es gibt einen für »das strahlendste Lächeln«, die »ausgefallenste Frisur«, das »frechste Grinsen« und die »geschmacklosesten Witze«. Ja, letzterer geht natürlich an Alfie Anderson. Tia erhält einen Preis, weil sie das größte Mathegenie ist, Millie, weil sie gut im Netzballspielen ist, Skye für das »ausgefallenste Styling«. Aaron wird zum »Sportass« erklärt, weil er so super ist im Fußball, und ich bekomme den Titel »Mädchen, das am wahrscheinlichsten Erfolg haben wird«. Dann klatschen alle und jubeln und versichern uns, was für ein tolles Paar wir doch sind.

Ich lächle und lächle, bis ich Gesichtskrämpfe kriege.

Später, als der Nachmittag in ein ausgelassenes Chaos übergeht, unterschreiben wir mit Filzstiften gegenseitig auf unseren T-Shirts, umarmen uns und schwören einander, in Kontakt zu bleiben. Für die meisten wird das kein Problem sein. Der Großteil meiner Klassenkameraden geht direkt weiter auf die Highschool, aber für mich ist das hier nicht nur der letzte Tag an der Exmoor-Park-Mittelschule. Möglicherweise ist es zugleich mein letzter Tag an einer ganz gewöhnlichen Schule.

Ich halte meine Auszeichnung fest umklammert, ein laminiertes Blatt Papier im A4-Format, das sich anfühlt wie ein Versprechen. Ob es wohl bedeutet, dass mein Vortanzen gut laufen wird? Ich hoffe es.

*Was, wenn nicht?*, meldet sich jetzt gemeinerweise die Stimme in meinem Kopf. *Was dann?*

Ich schiebe den Gedanken beiseite. Ich darf die Maske nicht fallen lassen, nicht jetzt, wo ich doch das »Mädchen, das am wahrscheinlichsten Erfolg haben wird« bin.

# 11

**Als wir an diesem Nachmittag von der Schule heim**kommen, ist Grandma Kate schon da und huscht durchs Haus wie ein kleiner Wirbelwind. Sie krempelt die Ärmel hoch, verscheucht Mom aus der Küche und befiehlt ihr, stattdessen ein Bad zu nehmen, sich zu entspannen, allmählich in den Flitterwochenmodus zu wechseln.

Mom und Paddy sitzen im Wohnzimmer und überprüfen ihre Ausweise und die Reiseunterlagen, packen die letzten Sachen, führen uralte Sonnenhüte und schreckliche Sandalen vor. Geistig sind sie längst Tausende von Meilen weit entfernt im peruanischen Urwald und träumen von Bio-Fairtrade-Kakaobohnen und Lamas und der Verlorenen Stadt der Inka.

»Seid gut zu Grandma Kate«, sagt Mom, das Gesicht zu einem einzigen Stirnrunzeln verzogen. »Macht keinen Ärger und helft mit, damit alles glattläuft. Seid freundlich. Und unterstützt sie, wo ihr könnt. Und was auch immer ihr tut, vergesst bloß nicht den Bettenwechsel am Samstag …«

»Mom, werden wir schon nicht«, verspreche ich. »Ist doch alles geregelt – ich habe einen Plan erstellt, damit jeder weiß, wann er wo anpacken soll. Das wird laufen wie geschmiert!«

»Um elf seid ihr zu Hause, und keine Sekunde später, versprochen?«

»Wir versprechen es«, sagen wir im Chor, alle bis auf Honey, die mit einem Mal total beschäftigt mit ihrem Handy hantiert.

»Honey?«, meint Mom auffordernd.

Meine große Schwester blickt schmollend hoch. »Um elf?«, fragt sie. »Im Ernst? Ich bin fünfzehn, keine fünf!«

Mom hört auf zu packen und dreht sich zu Honey um. Sie stemmt die Hände in die Hüften. »Wir hatten uns doch geeinigt, Honey«, sagt sie. »Elf. Das Letzte, was ich will, ist, dass Grandma Kate sich Sorgen darüber machen muss, wo du steckst. Wenn du dich damit nicht arrangieren kannst, dann blasen wir die ganze Sache ab.«

Stille senkt sich über uns und Paddy fährt sich angespannt mit der Hand durchs Haar. Schließlich bricht Honey das Schweigen.

»Okay, okay«, meint sie lachend. »Keine Panik, war nur ein Scherz, klar? Ich halt mich schon an die Sperrstunde. Ich versprech's.«

Mom entspannt sich und Paddys Schultern sacken erleichtert nach unten. »Harry hat die Pralinenproduktion im

Griff«, sagt er. »Er sorgt dafür, dass in der Hinsicht alles glattläuft, aber falls es Probleme gibt …«

»Wird es nicht«, verspricht Skye.

»Wir haben alles unter Kontrolle«, versichert Grandma Kate Mom und Paddy. »Hört auf, euch so viele Gedanken zu machen! Die Mädchen und ich kommen schon klar, und Harry wird den Laden mit militärischer Disziplin leiten. Ihr zwei müsst jetzt nur noch verschwinden und euren Spaß haben!«

»Aber drei Wochen …«, meint Mom seufzend. »Ich weiß nicht. Da kann so einiges schiefgehen …«

»Nichts wird schiefgehen«, schwöre ich, auch wenn ich dabei ein leeres, schmerzendes Gefühl in der Brust verspüre, das mir sagt, dass jetzt schon nichts mehr so läuft, wie es laufen soll. Ich will mich an Mom festklammern, sie ganz fest umarmen und anbetteln, sie möge nicht wegfahren. Aber selbstverständlich tue ich das nicht. Das wäre ja kindisch und egoistisch und grausam. Oder nicht?

»Summer, ich wäre so gern bei dir bei deinem Vortanzen«, sagt Mom jetzt. »Ich weiß doch, wie viel dir das bedeutet. Ich werde an dich denken und wünsche dir alles Glück der Welt. Ich schicke dir eine SMS, sooft ich kann, versprochen.«

»Schon okay.« Ich ringe mir mein bestes Bühnenlächeln ab, denke glückliche, positive Gedanken. Sagen wir es mal so, falls das mit der Karriere als Ballerina nichts werden sollte, erwartet mich bestimmt eine große Zukunft als Schauspielerin.

Als Mom meine Hand drückt, muss ich mich abwenden, da mir plötzlich ohne Vorwarnung Tränen in den Augen brennen.

Am nächsten Morgen sind wir alle schon bei Tagesanbruch wach, um uns zu verabschieden. Die Koffer sind in Paddys Minivan verstaut, und Mom sieht sich die ganze Zeit panisch um, um sicherzugehen, dass sie auch ja nichts vergessen hat. »Du gehst mit Fred spazieren und fütterst die Enten, ja, Coco?«, hakt sie noch einmal nach. »Und du siehst zu, dass Humbug jeden Abend wieder sicher im Stall ist, okay?«

»Du kannst dich auf mich verlassen«, verspricht Coco.

»Ruft an, wenn es irgendwelche Probleme gibt«, sagt Mom. »Ich hab mein Handy rund um die Uhr an, nur für den Notfall ...«

»Es wird keinen Notfall geben«, erklärt Grandma Kate mit fester Stimme, doch Mom scheint sie nicht zu hören.

»Im Gefrierfach gibt es Linsensuppe, selbst gemachte Fleischpastete und Würstchenauflauf«, sagt sie. »Und vergesst nicht, die Spülmaschine nicht zu voll zu machen. Behaltet die Website für die Chocolate Box im Blick und bearbeitet Bestellungen, sobald sie eingehen ... den geschäftlichen Zahlungsverkehr solltet ihr mindestens einmal in der Woche erledigen … und vergesst nicht das Gießen im Gemüsegarten …«

»Entspann dich, Charlotte«, erwidert Grandma Kate sanft. »Höchste Zeit, dass du endlich abschaltest und deine Flitterwochen genießt.«

Mom umarmt uns der Reihe nach ganz fest, und Paddy strubbelt uns durchs Haar, als wären wir aufgeregte kleine Hündchen und nicht ein Haufen Kinder, die bald schon ohne Mutter dastehen werden. Sie springen in den Wagen, und Paddy startet den Motor, während Mom das Fenster öffnet und sich rausbeugt. »Tut immer schön das, was Grandma Kate euch sagt … und haltet euch an die Sperrstunde, okay?«

Dann fahren sie los, so schnell, dass der Kies hochspritzt.

»Wir kommen bestimmt gut zurecht«, meint Grandma Kate entschlossen, ehe sie sich zum Haus umdreht. »Wollen wir nur hoffen, dass sie wundervolle Flitterwochen verleben. Und jetzt … machen wir uns an die Arbeit! Wer möchte gern einen von meinen Spezialtoasts zum Frühstück?«

»Ich«, jubelt Coco.

»Ich auch«, ruft Skye und legt Coco einen Arm um die Schultern. »Können wir so einen jetzt jeden Morgen haben? Deine French Toasts mag ich am liebsten! Wenn du noch nie einen French Toast von meiner Gran probiert hast, Cherry, dann wird es Zeit. Da sind Zimt und Butter und ein bisschen Ahornsirup drauf … einfach lecker.«

»Cool«, meint Cherry.

Noch vor wenigen Wochen hätte ich das wohl auch noch cool gefunden, aber jetzt nervt es mich, dass ich mich besser fühlen soll, nachdem meine Mom weg ist, bloß weil man mir ein Frühstück mit vielen Kalorien auftischt. Mein Magen knurrt vor Hunger, aber allmählich gewöhne ich mich an dieses Gefühl der Leere. Ich fühle mich leicht damit, rein, voller Energie.

Die anderen verschwinden nacheinander wieder im Haus. Honey gähnt und meint, sie könne jetzt noch nicht ans Essen denken, quasi mitten in der Nacht, und sie wolle wieder ins Bett, möglicherweise sogar bis Mittag schlafen.

Ich bleibe allein zurück, stehe in der leeren Einfahrt und starre noch in die Ferne, lange nachdem das Auto verschwunden ist.

# 12

**Ich bin im Studio in der Tanzschule, wo ich meine** Übungen noch einmal durchgehe und dann an der Choreografie für das Vortanzen arbeite. Die Uhr an der Wand verrät mir, dass ich bereits seit zwei Stunden trainiere, aber ich bin noch nicht ganz glücklich damit, wie es läuft.

Ich will, dass alles ganz geschmeidig, leicht, mühelos wirkt, doch heute klappt das irgendwie nicht. Ich fühle mich schlapp, bleiern, verloren. Ich hätte gern, dass mich die Musik voll und ganz erfüllt und mich fortträgt von diesem Ort, irgendwohin, wo Zeit keine Rolle spielt, an einen magischen Ort, wo der Tanz das Einzige ist, was zählt.

Ich blicke zum Fenster hinaus. Ein Flugzeug zerteilt den wolkenlosen Himmel und zieht eine blasse weiße Spur hinter sich her, wie Gischt. Ob Mom und Paddy wohl in diesem Flieger sitzen? Ich habe keinen Schimmer.

Den ganzen Morgen schon summt mein Handy immer wieder, weil Mom mir eine SMS nach der anderen schickt. *Schon fast in Heathrow,* schrieb sie, während ich im Bus in die Stadt saß. *Haben eingecheckt, alles bestens,* diese Nachricht traf ein, während ich mich umzog. *Durch die Sicherheitsschleuse* kam an, als ich mich runterbeugte, um die CD von vorn zu spielen. *Am Abfluggate,* da tauchte ich meine Schuhe kurz mal wieder in die Kiste mit dem Kolophonium. Und jetzt, schon seit zwanzig Minuten: nichts mehr.

Mom und Paddy sind bestimmt schon in der Luft, auf dem Weg nach Peru, vielleicht sogar in dem Flieger, den ich eben gesehen habe, oder in einem anderen Flugzeug, ganz weit weg. Ich freue mich für die beiden, bin so froh, dass sie jetzt eine Hochzeitsreise machen können, wie sie es verdient haben … aber ich kann nicht anders, irgendwie habe ich auch Angst.

Ich kann mich nicht erinnern, jemals mehr als ein paar Nächte von Mom getrennt gewesen zu sein, wenn ich bei Freundinnen übernachtete oder die wenigen Male, die ich bei Dad in London war. Das ist schon sehr lange her. Oder dieses eine Wochenende, das Mom in Glasgow verbrachte, als sie Paddy gerade erst kennengelernt hatte. Dann war da noch ein Schulausflug nach Wales in dem Jahr, als Dad uns verließ, so eine Art Outdoor-Woche, in der wir uns abseilen und in den Bergen rumwandern sollten. Damals kam es mir nicht richtig vor, wegzufahren, wo Mom doch so niedergeschlagen war wegen der Trennung, das Geld an allen Ecken und Enden fehlte und unsere Familie immer mehr auseinanderzufallen drohte. Skye und ich haben beide die Anmeldeformulare sofort in den Müll wandern lassen, ohne sie Mom überhaupt erst zu zeigen.

Ich weiß, dass ich inzwischen alt genug bin, um ein paar Wochen alleine klarzukommen. Es ist bescheuert, dass ich mich so unwohl fühle deswegen – wir kommen gut zurecht, und Grandma Kate ist lieb und verständnisvoll und bestens organisiert. Ist ja nicht so, als hätte man uns völlig uns selbst überlassen. Daher hab ich keinen Schimmer, warum der Kummer in meinem Magen vor sich hingärt wie saure Milch.

Die Tür zum Studio schwingt auf und Jodie steht in Trainingsklamotten vor mir. Sie scheint überrascht, mich zu sehen.

»Du bist früh dran«, meint sie grinsend. »Ich dachte, ich würde heute die Erste sein!«

Ich beschließe, nicht zu sagen, dass ich bereits seit zwei Stunden hier bin. In den vergangenen paar Wochen habe ich mehr als sonst trainiert, aber ich will auch nicht zu verbissen wirken, zu verkrampft, zu seltsam.

»Wäre das nicht unglaublich, wenn wir das Vortanzen beide schaffen würden?«, meint Jodie. »Und im September könnten wir dann schon Vollzeit in der Ballettschule anfangen. Ich kann an nichts anderes mehr denken. Bis zum Vortanzen werde ich jeden Tag trainieren!«

»Ich auch«, sage ich. »Ich würde alles tun, um einen Platz zu bekommen, wirklich alles.«

Jodie runzelt die Stirn. »Ich auch«, gibt sie zu. »Aber es liegt doch bestimmt auch am Schicksal, oder? Wenn wir einen Platz kriegen sollen, dann kriegen wir auch einen. Wenn nicht … na ja, dann sollte es eben nicht sein.«

Wut kocht in mir hoch. Das Glück und das Schicksal waren das letzte Mal ja nicht unbedingt auf meiner Seite, oder? Jodie würde doch nicht ernsthaft etwas so Wichtiges dem Schicksal überlassen. Reicht es denn wirklich, wenn man tanzt, so gut man kann, und dann hofft, dass die Jury einem netterweise eine Chance gibt? Ich denke nicht. Ich glaube, man muss alles in der eigenen Macht Stehende tun, um ganz sicher zu sein, dass man eine glänzende Leistung abliefert.

»Es soll aber so sein«, sage ich mit einem Stirnrunzeln. »Es muss klappen. Wir wünschen uns das doch schon, seit wir klein waren, Jodie. Wenn wir unser Bestes geben, dann schaffen wir das! Wir müssen!«

Sie zuckt die Schultern und lächelt und fängt dann mit ihren Aufwärmübungen an. Ich aber werde das Gefühl nicht los, Jodie könnte denken, ich würde es zu verbissen wollen.

Die hat ja keine Ahnung.

Am späten Nachmittag trifft Jamie Finch in Tanglewood ein. Er trägt eine gebrauchte Armeejacke und ein Paar roter Chucks, das schwarze Haar steht ihm in wirren Locken vom Kopf ab, und auf dem Rücken hat er einen überdimensionalen Rucksack. Nikki ist extra nach London gefahren, um ihn abzuholen, dann aber hat ihr bei ihrer Rückkehr bereits einer vom Produktionsteam aufgelauert, und jetzt ist ihr Sohn sich selbst überlassen.

Er kommt in die Küche geschlendert, wo wir bereits mit Fruchtsmoothies und Gebäck auf ihn warten. »Schön, dich kennenzulernen, Jamie«, sagt Grandma Kate. »Willkommen im Irrenhaus!«

Vermutlich geben wir tatsächlich ein recht verrücktes Bild ab. Coco sitzt auf der Abtropffläche der Spüle und spielt Geige, weshalb Skye auch ihre flauschigen rosa Ohrenschützer trägt, während sie eins der Kleider aus ihrer Vintage-Sammlung bügelt, um es später zu Jess, der Kostümbildnerin, zu bringen. Cherry hat es sich in dem Sessel neben dem Herd gemütlich gemacht und schreibt Haikus, und sogar Honey sitzt mit am Küchentisch und fertigt Tuschezeichnungen von uns allen an.

Ich habe eben erst meinen iPod aus den Ohren genommen, nachdem ich meine Ballettübungen ein letztes Mal durchgegangen bin, in einem labbrigen T-Shirt über meinem Gymnastikanzug und Stulpen. Heute im Unterricht habe ich nicht sonderlich gut getanzt, daher bin ich entschlossen, die Patzer auszumerzen, koste es, was es wolle. Ich überlasse das Vortanzen nicht dem Schicksal, ganz gleich, was Jodie auch sagt.

Fred, unser Hund, und das Lamm Humbug beobachten das Ganze. Sie haben sich beide auf Freds Kissen in der Ecke zusammengerollt. Es passiert nicht oft, dass wir alle hier in der engen Küche zusammenkommen, das heute ist eine Ausnahme. Wir brauchen einander, weil Mom und Paddy weg sind und alles ein bisschen aus dem Lot zu sein scheint.

Jamie Finch lacht, das Chaos scheint ihm nichts auszumachen. »Danke, dass ihr mich hier aufnehmt«, sagt er höflich. »Ich freue mich ja so, eine Weile von London weg zu sein – Mom hat mich noch nie bei einem Dreh mithelfen lassen. Das wird ja so cool! Übrigens, nennt mich einfach Finch … das sagen alle zu mir.«

»Na dann, willkommen, Finch«, verbessert Grandma Kate sich.

Coco legt ihre Geige zur Seite und blinzelt, und Honey zieht verwundert eine ihrer perfekten Augenbrauen hoch. Die Vorstellung, ein Junge wie er könnte Kitnor cooler finden als London, wirkt auf sie befremdlich. Ich werfe Skye einen Seitenblick zu. Sie hat die Tage bis zu Finchs Ankunft gezählt, und trotzdem wirkt sie jetzt total verblüfft, ihn hier in unserer Küche zu sehen.

»Hey«, sagt er, als er sie entdeckt. »Skye … wie geht's?«

Meine Zwillingsschwester läuft dunkelrosa an und scheint auf einmal nicht mehr reden zu können. Vielleicht hat sie ja wirklich nicht gehört, was er gesagt hat, wegen der flauschigen rosa Ohrenschützer. Die nimmt sie jetzt ganz behutsam ab und wirft sie achtlos in die Obstschale, wo sie neben einer Nektarine und drei grünen Äpfeln landen. Sie grinst, und Finch grinst zurück, und als der Rest von uns einen leicht angebrannten Geruch wahrnimmt, lässt sich schwer sagen, ob es von den feurigen Blicken oder von Skyes Bügeleisen kommt, das sie zu lange auf einem ihrer liebsten Vintage-Petticoats draufgelassen hat.

»Skye, sei vorsichtig!«, ermahnt Grandma Kate sie. Schnell steckt sie das Bügeleisen aus und hält den ruinierten Petticoat hoch, auf dem jetzt ein Brandfleck in der Form des Bügeleisens prangt.

Doch Skye kann den Blick nicht von Finch lösen, nicht einmal, um sich den Schaden anzusehen. Er aber ist genauso gefesselt von ihr. Ist fast so, wie wenn man sich einen von diesen kitschigen Filmen ansieht, wo alles in Zeitlupe und mit Weichzeichner läuft, und dann biegt es einem die Zehennägel hoch, so peinlich ist das alles. Ich dachte ja immer, derartige Szenen wären total übertrieben, weil es bei mir und Aaron absolut nicht so ist, wenn wir zusammen sind.

»Hallo?«, sagt Grandma Kate amüsiert. »Skye? Du lässt jetzt besser die Finger von diesem Bügeleisen, Liebling. Finch, warum gehst du nicht und suchst deine Mom und sagst ihr, dass hier eine hübsche Kanne Tee auf sie wartet. Dann zeige ich dir dein Zimmer, und ich bin mir sicher, die

Mädchen helfen dir, dich hier zurechtzufinden. Du wirst dich wie zu Hause fühlen …«

»Äh … okay.«

Finch löst endlich den Blick von meiner Schwester, grinst verlegen und schlendert dann davon, um nach seiner Mutter Nikki zu suchen. Auch Skye erwacht jetzt aus ihrer Trance und sieht runter auf den ruinierten Petticoat. Sie runzelt leicht die Stirn, als wüsste sie nicht so recht, was da soeben passiert ist. Ich weiß es ehrlich gesagt auch nicht, auch wenn mein Zwillings-Telepathie-Radar aktiviert und in höchster Alarmbereitschaft ist. Allerdings ist mir klar, dass es sich um ein großes, einschneidendes Ereignis handelt, vielleicht sogar um eine Art Naturkatastrophe, so was wie ein Erdbeben oder ein Tsunami.

Man muss kein großes Genie sein, um draufzukommen, was da eben abgegangen ist. Meine Zwillingsschwester ist total verknallt in Jamie Finch, und wie es aussieht, empfindet er wohl das Gleiche für sie. Ich freue mich für Skye, das tue ich wirklich, aber ich werde das Gefühl nicht los, dass das Leben nie wieder so sein wird wie bisher.

Ich beiße mir so fest auf die Lippe, dass ich Blut schmecke.

# 13

**Am Montagmorgen kommen Tia und Millie bei uns in** die Küche gestürmt und wedeln mit einem Flyer. Es handelt sich um eine Einladung an die Dorfbewohner, sich als Statisten fünfzig Pfund dazuzuverdienen, indem sie bei ein paar Massenszenen im Film mitwirken.

»Wir werden vielleicht berühmt!«, verkündet Millie mit großen Augen. »Wir könnten echt zu Stars werden und gewinnen vielleicht sogar einen Oscar und marschieren zusammen mit Robert Pattinson über den roten Teppich!«

»Jetzt krieg dich wieder ein«, sage ich. »Robert Pattinson spielt ja noch nicht mal mit bei dem Film!«

»Nein, aber dafür dieser Typ aus *Hollyoaks!*«, erklärt Tia. »Und der ist auch ganz schön scharf, nur dass er nicht funkelt. Millie hat schon recht, wir müssen es versuchen. Es gibt kein Vorsprechen. Wir gehen da am Samstag einfach hin zur Kostümprobe. Wie cool!«

»Ja, echt cool«, sagt Skye. »Ich helfe ja bei den Kostümen mit, dann kann ich dafür sorgen, dass du einen hübschen

Hut kriegst oder ein Schirmchen. Finch meint, das wird ein Riesenspaß.«

»Oh, tja, wenn Finch das sagt«, necke ich sie, nur dass es dann doch ein bisschen schnippischer rüberkommt als beabsichtigt. Ich glaube allerdings nicht, dass Skye das mitgekriegt hat. In den letzten paar Tagen scheint sowieso nichts zu ihr durchzudringen.

Ich muss zugeben, dass es vielleicht tatsächlich ganz cool ist, als Statist mitzuwirken. Passiert ja nicht jeden Sommer, dass die direkt hinter unserem Haus einen Film drehen, nur dass ich jetzt nicht so recht die Zeit habe, um mir Gedanken über Teenie-Schauspieler oder die Kostüme zu einem Historienfilm zu machen. Meine Gedanken gelten voll und ganz den Pliés und Jetés, und ich habe mir geschworen, heute den ganzen Tag im Studio zu verbringen, um an meinem Ausdruckstanz für das Vortanzen zu arbeiten. Ich werfe mir also meine Balletttasche über die Schulter und stehe auf.

»Wo willst du denn hin?«, erkundigt Skye sich. »Du hast doch heute gar keinen Ballettunterricht!«

»Nein, aber ich will trotzdem ins Studio und trainieren«, sage ich. »Ich muss mir ein paar mögliche Musikstücke anhören, mir was für meinen Ausdruckstanz einfallen lassen. Das muss richtig gut werden.«

»Aber … wir wollten doch an den Strand!«, protestiert Tia. »Heute ist der erste Tag der großen Ferien … wir wollten feiern, abhängen, schwimmen und Sonne tanken! Ich hab Aaron Bescheid gegeben und alles! Er hat zwar ein Fußballspiel, aber er meinte, er würde danach auf jeden Fall vorbeikommen. Du musst bleiben, Summer! Entspann dich ein bisschen!«

Ich schlucke den Ärger hinunter. Das ist also der Spaß, den Tia in meinen Stundenplan einbauen wollte, nur dass ich dafür absolut keine Zeit habe. Meine Prioritäten die nächsten Wochen konzentrieren sich voll und ganz auf das Tanzen. Mich in der Sonne zu entspannen und mir einen Strohhut aufzusetzen, um in einer Filmszene als Teil einer riesigen Menschenmenge mitzuspielen, ist da einfach nicht drin. Und was soll das, dass sie Aaron einlädt? Im Ernst, das hat mir gerade noch gefehlt.

»Summer?«, meint Millie in schmeichelndem Tonfall. »Komm schon. Du weißt, dass du es willst.«

»Ich hab zu viel zu tun«, pflaume ich sie an. »Bin viel zu beschäftigt, um zu schwimmen und mich in die Sonne zu legen. Tut mir leid.« Damit rausche ich zur Küche raus und lasse die Tür laut hinter mir zuknallen.

Erst als ich endlich in der Tanzschule bin, lässt das flaue Gefühl in meiner Magengegend nach. Es liegt am Stress, rede ich mir selbst ein. Stress wegen dem Vortanzen, Stress wegen des Ausdruckstanzes, Stress wegen Mom und Paddy, die jetzt auf der anderen Seite des Planeten sind.

Und vielleicht auch ein bisschen Hunger, weil ich mich

heute bislang nur von Cola Zero und Empörung ernährt habe. Essen ist jetzt genau wie Spaß für mich erst mal Nebensache.

Klar kann ich nicht erwarten, dass Tia und Millie das verstehen. Und mir ist auch klar, dass Skye im Moment andere Dinge im Kopf hat. Ich werde mich bei ihnen entschuldigen, ihnen erklären, dass ich ziemlich unter Druck stehe. Vielleicht geh ich ja sogar am Samstag mit ihnen zu diesem Filmdingens.

Spaß ... schätze, ich könnte dafür schon ein bisschen Platz schaffen in meinem Stundenplan.

Aber nicht heute.

Miss Elise ist überrascht mich zu sehen, doch als ich ihr erkläre, dass ich an meinem Ausdruckstanz arbeiten will, reicht sie mir einen Stapel CDs mit klassischer Musik und Ballettstücken. Die soll ich mir anhören.

»Da sollte auf jeden Fall was dabei sein«, versichert sie mir. »Wenn du das richtige Stück gefunden hast, ergibt sich der Rest von alleine. Das ist der einzige Teil, bei dem ich dir nicht helfen kann, und zugleich ist er vermutlich der wichtigste Teil deines Vortanzens, weil Sylvie dadurch etwas über dich persönlich erfährt. Viel Glück, Summer!«

Ich gehe nach oben, um mich umzuziehen, schlüpfe in ein weites T-Shirt und stapfe dann weiter ins Studio. Ich gehe meine Übungen an der Stange durch und trainiere den Tanz auf der Spitze, dann setze ich mich neben den kleinen

CD-Player und gehe Miss Elises CD-Sammlung durch auf der Suche nach Inspiration. Doch sie bleibt aus. Nach einer Weile verschmilzt die Musik zu einer Einheit, unendlich leicht und hell und luftig. Ich beiße mir auf die Lippe. Ich brauche was anderes – etwas Dramatisches, Kraftvolles, Energetisches.

Dann fällt mir das Poster in meinem Zimmer wieder ein, das von Sylvie Rochelle als Feuervogel, und schon blättere ich die CDs durch, bis ich Strawinskys Musik zu diesem Ballettstück finde. Schon besser – lebendig, energetisch, aufregend. Dann gehe ich Stück für Stück auf der CD durch, bis ich auf etwas stoße, das mein Herz schneller schlagen lässt … ein irres, chaotisches Crescendo an Tönen. In der Regel steh ich ja nicht so auf Chaos, aber diese Musik erfüllt mich wie die Luft zum Atmen. Sie fühlt sich richtig an.

Als ich mir das Booklet ansehe, stelle ich fest, dass ich mir ein Stück mit dem Titel »Höllentanz« ausgesucht habe – ein wilder Reigen, zu dem der Feuervogel die Kreaturen des bösen Zauberers verdammt. Lächelnd höre ich mir das Stück noch einmal an. Der Teil mit dem Ausdruckstanz sollte beim Vortanzen meine große Chance sein. Ich liebe es, Sequenzen aneinanderzureihen, Musik zu interpretieren, und jetzt, da ich das richtige Stück gefunden habe, kriege ich das vielleicht hin. Es handelt sich um ein recht anspruchsvolles Stück, aber Sylvie Rochelle wird es gefallen, das weiß ich.

Den ganzen Nachmittag lang versuche ich mich an Schrittfolgen und Pirouetten, doch nichts scheint zu passen. Trotzdem versuche ich es weiter. Ich tanze, bis meine Muskeln schmerzen, bis mir der Magen vor Hunger knurrt und meine Zehen voller Blasen und ganz blau sind.

Ich tanze bis an die Schmerzgrenze und weiter, als würde sich irgendwann alles von selbst ergeben, wenn ich mich nur lange genug selbst quäle.

# 14

**Als ich auf dem Heimweg im Bus mein Handy checke,** habe ich vier verpasste Anrufe und elf ungelesene Nachrichten. Eine SMS stammt von Mom, die berichtet, dass sie und Paddy in Lima angekommen sind, der Hauptstadt Perus. Die anderen Nachrichten sind von Skye, Millie, Tia und Aaron, die mich darüber informieren, dass der entspannte Nachmittag am Strand mittlerweile zu einer richtigen Lagerfeuerparty geworden ist und ich doch auf der Stelle kommen solle.

Ich ächze. Bis ich es endlich zum Strand hinuntergeschafft habe, ist die Sonne schon am Untergehen, und die Party läuft bereits auf Hochtouren.

»Endlich!«, ruft Aaron, als ich mich nähere. »Ich dachte, du würdest gar nicht mehr aufkreuzen.«

»Tut mir leid«, sage ich. »Ich hab völlig die Zeit vergessen, du weißt doch, wie das ist …«

Er schlingt mir die Arme um die Hüften, während ich mir das Partygeschehen ansehe. Shay Fletcher spielt auf der

Gitarre, Cherry sitzt neben ihm; Coco röstet Marshmallows am Lagerfeuer, und Honey lässt sich von JJ, Chris und Marty hofieren. Tia, Millie, Sid, Carl und Alfie winken mir zu und begrüßen mich mit lautem Hallo, während ich nach meiner Zwillingsschwester Ausschau halte. Ich kann sie aber nirgends entdecken.

»Wo steckt denn Skye?«

»Dort drüben mit diesem Finch«, meint Aaron. »Schmalzalarm pur … Junge, die hat's ganz schön erwischt.«

Skye und Finch sitzen auf einem Stück Treibholz direkt hinter dem Lagerfeuer, so dicht nebeneinander, dass sie sich fast berühren. Sie müssen sich gerade gegenseitig ihre Lebensgeschichte erzählen oder so, weil sie nämlich ununterbrochen reden. Ich denke, sie würden nichts davon mitkriegen oder sich nicht darum kümmern, wenn wir anderen uns auf Zehenspitzen davonschlichen und sie alleine ließen. Ich versuche, nicht allzu verletzt zu sein, dass meine Zwillingsschwester mich jetzt noch nicht mal bemerkt, obwohl sie mir alle diese drängenden Textnachrichten geschickt hat.

Aaron ist gerade mitten in einer endlosen Story über ein Fußballspiel, das er vorhin hatte. Mein Mund ist zu einem starren Lächeln festgefroren und meine Ohren fühlen sich im Ansatz schon etwas taub an. Ohne Vorwarnung beugt er sich vor und schmiegt sich an meinen Hals, sein Atem ist heiß und feucht, genau wie der von Fred, wenn er mich beschnuppert auf der Suche nach einem Leckerli. Fast wünschte ich mir, er wäre Fred, denn dann würde ich mich vielleicht nicht so unwohl fühlen. »Nicht, Aaron«, zische ich. »Die Leute gucken uns zu!«

»Na und?«, meint er mit einem Schulterzucken. »Du bist doch meine Freundin. Da ist das doch wohl erlaubt.«

Ich weiche zurück, weil es mir peinlich ist, und Aaron sieht mich finster an. »Mit dir ist es echt kein Spaß, Summer«, schnaubt er. »Du bist so … angespannt in letzter Zeit. Du denkst nur noch ans Ballett und dieses dämliche Vortanzen!«

»Das stimmt doch gar nicht!«, protestiere ich, doch Aaron hat schon irgendwie recht. Als wir zusammenkamen, da war ich geschmeichelt, einen so süßen Freund zu haben. Ich fand die Seidenblume, die er in meinem Schließfach hinterlassen hatte, richtig toll. »Von einem heimlichen Verehrer«, hatte er dazugeschrieben. Ich dachte, wenn ich mit Aaron zusammen bin, dann passieren ständig solche Dinge, süße, romantische Dinge. Dabei hat er die Blume seitdem kein einziges Mal erwähnt. Inzwischen glaube ich, dass das nur Taktik war, ein Mittel zum Zweck.

Ich habe mich in einen Jungen verliebt, der heimlich ein Geschenk in meinem Schließfach hinterlassen hat, und jetzt bin ich mit einem Typen zusammen, der die ganze Zeit bloß über Fußball und Xbox-Spiele redet. Ich wollte Romantik und muss mich stattdessen ärgern über feuchte

Küsse und Hände, die mich an Stellen zu betatschen versuchen, wo ich es nicht will.

Über die Flammen des Lagerfeuers hinweg beobachtet Alfie mich. Er macht ein nachdenkliches Gesicht. Vor diesem Jungen ist man einfach nirgends sicher.

»Hey, Aaron!«, brüllt er. »Hab gehört, du warst heute beim Fußball ein As. Drei Tore!«

Ist zwar seltsam, dass ausgerechnet er mich rettet, aber Aaron lässt mich doch tatsächlich stehen, um sich mit Alfie, Sid und Carl über Fußball zu unterhalten. Ich spüre, wie mich die Erleichterung überkommt. Ich lasse mich auf den Klippenstufen nieder, umschlinge meine Knie, versuche nicht daran zu denken, dass es mich schaudern lässt, wenn mein eigener Freund mich berührt. Es ist nicht Aarons Schuld. Er hat sich nicht verändert ... nein, er ist genau wie eh und je. Selbstbewusst, gut aussehend, genauso verrückt nach Fußball, wie ich es nach Ballett bin. Angeblich sind wir das perfekte Paar, doch da sprühen keine Funken, da ist kein Feuer, keine Energie zwischen uns.

Jetzt bin ich mir noch nicht mal mehr sicher, ob das überhaupt irgendwann mal so war.

Plötzlich taucht Alfie neben mir auf. Er hat Aaron, Carl und Sid stehen lassen. »Alles in Ordnung mit dir?«, erkundigt er sich, während er sich neben mir auf den Stufen niederlässt. »Du wirkst irgendwie angefressen.«

»Quatsch«, erwidere ich mürrisch. »Ich bin bloß ... müde.

Trainiere in letzter Zeit ziemlich viel. Ist ganz schön harte Arbeit.«

»Ah«, meint Alfie. »Das Vortanzen. Am dritten Samstag im August, oder?«

Ich blinzle. »Woher weißt du das denn?«

Alfie wirkt ein bisschen ertappt. »Äh … Ich glaub, Skye hat so was erwähnt. Oder deine Mom hat es meiner Mom erzählt, keine Ahnung. Aber wir drücken dir alle die Daumen, weißt du, das ganze Dorf. Du wirst das mit Bravour meistern!«

»So einfach ist das nicht«, entgegne ich seufzend.

»Schon klar«, meint Alfie. »Das ist es nie, wenn es einem viel bedeutet. Aber du hast das Zeug dazu, Summer, und du bist wild entschlossen … du schaffst das. Da sind sich alle sicher. Tja, zumindest fast alle …«

Ich runzle die Stirn. »Und … wer denkt nicht, dass ich es schaffe?«

Alfie macht einen Rückzieher. »Ach, keiner«, weicht er mir aus. »Ich meine, wir alle denken, dass du das packst, ich glaube bloß, er will dich einfach nicht verlieren, deshalb hat er darauf gewettet, dass du es nicht schaffst. Ich hab gesagt, du kriegst es hin, wir haben beide einen Zehner gesetzt. Ich muss mir um mein Geld keine Sorgen machen, so viel ist sicher.«

»Ihr habt gewettet, ob ich es auf die Ballettschule schaffe oder nicht?«, frage ich. Ich bin schockiert.

»War nur ein Witz, im Ernst«, wehrt Alfie ab. »Ich hab gesagt, du schaffst das mit links, und er hat einfach dagegengewettet, nur so zum Spaß. War nichts Persönliches, Summer. Er will nur einfach nicht akzeptieren, dass du fortgehst …«

Ich schlucke. »Nur damit wir uns nicht falsch verstehen«, sage ich. »Du hast gewettet, dass ich einen Platz an der Ballettschule kriege, und jemand anderer hat gewettet, dass ich es nicht schaffe …«

»So ungefähr war es, ja«, gesteht Alfie und schluckt.

»Na, dann lass mich raten … dieser Jemand war … Aaron.«

Alfie macht ein gequältes Gesicht. »Ist ja nicht so, dass er denkt, du hast nicht das Zeug dazu«, wiegelt er ab. »Er sagt so was bloß, um witzig zu sein. Anders. Du weißt doch, wie er ist …«

Ich blicke in Richtung Lagerfeuer, wo Aaron Carl und Sid gerade von seinem dritten Tor des Tages erzählt und dass das Team ohne ihn ja so was von aufgeschmissen gewesen wäre. Ich sehe da keinen gut aussehenden, allseits beliebten Jungen, der einfach nur witzig sein will, nein. In meinen Augen ist er ein total egoistischer, eingebildeter Typ, der noch dazu eine fiese Seite hat. Und dieser Typ gefällt mir ganz und gar nicht.

»Einfach unglaublich«, sage ich.

»Ich und meine große Klappe wieder«, stöhnt Alfie.

»Jetzt bin ich aber ordentlich ins Fettnäpfchen getreten … Mann, ich wette, jetzt hasst du mich.«

»Nicht mehr als sonst«, sage ich seufzend, und Alfie vergräbt das Gesicht in den Händen. »Hör zu, Alfie, ist doch nicht deine Schuld, dass mein Freund so ein Arsch ist.«

»Der bringt mich um«, wimmert Alfie. »Ich bin so was von tot.«

»Ich verrat ihm schon nichts«, sage ich. »Vergiss es einfach. Schätze, du hast mir eh nichts erzählt, was ich nicht schon längst wüsste. Das war sowieso nichts von Dauer.«

Wieder reißt Alfie den Kopf hoch, die Augen weit aufgerissen. »Du willst ihn verlassen?«, fragt er.

»Ich weiß es nicht«, gebe ich zu. »Schätze schon … wir verstehen uns schon eine ganze Weile nicht mehr so gut. Der Funke fehlt.«

»Echt jetzt?«, meint er, und sein Mund verzieht sich zu einem Grinsen. »Kein Funke? Es ist also nicht allein meine Schuld? Cool. Wenn du jemanden zum Reden brauchst … über Funken … oder sonst was … jederzeit … ich bin für dich da, versprochen. Das meine ich ernst, Summer.«

»Nein, danke«, entgegne ich.

»Okay. Auch in Ordnung«, meint er mit einem Schulterzucken. »Wie du möchtest.«

»Ich möchte, dass du mich jetzt alleine lässt«, bitte ich ihn. Als er wieder zu den anderen zurückgeht, sehe ich, wie sein Gesicht ernst wird.

Später, als der Himmel sich zu einem samtigen Tiefblau, gesprenkelt mit Sternen, verdunkelt hat und das Lagerfeuer längst heruntergebrannt ist und nur noch aus einem schwachen Glutrest besteht, ergreift Aaron meine Hand, während ich mit Tia, Millie und Cherry im Sand zu den sanften Klängen von Shays Gitarre tanze.

»Hey«, sagt er. »Wie geht es meiner wunderschönen Freundin?«

Er zieht mich an sich, sein Atem riecht nach Cola und Hamburgern, süß und fettig zugleich. Ich wende das Gesicht ab, blicke hoch zu den Sternen.

»Ich habe dich vermisst«, flüstert er in mein Haar und tanzt mit mir über den Strand davon, bis das Lagerfeuer und die Musik sich in der Ferne verlieren. »Du hättest heute bei dem Fußballspiel sein sollen, um mich anzufeuern. Du hättest heute Nachmittag hier an den Strand kommen sollen und zu der Party. Du schuftest zu schwer für diese dämliche Ballettsache. Ich hab angerufen, aber du bist nicht rangegangen …«

»Jetzt bin ich ja hier«, sage ich leise und wünsche mir gleichzeitig, ich wäre es nicht.

»Klar. Jetzt bist du hier …«

Aaron gleitet mit den Lippen über meine Wange, hinterlässt eine feuchte Spur wie eine Schnecke. Seine Hand gleitet runter zu meinem Po, und ich hätte jetzt wirklich gern, dass ich Millionen Meilen weit weg bin, weit weg von diesem eingebildeten, egoistischen Freund, der mich betatscht wie ein Stück Fleisch und billige Wetten abschließt, dass ich meinen Traum wohl nie verwirklichen werde.

Kein Funke. Ist das Grund genug, mit jemandem Schluss zu machen? Tia und Millie wären da vielleicht nicht ganz meiner Meinung.

Aaron lässt die Hand jetzt an meine Hüftknochen gleiten. »Psst, Summer«, flüstert er in mein Ohr. »Du isst wie ein Kaninchen und benimmst dich in letzter Zeit auch wie ein verängstigtes Häschen. Du wirst allmählich dünn – zu dünn. Da ist ja nichts mehr, woran man sich festhalten kann!«

Ich packe seine Hände und ziehe sie von mir weg, wie ich es schon sehr lange tun will.

»Dann tu es eben nicht«, sage ich. »Lass es einfach.«

Und damit wende ich mich ab und renne davon, über den Strand, vorbei am Lagerfeuer, die Stufen hoch und durch den nächtlichen Garten. Leute rufen mir etwas nach, doch ich achte nicht darauf. Ich laufe weiter, bis ich in meinem Zimmer angekommen bin. Dort werfe ich mich mit dem Gesicht nach unten auf die Patchworkdecke, die meine Mom genäht hat, als ich noch ganz klein war, und dann heule ich, bis keine Tränen mehr übrig sind.

# 15

**Ich trainiere schon seit Stunden im Studio der Seniors,** doch immer noch sind meine Bewegungen schwerfällig, klobig, unbeholfen, und mein Kopf fühlt sich total benebelt an, weil ich zu wenig geschlafen habe. Vergangene Nacht lag ich lange wach und habe geheult – dabei weiß ich noch nicht mal, warum. Ich wünschte, meine Mom wäre nicht so weit weg. Sie hat mir vorhin eine SMS geschrieben, in der stand, dass sie an mich denkt. Ich hatte schon angefangen, eine Antwort zu tippen, um ihr das mit Aaron zu erzählen, doch dann hab ich sie wieder gelöscht. Man kann seiner Mom doch keine düstere und trübsinnige SMS schicken, wenn sie auf Hochzeitsreise ist und doch eigentlich Spaß haben sollte.

Daher verdränge ich meine Trauer und trainiere stattdessen, auch wenn ich es heute absolut vergessen kann, dass ich mich im Tanz verliere. Ich krieg noch nicht mal die einfachsten Schritte hin, weswegen Miss Elise mich im Unterricht auch maßregelt.

»Hattest du denn ausreichend Schlaf, Summer?«, fragt sie mich vor der versammelten Klasse. »In Zukunft gehst du früher ins Bett – du tanzt heut eher mäßig, und du siehst fürchterlich aus! Du kannst es dir nicht leisten, bis in die Puppen zu feiern, du musst dich auf dieses Vortanzen vorbereiten! Halte dir stets vor Augen, wofür du es tust!«

»Ja, Miss«, flüstere ich. Dass sie mich kritisiert, fühlt sich an, als würde sie mir ein Messer reinrammen und dann auch noch umdrehen.

Wenn die nur wüsste. Ich denke doch an nichts anderes mehr als an dieses Vortanzen, doch je härter ich arbeite, desto mehr scheint mein Ziel mir zu entgleiten.

Ich nehme den Nachmittagsbus heim nach Kitnor, doch als ich aussteige, stelle ich fest, dass ich direkt in einen Hinterhalt geraten bin. Tia und Millie haken sich bei mir unter, während Skye und Cherry mich in den Mad Hatter bugsieren, wo sie zwei Erdbeerbecher bestellen, die wir uns teilen. Sie wollen wissen, was gestern Nacht geschehen ist, klar. Eigentlich wüsste ich das selbst gerne.

»Ist es echt vorbei?«, will Millie wissen. »Endgültig? Für immer? Weil ich nämlich immer fand, dass ihr das süßeste Paar seid, das es gibt! Das ist echt so was von traurig!«

»Wir hatten uns nichts mehr zu sagen«, erkläre ich seufzend. »Hatten rein gar nichts gemeinsam.«

»Ihr hattet sehr viel gemeinsam«, verbessert Tia mich.

»Ihr seid beide total beliebt und schlau und seht gut aus, und ihr habt beide ein Talent, durch das ihr euch von der breiten Masse abhebt. Rein theoretisch wart ihr das perfekte Paar!«

»Im wirklichen Leben waren wir das aber nicht«, sage ich und zucke mit der Schulter.

»Er redet echt ein bisschen viel über Fußball«, gibt Skye grinsend zu. »Und ich fand schon immer, dass seine Augen ein bisschen zu dicht beieinanderstehen …«

Ich liebe meine Schwester, das tue ich wirklich.

»Da war kein Funke zwischen uns«, erkläre ich ihnen.

»Tja«, meint Skye. »Da hast du's. Funken müssen schon sein.«

Millie verschluckt sich fast an ihrem Milchshake. »Funken?«, witzelt sie. »Da redet die Richtige, Skye Tanberry. Zwischen dir und Finch sind gestern dermaßen viele Funken geflogen, ich dachte, ihr beide müsstet jeden Moment in Flammen aufgehen!«

Skye wird rot und zuckt die Schultern. »Ich mag ihn«, erklärt sie schlicht, und ich frage mich, ob es wirklich so einfach ist. Entweder mag man jemanden oder nicht, und letzten Endes mochte ich Aaron Jones wohl nie besonders.

»Hast du mit ihm geknutscht?«, will Tia von meiner Zwillingsschwester wissen. »Seid ihr jetzt zusammen?«

»Noch nicht«, meint Skye lachend. »Mal im Ernst, ich hab ihn doch eben erst kennengelernt! Und außerdem dachte ich, wir unterhalten uns hier über Aaron Jones, nicht über Finch!«

»Aaron kam mir immer so nett vor«, meint Millie wehmütig. »Wen kümmert es da, ob die Funken sprühen? Wen kümmert es, ob seine Augen zu dicht beieinanderstehen oder nicht? Nicht dass ich finde, dass es so wäre, soweit ich das sehen kann …«

»Er hat mit Alfie Anderson um zehn Pfund gewettet, dass ich bei dem Vortanzen an der Ballettschule durchfalle«, offenbare ich ihnen, und die Mädels wirken ernsthaft schockiert. Selbst Millie lässt angewidert ihren Strohhalm los.

»So ein Loser«, meint Cherry.

»Idiot«, schiebt Skye hinterher. »Ich fand es immer grässlich, wie er dich begrapscht hat.«

»Und ich fand es immer zum Kotzen, wie er dauernd diese schreckliche Marisa McKenna angestiert hat«, steuert Tia bei. »Ohne ihn bist du besser dran.«

»Funken«, seufzt Millie. »Vielleicht sind die doch wichtig.«

Die Kellnerin bringt unsere Eisbecher und dazu ein paar lange Löffel. Das Eis sieht fantastisch aus, aber ich habe heute so mies getanzt, dass mir klar ist, dass ich mir das nicht verdient habe. Ich schaffe es, nicht viel mehr als eine Erdbeere davon zu essen, was, glaube ich, keiner mitkriegt.

»Carl mag dich, da bin ich mir sicher, Summer«, sagt Tia

nachdenklich. »Andere Mütter haben auch nette Söhne, du musst sie dir nur angeln.«

Ich schüttle den Kopf und nippe an meiner Coke Zero. Angeln … Genau das ist nun mal nicht so mein Ding, und ich habe es satt, mich ständig stressen zu lassen.

Als wir zurück nach Tanglewood laufen, entdecken Skye und ich Finch, der eine bemalte Kulisse zur Wiese bei der Grundschule schleppt. Sofort wird Skye ganz schwach und kriegt leuchtende Augen, was sie allerdings unter ihrem Strohhut zu verbergen versucht.

»Hey, Summer, Skye!«, begrüßt Finch uns. »Wir verwandeln die Spielwiese der Schule für den Film in einen edwardianischen Spielplatz – kommt mit und seht selbst!«

Ich will mich schon entschuldigen, doch Skye zerrt mich am Arm und sieht mich mit flehendem Blick an. Daher zucke ich die Schultern und folge ihr. Die Wiese ist wirklich völlig verwandelt. Arbeiter stellen gerade eine Schiffschaukel auf, eine Riesenrutsche und ein Karussell mit geschnitzten Holzpferden.

»Der Jahrmarkt taucht in ganz vielen Einstellungen auf«, erklärt Finch uns, während er die Kulisse am Eingang ablädt. »In dem Film geht es um umherziehende Zigeuner, die zu Beginn des vergangenen Jahrhunderts nicht selten auf den Jahrmärkten mithalfen. Hier wird am Wochenende der Großteil der Massenszenen gedreht!«

Keiner hält uns auf, als wir an einem Wurfstand mit Ringen, einem Wurfstand mit Dosen, einem Kasperletheater und einem Wahrsagezelt vorbeigehen, vermutlich weil Finch und Skye schon so gut wie zur Crew gehören.

»Das wird so cool, Summer«, sagt meine Zwillingsschwester grinsend. »Millie und Tia wollen am Wochenende auf jeden Fall als Statisten mitspielen, und Honey und Cherry und Coco vielleicht auch. Ich finde, du solltest auch mitmachen … das lenkt dich von Aaron ab.«

»Den hab ich doch längst vergessen«, sage ich. »Aber danke, ich muss unbedingt zum Balletttraining.«

»Komm schon«, meint Skye. »Du kannst dir doch bestimmt mal zwei Tage freinehmen, oder?«

Ich starre Skye an, als käme sie von einem anderen Planeten. Kapiert sie denn nicht, wie viel mir dieses Vortanzen bedeutet? Wie schwer ich dafür schufte? Ist sie denn gedanklich wirklich nur bei Finch? Zwei Tage freinehmen, das kommt nicht infrage.

»Ich kann nicht«, erkläre ich meiner Zwillingsschwester. »Das weißt du genau. Das Ballett geht vor.«

»Aber doch nicht die ganze Zeit!«, protestiert sie. »Jeder braucht doch mal eine Pause, Summer. Ich helfe bei den Kostümen mit, da suche ich dir was Hübsches aus … du wirst es lieben!«

Ich bin hin und her gerissen. Skye macht sich sicher Sorgen meinetwegen, weil sie mich normalerweise nicht so bedrängen würde. Aber sie irrt sich. Ein Wochenende lang an einem Filmset rumzulungern, ist echt das Letzte, was ich im Moment brauche.

»Versuch es doch wenigstens«, mischt Finch sich jetzt ein. »Das macht sich doch gut in deinem Lebenslauf. Es zeigt, dass du vielseitig bist. Weißt du, du könntest denen auch beim Vortanzen davon erzählen. Tanz, Film … das hängt doch alles zusammen, oder nicht? Alles kreativ?«

Ich sehe Finch an, seine Augen leuchten, wirken freundlich. Ich gebe mir alle Mühe, nicht gegen ihn zu sein, bloß weil meine Zwillingsschwester dabei ist, sich ernsthaft in ihn zu verlieben. Er versucht bloß zu helfen, und ich muss zugeben, dass an seiner Argumentation sogar was dran ist.

»So hatte ich das noch gar nicht gesehen …«

»Bitte?«, bettelt Skye. »Tust du es für mich?«

»Oh … Also, na schön.«

»Yesss!« Skye greift nach meiner Hand und wirbelt mich wieder und wieder herum, und ich kann nicht anders, ich muss lachen, und das erste Mal seit Wochen kann ich mich lockermachen. Wir haben August, die Sonne scheint, direkt hier im Dorf wird ein Film gedreht – ich wäre ja verrückt, das nicht zu genießen.

Finch schnappt sich Skyes Strohhut und rennt damit weg, zwischen den Jahrmarktständen hindurch, während wir ihm hinterherjagen. Zwischen dem Dosenwurfstand und dem Spiegelkabinett bleiben wir stehen und verschnaufen ein wenig.

»Wow«, meint Finch, als er auf einen der glänzenden Zerrspiegel zutritt. »Seht euch das mal an! Echt ulkig!«

Ich werfe einen Blick auf sein Spiegelbild, groß, dürr, mit langen Giraffenbeinen in der Röhrenjeans, der Oberkörper gestaucht mit einem winzigen Kopf obendrauf. Skye sucht sich ebenfalls einen Spiegel, einen, der sich wölbt und ihren Körper verzerrt und wellenförmig wirken lässt.

»Gruselig!«, sagt Finch. »Ich sehe aus wie ein Riese!«

»Schau mich an!«, kichert Skye. »Wie eine Ziehharmonika! Ulkig!«

Wir lachen so heftig, dass uns die Tränen über die Wangen laufen, und dann trete ich vor einen der Spiegel, und sofort erstickt mir das Lachen in der Kehle.

Ich bin nicht groß, ich bin nicht dürr, ich bin nicht wellig oder verzerrt oder sonst was. Meine Beine sehen nicht giraffengleich aus, mein Kopf ist nicht winzig, mein Gesicht sieht nicht gequetscht und froschäugig aus oder schmal und gedehnt. Stattdessen füllt mein Spiegelbild den gesamten Rahmen, wie ein dicker, aufgeblähter Fettklops. Mein Gesicht ist runder als der Mond. Mein Körper ist quadratisch, solide, grässlich, mein Bauch riesig, meine Oberschenkel dicker als drei Baumstämme, und selbst meine Knöchel sehen total fett aus.

Mir ist ja klar, dass es sich hier um einen Zerrspiegel auf

einem Jahrmarkt handelt. Mir ist klar, dass es nicht so ist, aber es fühlt sich so an, als wäre es so, es fühlt sich an, als wäre das da mein wahres Ich, das sich nun endlich doch zeigt, riesig, kolossal, hässlich. Ich bin nicht das Mädchen, das am wahrscheinlichsten Erfolg haben wird, nicht mal annähernd. Ich bin das Mädchen, das alle Welt täuscht, so tut, als wäre alles in Ordnung, das immer härter daran arbeitet, den Schein zu wahren, nicht demaskiert zu werden. Sobald ich die Maske ablege, wird nämlich jeder mein wahres Ich sehen. *Du bist nutzlos,* ruft die Stimme in meinem Kopf mir in Erinnerung. *Ein fetter, fauler Klops.*

Kein Wunder, dass ich nicht tanzen kann, kein Wunder, dass ich mich innerlich allmählich auflöse.

Es fühlt sich an wie das Ende der Welt.

# 16

**Die nächsten Tage ernähre ich mich ausschließlich von** Salatblättern und Apfelschnitzen, und das quälende Hungergefühl in meinem Magen wird nach und nach abgelöst von einer Taubheit und dann vom Nichts. Ich fühle mich leichter, reiner, sprühe vor Energie. Ich verbringe meine Tage in der Tanzschule und trainiere im Studio der Seniors. Harte Arbeit macht sich stets bezahlt … früher oder später. Man darf nur die Hoffnung nicht aufgeben.

Abends sehe ich mir dann immer Internetvideos von Sylvie Rochelle im *Feuervogel* an, auf der Suche nach Inspiration, nach Ideen, während meine Freundinnen und Schwestern am Strand oder bei den Zigeunerwohnwagen im Wald mit Finch und den Jungs von der Filmcrew abhängen.

»Mach dich ein bisschen locker«, meint Skye zu mir. »Das grenzt ja allmählich an Besessenheit, Summer. Das ist nicht gesund.«

Doch ich kann mich nicht lockermachen, nicht wenn ich eh schon zwei ganze Tage darauf verschwende, um als

Statist beim Film mitzuwirken. Nachts liege ich wach und mache mir Gedanken deswegen, ich kann nicht mehr einschlafen, weil meine Gedanken rasen. Manchmal stehe ich dann auf und schleiche mich runter in die Küche, um meine Übungen an der Stange durchzugehen, weil, wenn man perfekt sein will, darf man nie lockerlassen, nie aufhören.

Am Sonntagmorgen stehe ich dann mit einem Strohhut auf dem Kopf und in einem weißen Baumwollkleid mit Rüschensaum in einem Zelt. Mein langes Haar ist zu strammen Zöpfen geflochten, meine Füße stecken in getragenen Lederschuhen, und mein Gesicht ist geschminkt und gepudert und alles, als hätte ich eine Hauptrolle und nicht nur eine winzige Rolle in einer Massenszene.

Ich hatte mich bereit erklärt zu kommen, was ich mittlerweile bereue. Ich habe schon den ganzen Samstag damit vergeudet, einfach nur herumzustehen und nichts zu tun, und der heutige Sonntag scheint ganz ähnlich zu verlaufen. Skye ist die ganze Zeit beschäftigt mit dem Stylen und Ausbessern von Kostümen, wir anderen aber hängen schon seit Stunden hier rum und warten darauf, endlich zum Set gerufen zu werden.

»Das lenkt dich wenigstens von der Geschichte mit Aaron ab«, meint Millie voller Überzeugung, während sie am Büfett einen Pappteller volllädt mit knusprigem Brot und Butter und französischem Weichkäse. »Das muntert dich wieder auf nach dem ganzen Herzschmerz.«

»Mit meinem Herzen ist alles in Ordnung, Millie«, erkläre ich geduldig.

»Ja, klar«, pflichtet Tia mir bei. »Du bist eh besser dran ohne ihn. Oh, sieh mal, da sind Carl und Alfie und Finch!«

Sie zerrt mich zu ihnen rüber. Die drei Jungs tragen kragenlose Hemden und Westen und muffige alte Stiefelhosen, die man am Knie zuknöpft, und ich muss zugeben, dass mir das selbst dann ein Schmunzeln ins Gesicht gezaubert hätte, wenn ich Aaron Jones immer noch nachtrauern würde.

Finch sieht ziemlich cool aus und ziemlich nach Zigeuner in seinen Tweedsachen. Carl sieht komisch aus, aber okay, so als wäre er eben einem viktorianischen Familienporträt entstiegen. Nur Alfie sieht einfach bloß blöd aus. Seine Stiefel passen ihm nicht richtig, die Hose ist ziemlich zerschlissen, und er trägt eine labbrige Ballonmütze, bei der ihm der Pony absteht, sodass er aussieht wie ein Irrer. Und das ist noch nicht mal das Schlimmste.

»Trägst du etwa Eyeliner?«, pruste ich los. »Ist nicht wahr!«

Alfie läuft leicht rot an, und mit Schrecken wird mir klar, dass er außerdem Make-up, Lippenstift und Unmengen an Haargel draufhat.

»Ist nicht meine Schuld«, beschwert er sich, während er sich in eine Ecke zurückzieht. »Finch hat uns gezwungen mitzukommen. Er meinte, es würden unheimlich viele Mädchen mitspielen, aber kaum Jungs, und dass wir großen Spaß haben würden. Keiner hat was von Make-up gesagt! Die haben mir das einfach draufgespachtelt, ehrlich!«

»Sieht nicht so toll aus«, sage ich. »Ich meine, es ist … aber … na ja, du weißt schon, was ich meine.«

»Das bleibt jetzt ewig an mir hängen«, seufzt er. »Jeder kann sich diesen Film ansehen – ich, wie ich Eyeliner und Lippenstift trage, in meiner ganzen hochauflösenden Widescreen-Pracht. Was die Jungs in der Schule wohl sagen? Und dabei mache ich noch nicht mal einen Witz in der Szene. Das kann es doch nicht wert sein, nicht für läppische fünfzig Mäuse.«

»Aber du hast hübsche Augen«, sage ich und gebe mir alle Mühe, nicht loszulachen. »Vielleicht noch ein bisschen Lidschatten, das würde das Grün in deinen braunen Augen noch betonen …«

»Nicht witzig, Summer«, knurrt er mich an. »Für dich ist es ja kein Problem, du stehst ja auf dieses ganze Theaterzeug. Aber ich mag es nicht. Ich fühle mich wie ein Preispudel, den man rasiert und das Fell aufgeplustert und dann mit einer Schleife auf dem Kopf zur Schau gestellt hat.«

»Du siehst nicht aus wie ein Pudel.«

»Ja, klar, ich seh aus wie ein Transvestit als Gassenjunge«, stöhnt Alfie. »Ich schaff das nicht, Summer. Ich mein's ernst.«

»Reiß dich zusammen«, sage ich streng. »Du hast nur ein bisschen Lampenfieber, Alfie, bloß dass hier keine Lampen sind. Sobald die Kameras sich in Bewegung setzen …«

Plötzlich stellt Millie sich vor mich hin, das Gesicht kreidebleich, die Augen weit aufgerissen. »Sieh nicht da rüber«, zischt sie. »Tu so, als wäre nichts. Und lass dir nichts anmerken.«

»Wo soll ich nicht hinsehen?«, frage ich. »Was soll ich mir nicht anmerken lassen?«

»Wovon redest du, Millie?«, will auch Alfie wissen.

»Ach, es ist nichts!«, sagt Millie, dreht sich um und lotst mich von den anderen weg. »Gar nichts!«

Ich werfe einen Blick über die Schulter und in dem Moment entdecke ich ihn endlich, Aaron. Ist doch echt unfair, dass er in seinem Anzugjackett und dem ausgeblichenen Strohhut total gut aussieht, während wir anderen gekleidet sind wie Kinder. Aber das ist wieder mal typisch für ihn. Irgendwie setzt er sich immer durch.

»Der sollte doch eigentlich gar nicht hier sein«, meint Tia, die plötzlich neben mir steht. »Die Jungs haben ihm doch gesagt, er solle sich fernhalten von hier.«

Mag ja sein, dass sie das getan haben, nur Aaron lässt sich nicht gern vorschreiben, was er zu tun hat. Der Verlockung, in einem Film mitzuspielen – und dann auch noch dafür bezahlt zu werden –, konnte er wohl einfach nicht widerstehen.

»Er hätte nicht kommen sollen«, schnaubt Millie. »Schon gar nicht mit ihr!«

Ich blinzle, und dann frage ich mich, wie mir das Mädchen neben Aaron entgehen konnte, weil sie nämlich eindeutig hervorsticht aus der Menge. Marisa McKenna hat total wirres, lockiges schwarzes Haar und trägt dazu große goldene runde Ohrringe und einen weiten Rüschenrock. Allerdings geht er ihr runter bis zu den Knöcheln, was eher ungewöhnlich ist für sie. Dafür ist ihr Zigeuneroberteil dermaßen weit ausgeschnitten, dass es ihr über eine ihrer goldbraunen Schultern runterhängt und weit mehr Einblick gewährt, als es im edwardianischen Großbritannien üblich war. Aaron scheint total gefesselt von ihrem Anblick.

Klar kann man ihm das nicht verübeln. Eben erst ist er den Fängen einer total öden und langweiligen Freundin entkommen, doch er hat nicht lange gebraucht, um mich zu ersetzen. Aaron Jones ist mir im Grunde schnuppe – schließlich war ich es, die mit ihm Schluss gemacht hat. Marisa McKenna kommt ihm da gerade recht. Ich wünsche ihr viel Glück. Kann man nur hoffen, dass ihr nicht schlecht wird, wenn er seine Schleimspur auf ihrem Hals hinterlässt.

Ich versuche etwas zu sagen, mich zu bewegen, aber ich scheine auf der Stelle festgefroren zu sein. Panik keimt in mir auf und die Menschenmenge verschwimmt vor meinen Augen.

»Ich muss hier raus«, flüstere ich.

»Summer?«, meint Tia mit gerunzelter Stirn. »Lass ihn nicht sehen, dass dich das trifft. Sonst fühlt er sich als Sieger …«

»Wir können nicht einfach so gehen«, protestiert Millie. »Wenn wir unseren Auftritt verpassen, vertun wir unsere Chance, in dem Film zu sehen zu sein … achte einfach nicht auf ihn, okay?«

Aber es ist nicht okay, es ist überhaupt nicht okay.

»Sie braucht frische Luft«, sagt Alfie ganz überraschend. »Ich regle das schon.«

Und dann legt dieser lächerliche Witzbold mit der doofen Ballonkappe einen Arm um mich und führt mich davon, raus aus dem Zelt, hinaus über die Wiese und hinunter zum Wald.

# 17

**Wir lassen uns unter einem Baum nieder, und als ich** mein Gesicht gegen meine Knie sinken lasse, ist da plötzlich ein dunkler, feuchter Fleck auf meinem Kleid.

»Nicht«, sagt Alfie. »Das ist er nicht wert.«

»Ich weiß«, flüstere ich. Doch ich bin mir noch nicht mal sicher, ob ich überhaupt wegen Aaron Jones weine. Ich heule, weil gerade alles dabei ist, sich zu verändern, nichts ist mehr sicher … das Leben, das ich so straff und so ordentlich durchgeplant hatte; meine Hoffnungen, meine Träume, mein Selbstvertrauen. Es ist so, wie wenn man an einem Loch in einem alten Pulli herumzupft. Ehe man sichs versieht, löst sich alles auf.

In die Leute drüben beim Zelt kommt jetzt Bewegung. Die Laufburschen von der Crew führen die Statisten runter ins Dorf. Cherry und Honey und ihre Freundinnen sind auch da, und Coco hat Humbug an der Leine dabei. Ich sehe Carl und Finch und einen Haufen anderer Leute aus dem Dorf, alt und jung, allesamt kostümiert, und gemeinsam begeben sie sich für heute auf eine Zeitreise in die Vergangenheit. Meine Zwillingsschwester springt neben ihnen her, zupft an Schultertüchern herum und korrigiert Säume.

Ich beobachte Aaron und Marisa, die gemeinsam über den Rasen gehen, sein Arm um ihre Schulter geschlungen. Ich entdecke Millie und Tia, die sich suchend nach mir umsehen. Sie rufen ein paarmal meinen Namen, doch ich schüttle nur schweigend den Kopf in Alfies Richtung und halte mich zwischen den Bäumen versteckt.

»Wir könnten sie immer noch einholen«, meint Alfie, der mir ein großes weißes Taschentuch reicht. »Sollen wir?«

Ich tupfe mir die Augen trocken, und als ich das Taschentuch wegnehme, ist es voller beigem Make-up und schwarzen Eyelinerschlieren. »Nö«, seufze ich. »Ich bin nicht wirklich in Jahrmarktstimmung. Sehe ich sehr schlimm aus?«

»Wunderschön«, sagt Alfie. »Fast so hübsch wie ich.«

Ich lache, und er tupft mir die Wange mit dem Taschentuch trocken.

»Ich wollte eh nicht in dem Film mitspielen«, erklärt er mit einem Schulterzucken. »Berühmt zu sein, wird total überschätzt – gestern hab ich diesen Typen aus *Hollyoaks* im Supermarkt gesehen, wie er Schinken gekauft hat. Er hat dazu ganze zwanzig Minuten gebraucht, weil er erst einer

Horde Kids von der Grundschule Autogramme geben musste und dann auch noch den ganzen Kassiererinnen. Das Leben da oben ist nicht eben leicht.«

»Keine Ahnung«, sage ich.

»Eines Tages wirst du wissen, wie es ist«, neckt Alfie mich. »Du bist doch das Mädchen, das am wahrscheinlichsten Erfolg haben wird, schon vergessen?«

*Dann schon eher das Mädchen, das am wahrscheinlichsten auf die Fresse fallen wird,* unkt eine düstere Stimme in meinem Kopf. *Nutzlos.* Ich schüttle den Kopf, versuche die Worte zu verdrängen, doch sie haben sich in meinem Gedächtnis verankert wie Stacheldraht.

Keine Ahnung, was in letzter Zeit mit mir los ist. Ich trainiere härter als je zuvor, und trotzdem wache ich mitten in der Nacht auf und muss an das Vortanzen denken, und dann werde ich von Zweifeln und Ängsten geplagt. Ich verzichte vollständig auf Süßes und Fettiges und Junkfood, damit auch noch die letzten Reste meines Babyspecks verschwinden, doch wenn ich dann in den Spiegel schaue, kann ich keinerlei Unterschied feststellen. Ich lasse meinen Freund sitzen, und dann flippe ich gleich beim ersten Mal aus, wo ich ihn mit einer anderen sehe.

Meine innere Stimme hat schon recht. Ich bin nutzlos. Ich zittere, als hätte eine Wolke die Sonne verdunkelt.

»Summer?«, fragt Alfie sanft. »Alles in Ordnung?«

»Keine Ahnung«, flüstere ich. »Ich weiß es echt nicht.«

Er stellt keine dämlichen Fragen, was gut ist, weil ich nämlich keine Antworten habe, nicht jetzt. Alfie legt einfach nur einen Arm um mich, und das fühlt sich kein bisschen bedrohlich oder bedrängend an, so wie das bei Aaron immer der Fall war. Es fühlt sich einfach nur sicher und warm an, wie die Umarmung eines Menschen, der sich um einen sorgt. Ich schließe die Augen gegen die Tränen und meine Gedanken kommen ein wenig zur Ruhe. Nach einer Weile fühle ich mich besser, gefasster, stärker. Die Stimme in meinem Kopf ist jetzt still und das ungute Gefühl in der Magengegend ist verschwunden.

Ich schlage die Augen auf. Alfie Anderson hat ganz entspannt den Arm um mich gelegt, ganz einfach so, als wäre es kein großes Ding. Er macht keine Witze auf meine Kosten und versucht nicht, mich zu veräppeln. Stattdessen runzelt er nur leicht die Stirn, während er den Blick in die Ferne gerichtet hat. Das ist echt total komisch.

»Du bist noch nicht über ihn hinweg, oder?«, fragt er ganz leise, und ich blinzle.

»Aaron?«, hake ich nach. »Glaub mir, ich bin absolut, einhundert Prozent über ihn hinweg. Ich hab ihn ja schließlich sitzen lassen, schon vergessen? Das hat einfach nicht funktioniert – da war kein Funke mehr.«

»Ach so, ja«, meint Alfie. »Kein Funke.«

Er ringt sich ein Lächeln ab, und auf seinen Wangen ist plötzlich eine leichte Rötung zu sehen … es sei denn, er hat sich von der Visagistin auch noch Rouge auflegen lassen; bei Alfie weiß man nie so genau.

»Ich heule nicht wegen Aaron«, versichere ich ihm. »Schätze, ich hab nur einen Schock bekommen. Weil ich nicht erwartet hatte, ihn hier zu sehen, und schon gar nicht mit Marisa.«

»Der muss doch verrückt sein«, sagt Alfie. »Du bist eine Million Mal hübscher als Marisa. Und du bist schlau und talentiert und auch noch beliebt … du bist einfach unglaublich, Summer Tanberry, das weißt du doch, oder?«

Es folgt Stille, ein langes, leeres Schweigen. Ich glaube, Alfie Anderson hat mir gerade ein Kompliment gemacht, und zwar ein ganz schön großes. Wahrscheinlich will er bloß, dass es mir besser geht, bestimmt ist es so. Hallo, ich hab es hier mit Alfie Anderson zu tun. Und der hat nicht die Spur einer romantischen Ader in sich.

»Pass auf«, sage ich und stupse ihn sanft in die Rippen, während ich aufstehe. Ich klopfe mir Zweige und Blätter von den Klamotten. »Wusste ich's doch, dass du es nicht lange bleiben lassen kannst, das mit dem Verarschen. Du bist gut, Alfie, das muss man schon sagen. Man könnte glatt denken, du meinst das ernst!«

»Von wegen«, sagt Alfie leicht geknickt.

»Von jetzt an mach ich mir keinen Kopf mehr wegen Jungs«, verkünde ich, und schon mache ich mich auf den Weg hinaus aus dem Wald auf das wackelige Gatter zu.

»Ich muss mich auf's Ballett konzentrieren. Ich wünschte, sie hätten mich nicht hierzu überredet. Ich habe wertvolle Zeit verloren, jetzt muss ich den ganzen Nachmittag trainieren, um das wieder aufzuholen. Bis zum Vortanzen muss ich das perfekt draufhaben …«

Ich klettere über das Gatter, doch als ich mich auf der anderen Seite runterschwinge auf die Wiese, wird mir plötzlich schwindelig, und die Welt um mich herum dreht sich ganz unvermittelt, und vor meinen Augen tanzen Sternchen.

»Hey«, sagt Alfie. »Langsam, Summer … Was ist los?«

Er nimmt meine Hand, stützt mich, und endlich sehe ich wieder klarer. Ich hole tief Luft und allmählich verblassen die Sternchen.

»Mir war nur kurz ein bisschen schwindelig«, flüstere ich.

»Wann hast du denn das letzte Mal etwas gegessen?«, will Alfie wissen. »Ich meine, was Richtiges gegessen?«

Ich seufze. »Zum Frühstück hatte ich einen Apfel. Obst ist gesund.«

»Das Frühstück ist aber schon Stunden her«, erklärt er. »Und Obst ist schon gut, aber von einem lausigen Apfel kann man nicht den ganzen Tag lang leben. Da wirst du ja krank.«

Ärger kocht in mir hoch, doch ich dränge das Gefühl entschlossen zurück.

»Darüber will ich nicht sprechen«, sage ich. »Du verstehst

das nicht, Alfie, okay? Es ist hart, eine Ballerina zu sein – echt hart. Da geht es nicht nur um Talent, man braucht auch das nötige Aussehen.«

»Du isst schon seit kurz vor den Sommerferien nicht mehr richtig«, protestiert Alfie.

»Lass mich in Frieden, Alfie«, erwidere ich stur. »Ich esse genug … Ich hab nur das Mittagessen ausfallen lassen wegen dem Filmdreh und allem. Da gab es am Büfett nur Kartoffelsalat und Baguette und fettigen Käse …«

»Brot und Käse und Kartoffeln sind doch nichts Schlechtes«, erklärt Alfie.

»Ich weiß, aber … hör zu, das ist ja nur für eine Weile …«

»Bist du dir sicher?« Er sieht mich forschend mit seinen braunen Augen an und ich muss den Blick abwenden.

Wir gehen über den Rasen auf das Zelt zu, halten uns immer noch an den Händen, und ich bin froh, dass meine Schwestern und Freundinnen nicht hier sind und uns nicht sehen. Junge, die hätten einen Heidenspaß, wenn sie das mitkriegen würden. Natürlich würden sie nicht verstehen, dass wir uns nur an den Händen halten, weil mir ein paar Minuten zuvor total schwummerig war.

Ich hoffe bloß, Alfie sieht das genauso, wo ich jetzt so drüber nachdenke.

# 18

**Wieder einmal gehe ich ins Tanzstudio – vielleicht fällt** mir dort ja wieder ein, wer ich eigentlich bin. Nachdem ich vorhin die Nerven verloren habe wegen Aaron und mich vor Alfie zum Idioten gemacht habe, bin ich mir nicht sicher, ob ich mich selbst wiedererkenne. Ich gehöre eigentlich nicht zu der Sorte Mädchen, die in aller Öffentlichkeit ausrastet, vor dem Exfreund davonrennt und dann ihre heimlichen Ängste ausgerechnet mit dem nervigsten Jungen der ganzen Schule teilt … nur dass genau das jetzt wirklich passiert ist.

Das mit dem Tanzen läuft dann leider nicht ganz so gut, wie ich mir erhofft hatte, und trotzdem hilft es. Mein Körper fühlt sich straff und gedehnt an, und das schlechte Gewissen, weil ich das Training gestern verpasst habe, lässt allmählich nach. Auch die Aktion von heute Nachmittag ist mir nicht mehr ganz so peinlich. Mit meiner Choreografie bin ich trotzdem noch kein Stück weitergekommen. Mir bleiben noch zwei Wochen, um kreativ zu werden und mir was Dramatisches auszudenken, etwas, das Sylvie Rochelle völlig von den Socken haut. Aber irgendwie fällt mir einfach nichts ein, ich habe nicht die geringste Idee.

Dann, als ich gerade eine Pirouette vollende, kippt ganz plötzlich der Raum, und ich verliere den Halt und stürze. Ein bis zwei Sekunden lang bleibe ich ruhig liegen und krümme mich auf dem Boden. Mein Kopf dreht sich, die Musik spielt im Hintergrund weiter; dann lichtet sich der Nebel, und ich richte mich auf, immer noch ein bisschen zittrig.

Ich stelle die CD aus und tapse lautlos in die Umkleide. Meine linke Seite schmerzt ein wenig, bestimmt kriege ich blaue Flecken, aber den größten Knacks hat mein Stolz abbekommen. Wenigstens war diesmal keiner da, der mich hat fallen sehen. Aber gleich zwei Schwindelanfälle an einem Tag? Das kann kein Zufall sein. Ob Alfie wohl recht hat mit den ausgefallenen Mahlzeiten und der Sache, dass ich wieder mal richtig essen sollte? Ich ziehe die Stirn kraus. Was, wenn mir im richtigen Unterricht schwindelig wird und ich stürze? Oder noch schlimmer, bei meinem Vortanzen? Das kann ich nicht riskieren, auf gar keinen Fall.

Rasch ziehe ich mich um. Ich will weg von hier, raus aus der Tanzschule, weg vom Studio, aber nach Hause kann ich jetzt noch nicht. Ich will mich nicht meinen Schwestern und ihren Fragen stellen. Stattdessen begebe ich mich in die Bibliothek und sitze eine Weile ruhig da, benutze den

Computer, um nach Tipps für ein Vortanzen beim Ballett zu googeln. Sei gut vorbereitet, empfehlen diverse Webseiten. Trainiere hart. Ich finde keine Tipps dazu, wie man die Choreografie für einen Ausdruckstanz quasi aus dem Nichts erschafft … Schätze, das wäre auch zu viel verlangt. Ich google »Feuervogel« und sehe mir ein paar Clips von dünnen, wunderschönen Ballerinen an, die sich selbst ans Limit treiben. Wenn die das schaffen, wieso sollte es mir dann nicht auch gelingen?

*Weil du schwach bist,* meldet die Stimme in meinem Kopf sich. *Schwach und faul und viel zu verbissen.*

Ich zucke gequält zusammen. Klar will ich nichts von all diesen Dingen sein, aber ich hab auch keine Lust, im Unterricht ohnmächtig zu werden … vielleicht gibt es ja bessere Wege, die Kalorienzufuhr einzuschränken. Ich sehe mir ein paar Bücher zu Diäten und gesunder Ernährung an und schwöre mir, dass ich ganz viel zu dem Thema lesen werde. Dann steige ich in den späten Bus nach Hause. Während der so vor sich hintuckert, checke ich mein Handy und erwarte eigentlich SMS von Skye, Tia und Millie, die sich erkundigen, ob mit mir alles in Ordnung ist. Aber nichts. Haben die überhaupt mitgekriegt, dass ich nicht mehr da bin? Oder filmen die immer noch? Ich versuche mir nichts daraus zu machen.

Wenigstens ist da eine SMS von Mom, in der sie mir mitteilt, dass sie und Paddy jetzt in Cusco sind und sich langsam an die große Höhe gewöhnen, ehe sie zu einer Trekkingtour nach Machu Picchu aufbrechen. Am liebsten würde ich sie auf der Stelle anrufen und bitten, in den nächsten Flieger zu steigen und nach Hause zu kommen, weil ich sie brauche, mit ihr reden muss, eine Umarmung dringend nötig habe. Aber das tue ich nicht, klar. Stattdessen tippe ich eine fröhliche Nachricht, in der ich ihr versichere, dass es mir gut geht und das Training bestens läuft. Es würde ja nichts bringen, wenn ich die Maske fallen ließe, oder?

Als ich nach Hause komme, lümmeln meine Schwestern – und Finch – auf dem kuscheligen blauen Sofa herum, mampfen Pizza, die sie sich mitgenommen haben, und gehen wieder und wieder die Ereignisse des Tages durch. Sie hören nicht auf, über die Jahrmarktszene zu reden und über den Filmdreh, die Kostüme und die Zuckerwatte, wie aufregend das alles war.

»Da bist du ja wieder!«, ruft Skye, als ich reinkomme. »Also echt, Summer, du hättest bleiben sollen – du hast echt einen Wahnsinnstag verpasst!«

»Tia und Millie meinten, du hättest es dir anders überlegt«, sagt Finch. »Dass dir langweilig war und du deswegen beschlossen hast, lieber zu trainieren …«

Deshalb hat Skye also keine SMS geschickt. Schätze, ich sollte Tia und Millie dankbar sein, dass sie mich gedeckt haben.

»Ist nun mal super wichtig«, sage ich und quetsche mich mit auf das Sofa. »Dieses Vortanzen …«

Honey verdreht die Augen, und Coco schleudert ein Kissen nach mir und meint, ich würde von nichts anderem mehr reden als von diesem bescheuerten Vortanzen und dass das wirklich super langweilig wäre.

Für mich fühlt es sich so an, als hätte man mich geohrfeigt, doch Coco wollte mich nicht verletzen, das weiß ich. Denken meine Schwestern das wirklich? Dass Ballett langweilig ist? Dass mein Traum öde, sinnlos, bemitleidenswert ist? Dunkle Flecken brennen auf meinen Wangen. Ich fühle mich in dieser Sekunde eine Million Meilen weit entfernt von meinen Schwestern, wie ein Alien, der von irgendwo da draußen zusieht.

Sie kriegen noch nicht mal mit, wie aufgewühlt ich bin. Man möchte fast meinen, sie würden bald alle gesammelt nach Hollywood gehen, so wie sie reden. Syke will Kostümdesignerin werden, Cherry Drehbuchautorin; Honey will natürlich ein großer Filmstar werden, und Coco möchte gerne Tiere für den Film ausbilden, weil sie eine Frau getroffen hat, die sich damit ihren Lebensunterhalt verdient. Finch hat man gebeten, in dem Film eine kleine Rolle zu übernehmen, als einer der Zigeuner. Es ist zwar keine Sprechrolle, aber trotzdem, er träumt jetzt von Ruhm und Reichtum.

»Die haben gesagt, ich hätte das gewisse Etwas«, sinniert er. »Eine Art Funken!«

»Den hast du«, versichert Skye ihm mit großen Augen. »Eindeutig. Du warst obercool. Ich selbst habe noch nie so hart geschuftet wie heute, nur dass es sich nicht wie Arbeit anfühlt, nicht im Geringsten. Das war der tollste Tag meines Lebens, ich schwör's!«

Sie kramt die DVD von *Frühstück bei Tiffany* raus, weil das Grandma Kates Lieblingsfilm ist. Ich mag ihn auch sehr, weil Audrey Hepburn darin mitspielt, und die war echt wunderschön und sehr dünn und wollte ursprünglich mal Ballerina werden.

Finch beugt sich vor, um den Text auf der Schachtel zu lesen. Er sitzt so dicht neben Skye, dass man meinen könnte, die beiden wären an der Hüfte zusammengewachsen. Es ist ein seltsames Gefühl, meine Zwillingsschwester plötzlich mit einem Jungen zu sehen. Noch vor wenigen Wochen war ich diejenige mit dem Freund; und jetzt ist alles genau andersherum, und ich bin mir nicht sicher, ob ich das so gut finde. Es ist unmöglich, Finch nicht zu mögen, doch es fühlt sich an, als hätte Skye im Moment nichts anderes mehr im Kopf.

Grandma Kate kommt rein, und dann machen es sich alle bequem und reden nicht mehr, als der Film startet. Wir sehen der elfengleichen Audrey Hepburn zu, wie sie auf dem Fensterbrett sitzt und »Moon River« singt, den traurigsten und wunderschönsten Song auf der Welt, während das letzte Stück Pizza herumgereicht wird. Ich lasse es an mir vorbeigehen.

Skye sieht kurz hoch, die Brauen zu einem Stirnrunzeln verzogen. »Keinen Hunger?«, fragt sie. »Du liebst doch Pizza, Summer!«

»Ich hab schon in der Tanzschule gegessen«, schwindle ich. »Du kennst mich doch, hab nach dem Training immer riesigen Hunger …«

Skye sieht mich ziemlich lange nachdenklich an, doch dann stößt Finch ihr den Ellbogen in die Seite, und schon bin ich vergessen. Mein Herz klopft laut. Ich bin mir nicht sicher, ob ich jetzt erleichtert oder enttäuscht sein soll. Mom ist nicht hier, aber vielleicht könnte ich ja mit Skye über all das reden?

Vielleicht aber auch nicht. Skye ist der Mensch, der mich auf der ganzen Welt am besten kennt. Bloß dass sie keinen Schimmer hat, wie ich zu kämpfen habe. Hier sitze ich, inmitten meiner Familie, und trotzdem habe ich mich nie einsamer gefühlt. Was geschieht nur mit mir? Warum sieht denn keiner, was los ist? Skye ist meilenweit entfernt, in einer Art Fantasiewelt mit Finch. Sie halten Händchen, während sie sich den Film ansehen. Ich werfe einen Blick zu Grandma Kate und wünschte, man könnte ihr nicht ganz so leicht was vormachen oder Mom möge hier bei mir sein, statt auf der anderen Seite der Erde.

# 19

**Am Donnerstag bittet Miss Elise uns, ihr unsere** Choreografie für den Ausdruckstanz zu zeigen, und sofort überkommt mich die Panik. Ich scheine nicht mehr fähig zu sein, Musik in Tanz umzuwandeln. Die Sequenzen, die ich bislang zusammengestellt habe, wirken gezwungen, unbeholfen – sie gehen nicht geschmeidig genug ineinander über, und ich habe das Gefühl, klobige Treter zu tragen und keine Spitzenschuhe.

Miss Elise schüttelt den Kopf. »Summer, das wird nicht reichen«, sagt sie ruhig. »Was ist nur mit dir los? Das ist ein starkes Musikstück, nur der Tanz passt nicht richtig dazu. Das Ganze ist grob, unausgegoren, amateurhaft. Hast du denn nicht daran gearbeitet?«

Mein Gesicht läuft knallrot an. »Klar hab ich das«, flüstere ich.

»Dann arbeite noch härter!«, sagt Miss Elise. »Das ist das Einzige, wobei ich dir nicht helfen kann – du musst deine eigene Kreativität unter Beweis stellen, die Musik aus dir heraus interpretieren. In dem von dir gewählten Stück geht es um Leidenschaft, um Feuer … doch von alledem sehe ich in deiner Choreografie nichts. Den Ausdruckstanz musst du beim Vortanzen perfekt hinbekommen, Summer; das muss ich dir ja wohl nicht extra sagen!«

Nein, das ist nicht nötig … Genau das halte ich mir ja selbst alle zwei Minuten vor. Ich kämpfe gegen die Tränen an. »Tut mir leid, Miss Elise.«

Sie klatscht in die Hände, um Jodie und Sushila zu entlassen. Die beiden werfen mir mitleidige Blicke zu, als sie nach draußen gehen, um sich umzuziehen.

Meine Lehrerin seufzt. »Du bist eine der besten Schülerinnen, die ich hier seit Langem habe«, sagt sie streng. »Du hast Potenzial – gute technische Fähigkeiten und einen lebhaften, ausdrucksstarken Stil, durch den du dich auszeichnest. Das ist auch der Grund, weshalb Sylvie Rochelle dich ausgewählt hat … Und, wo sind diese Qualitäten jetzt? In den letzten zwei Wochen warst du nur müde, matt und träge. Du warst für mich immer eine der engagiertesten, entschlossensten Schülerinnen, die ich habe, und trotzdem scheinst du jetzt plötzlich aufgegeben zu haben!«

»Nein!«, protestiere ich. »Das ist nicht wahr!«

»Ist dir überhaupt klar, was für eine fantastische Chance das für dich ist?«, will sie wissen. Schweigend nicke ich.

»Dann zeig es mir, Summer«, sagt sie wütend. »Bis zum Vortanzen sind es nur noch zwei Wochen. Sei bereit. Enttäusch mich nicht. Das hier regelt sich nicht einfach von allein – du musst schon was dafür tun, und du musst es wirklich wollen.«

»Ich will es, und wie!«

»Dann streng dich an«, sagt Miss Elise. »Finde den Funken, das Feuer, die Leidenschaft. Du schaffst das, ich weiß, dass du es kannst!«

Da ist er also wieder, dieser Funke. Dieses ungewisse Etwas, an dem es mir einfach fehlt – nicht nur in meiner Beziehung zu Jungs, sondern auch beim Tanz. Vielleicht fehlt er mir ja gänzlich. Wann ist er mir bloß abhanden gekommen? Ob ich ihn wohl je wiederfinde, ihn mit dem Feuer meiner Entschlossenheit erneut zum Glühen bringe? Miss Elises Worte treffen mich tief, und trotzdem lächle ich, auch wenn mir eher nach Heulen ist.

Später sitzen Jodie und ich unten im Café am Ufer und nippen an unseren Lattes. »Miss Elise hat heute ja ziemlich auf dir herumgehackt«, sagt Jodie. »Sie kann schon manchmal ein richtiger Sklaventreiber sein. Du hast ganz gut getanzt, Summer. Vielleicht nicht ganz in Topform, aber jeder hat mal einen schlechten Tag. Du hättest es ihr sagen sollen, weißt du.«

»Was hätte ich ihr sagen sollen?«, frage ich stirnrunzelnd.

»Dass mit Aaron Schluss ist«, sagt Jodie. »In der Umkleide meintest du, es sei kein großes Ding, aber ihn mit diesem grässlichen Mädchen zu sehen und alles, das lässt einen doch nicht kalt.«

»Das hatte nichts mit Aaron zu tun«, entgegne ich.

»Deine Mom und dein Stiefvater sind auch nicht da«, fährt Jodie fort, »und dann sind da auch noch all diese Leute vom Film bei euch im Haus. Das ist doch sicher auch Stress. Das hättest du ihr erklären sollen!«

»Mir geht's gut«, sage ich und rühre in meinem Latte. »Mit alledem hat das nichts zu tun. Ich versteh das nicht, Jodie – sie denkt, ich würde es nicht ernsthaft wollen, würde mich nicht ausreichend anstrengen. Ich meine, will sie mich auf den Arm nehmen? Ich trainiere an jedem einzelnen Tag, und das stundenlang! In letzter Zeit denke ich an nichts anderes mehr!«

Jodie leckt nachdenklich die Erdbeermarmelade von ihrem Scone. »Vielleicht strengst du dich aber auch zu sehr an«, meint sie jetzt. »Übertreibst es womöglich. Ich trainiere auch jeden Tag, aber nicht gleich stundenlang. Da würde ich ja durchdrehen. Vielleicht trainierst du zu viel? Und bist deswegen irgendwie … ich weiß auch nicht, ausgelaugt? Du siehst echt ein bisschen müde aus, weißt du?«

Ich seufze. »Miss Elise findet, ich würde es nicht ernsthaft genug wollen. Du denkst, ich strenge mich zu sehr an. Wie soll ich es da richtig machen, hm?«

Jodie zuckt mit der Schulter und steckt sich einen Löffel voll Sahne in den Mund. »Du wirkst bloß ein bisschen arg gestresst, das ist alles«, sagt sie. »Die Sache ist echt so was von groß, nicht wahr? Doch letzten Endes ist alles dem Schicksal überlassen, wie ich finde. Wenn es passieren soll, dann passiert es. Wenn nicht … tja, dann müssen wir uns damit abfinden.«

Das ist nicht gerade das, was ich hören wollte. Das Schicksal ist mir viel zu unzuverlässig – ich kann mich nicht einfach zurücklehnen und zulassen, dass es über mein Leben bestimmt. Selbst die Kontrolle zu übernehmen, ist meine einzige Chance.

»Gib dein Bestes«, sagt Jodie gerade. »Logisch. Aber lass nicht zu, dass es dein ganzes Leben einnimmt!«

Dafür ist es ein bisschen zu spät, würde ich sagen. Dieser Traum bestimmt schon über mein Leben, seit ich denken kann, und er war noch nie so zum Greifen nah wie jetzt. Da ist nun wirklich nicht der richtige Zeitpunkt, um ein bisschen weniger Druck zu machen. In etwas mehr als zwei Wochen habe ich das Vortanzen hinter mir, aber bis dahin kann und werde ich auch nicht aufhören, alles zu geben.

»Ich will einen Platz«, sage ich. »Ich muss sie überzeugen, dass diese Schule das Richtige ist für mich. Daher tue ich alles Erdenkliche dafür!«

»Ich doch auch«, sagt Jodie und beißt in ihren Scone. »Versteh mich nicht falsch – ich würde auch alles tun.«

Alles, nur nicht die Kalorienzufuhr reduzieren, wie es aussieht.

Ich muss sie angestarrt haben, denn jetzt zieht Jodie eine Augenbraue hoch. »Willst du mal beißen?«, fragt sie und hält mir ihren Teller mit der anderen Hälfte des Scones hin. »Ich dachte mir schon, dass du ein bisschen arg streng bist, mit deinem fettarmen Latte und so. Der Scone ist so lecker! Selbst gemacht, glaub ich!«

»Machst … machst du dir je Gedanken wegen deines Gewichts?«, frage ich unsicher. »Und über deine Figur?«

Langsam zieht sich die Röte über Jodies Wangen, und ich wünschte, ich könnte mir auf die Zunge beißen. Klar macht Jodie sich Gedanken – schließlich ist sie auch nur ein Mensch. Trotzdem weiß ich, dass sie ein starkes Selbstbewusstsein hat und mit ihrem Körper zufrieden ist. Ich wünschte nur, ich könnte dasselbe von mir behaupten.

»Ich finde mich okay, wie ich bin«, sagt sie ein bisschen steif. »Das Tanzen hält mich schlank, aber ich mag es ein bisschen kurvig. Was willst du damit andeuten?«

»Nichts!«, wehre ich ab. »Ich finde dich auch absolut in Ordnung, Jodie. Nur … Bei mir bin ich mir nicht so sicher. Ich dachte, wenn ich dünner wäre, leichter, hätte ich beim Vortanzen eine größere Chance. Und ich versuche mich einzuschränken. Kein Kuchen mehr, kein Junkfood … aber das ist echt hart!«

Jodie blinzelt. »Du schränkst dich ein?«, wiederholt sie. »Eine Diät? Aber an dir ist doch sowieso nichts dran!«

»Das stimmt doch gar nicht«, widerspreche ich. »Ich war

mal schlank, aber in letzter Zeit bin ich ganz schön fett geworden. Vielleicht ist das ja nur Babyspeck, aber ich seh aus wie ein Mops in engen Gymnastikklamotten. Das ist hässlich.«

Jodie wirkt entsetzt. »Äh, nein, Summer«, sagt sie. »Du siehst auf keinen Fall dick aus – so bist du doch gar nicht gebaut. Und du hast keinen Babyspeck, nicht die Spur – du siehst wenn überhaupt aus wie ein Windhund und nicht wie ein Mops, glaub mir. Du hast neuerdings ja sogar noch abgenommen – ich dachte, du trainierst ganz einfach zu hart. Du musst schon was essen. Bitte werde nicht noch dünner!«

Ich sehe Jodie an. Will sie denn, dass ich dick bin? Vielleicht schon, weil sie dann selbst besser dasteht. Bei dem Gedanken zucke ich zusammen, aber warum sollte Jodie sonst so negativ sein? Ist sie etwa eifersüchtig?

»Wir alle werden runder, je älter wir werden, weißt du«, sagt sie jetzt. »Das ist völlig normal. Du kannst dich nicht so auf Diät setzen!«

Kann ich wohl, denke ich bockig. Und ich werde es auch.

»Worauf hast du denn noch verzichtet?«, will sie wissen. »Es ist doch nicht nur der Kuchen, oder? Du machst eine richtige Diät, ich weiß, dass es so ist, und das ist echt keine gute Idee. Wir sind erst dreizehn, Summer – für eine Crashdiät sind wir noch viel zu jung! Und gerade jetzt musst du bei Kräften bleiben! Du brauchst deine Vitamine und deine

Mineralien und dein Protein, sonst kannst du beim Tanzen nicht dein Bestes geben!«

»Ich bin doch nicht doof, Jodie!«, pflaume ich sie an. »Denkst du, ich würde bei so etwas Wichtigem ein Risiko eingehen? Ich mache keine Diät, ehrlich! Ich verzichte nur auf Junkfood …«

Ich runzle die Stirn. Vor ein paar Wochen traf das vielleicht noch zu, aber mittlerweile bin ich längst über diesen Punkt hinaus. Ich lasse ganze Mahlzeiten ausfallen, finde Ausreden, verfüttere mein Essen an Fred, unseren Hund, wenn keiner hinsieht, und ich kippe um. Tief in meinem Inneren weiß ich, dass das nicht gut ist.

Und ich glaube nicht, dass Jodie sich da was vormachen lässt. Tränen treten mir in die Augen, und sie setzt sich auf die Bank neben mich und legt mir den Arm um die Schulter. Dann sprudeln die Worte nur so aus mir hervor, ich kann sie nicht bremsen.

»Ich kann nicht anders«, flüstere ich. »Ich muss dieses Vortanzen bestehen, ich muss einfach! Da darf ich ihnen keinerlei Anlass geben, mich abzulehnen!«

»Aber du isst nicht genug«, sagt Jodie sanft. »Deshalb klappt das mit dem Tanzen nicht so gut, weil du müde bist und schlapp. Du hast Hunger und bist schwach und ausgebrannt.«

Wütend fahre ich mir mit der Hand über die Augen, schlucke die Tränen runter. »Mir geht's gut«, erkläre ich unwirsch. »Ich wünschte, ich hätte nichts gesagt. Ich dachte, du würdest mich verstehen!«

»Ich verstehe dich ja auch«, sagt sie. »Du bist total gestresst wegen diesem Vortanzen. Ich weiß, wie sehr du das willst – mir geht es ja nicht anders –, aber du darfst dich davon nicht dominieren lassen. Du musst was essen!«

»Ist doch nur für ein paar Wochen«, flüstere ich. »Sag keinem was davon, Jodie, bitte!«

»Tu ich nicht«, verspricht sie. »Aber ... Summer, du musst verstehen. Essen ist nicht dein Feind, es ist dein Treibstoff! Wenn du hungerst, wirst du krank, und dann wirst du überhaupt nicht mehr tanzen können! Und jetzt besorg ich dir was zu essen, okay?«

Ich starre auf die Tischplatte. Ich muss fürchterlich aussehen, total außer mir und mit knallrotem, tränenüberströmtem Gesicht. Jetzt bin ich wieder mal in der Öffentlichkeit total zusammengebrochen. Normalerweise bin ich so cool, so höflich, so in mir ruhend ... aber das ist jetzt schon das zweite Mal in einer Woche, dass ich völlig die Nerven verliere. Was geschieht da bloß mit mir?

»Hör mir zu, Summer«, sagt Jodie. »Das wird schon wieder. Du musst bloß was essen. Ich besorg dir was, dann fühlst du dich gleich besser, okay?«

Als wäre es wirklich so einfach. »Okay. Ich versuch's.«

Jodie geht vor an den Tresen. Sie will mir ja bloß helfen, das weiß ich – oder nicht? Ich kann es echt nicht sagen.

Was, wenn da nur Platz ist für eine von uns an der Rochelle Academy? Wenn Jodie mich als Bedrohung sieht und mich sabotieren will?

Mir tut schon der Kopf weh, weil ich die ganze Zeit darüber nachdenke. Allerdings weiß ich auch, dass Jodie eigentlich nicht so ist. Sie ist nicht fies oder boshaft oder eifersüchtig. Sie macht sich nur Sorgen, und das vielleicht mit gutem Grund, weil die Wahrheit ist, ich hab heute nicht gut getanzt, und ich bin müde, wie benebelt. Dann stellt Jodie grinsend ein Tablett auf dem Tisch ab, und sofort ist mir alles klar.

*Denk nicht im Traum daran,* warnt mich die Stimme in meinem Kopf. Von wegen, sie macht sich nur Sorgen.

Ein großer Becher Erdbeermilchshake mit frischen Früchten und Eiscreme steht da vor mir, dazu ein riesiges Stück Schokotorte mit viel Sahne und Marmelade und obendrauf eine dicke Schicht Schokoladen-Buttercreme … da nimmt man ja schon beim bloßen Hinschauen zu.

Ist das ihr Ernst? Ich sehe Jodies dämliches Grinsen und frage mich, wie ich je denken konnte, sie könnte es gut mit mir meinen. Ich schnappe mir meine Ballettsachen, stürze aus dem Café und lasse die Tür zuknallen, ohne einen einzigen Blick zurück.

# 20

**Dass Jodie mich so verraten hat, fühlt sich an, als hätte** man mir ein Messer in die Seite gerammt und es einmal kräftig umgedreht. Sie will nicht, dass ich dünn bin. Sie ist eifersüchtig, weil ich die Selbstbeherrschung besitze, Nein zu Kuchen und Junkfood zu sagen. Alfie ist das mit dem Essen auch aufgefallen und er hat mich ebenso wenig verstanden. Wie lange es wohl dauert, bis Miss Elise was mitkriegt, bis Grandma Kate und meine Schwestern anfangen, Fragen zu stellen?

Sie werden alle versuchen, mich aufzuhalten, wenn ich es zulasse. So weit darf es nicht kommen.

Heute ist Samstag, ich helfe Skye bei den Zimmern. Cherry ist mit Shay unterwegs und Coco hilft Harry in der Pralinenwerkstatt. Honey, welch Überraschung, liegt immer noch im Bett. Sie war gestern Abend mit JJ unterwegs, und ich bin mir sicher, dass sie erst nach elf zu Hause war. Grandma Kate scheint das nicht mitbekommen zu haben, aber mir ist es nicht entgangen.

Für mich ist der Bettenwechsel immer eine Art sportliche Übung, das Abziehen der Betten und das Beziehen mit frischen Laken und Bettzeug, das Staubwischen, Staubsaugen, Schrubben der Badezimmer. Gestern war ich ziemlich erledigt vom Tanztraining und trotzdem konnte ich nicht schlafen. Düstere Gedanken schossen mir wieder und wieder durch den Kopf, Zweifel, Befürchtungen, Sorgen. Heute bin ich so erschöpft, dass ich mich am liebsten auf den frisch gemachten Betten zusammenrollen und schlafen würde.

»Okay?«, fragt Skye, die den Kopf zur Tür reinsteckt. »Fertig?«

»Fast.« Kurz überlege ich, ob ich vielleicht mit meiner Zwillingsschwester reden sollte, ihr von der quälenden Furcht erzählen, die ich seit Wochen mit mir herumtrage. Aber was soll ich sagen? Dass ich nicht schlafen, nicht essen, nicht klar denken kann? Dass ich einem Traum hinterherjage, gleichzeitig aber auch Angst habe, ihn einzufangen? Nichts von all dem ergibt Sinn.

Skye hat keinen Schimmer, wie es mir geht. Ich hab mir ja geschworen, mich diesen Sommer wieder mehr an meine Zwillingsschwester anzunähern, aber im Moment sind wir weiter voneinander entfernt denn je. Skye hat andere Dinge im Kopf. Sie wusste früher immer genau, was ich denke, noch bevor ich mir selbst darüber im Klaren war, doch neuerdings hat sie mich nicht mehr auf ihrem Radar. Ich glaube, sie würde es noch nicht mal merken, wenn ich direkt vor ihrer Nase tot umfiele, so besessen ist sie von Finch.

»Ich geh runter zur Wiese und helfe Jess bei den Kostümen«, sagt sie jetzt. »Finch wird in einigen der wichtigsten Szenen gebraucht. Cool, was? Er sieht so toll aus in den Vintagesachen! Bis später!«

»Bis später, Skye.«

Grandma Kate ist runter ins Dorf gegangen zum Einkaufen, daher lege ich mich mit den Büchern aus der Bücherei in die Hängematte und lese. Ich muss rausfinden, wie ich mich am besten ernähre und trotzdem abnehme, sodass sich keiner Sorgen um mich zu machen braucht oder sich einmischt. Wenn man nicht isst, entgeht das den Leuten nicht – und keiner findet das gut.

Ich muss in Zukunft einfach vorsichtiger sein.

Die Bücher erklären alles … welche Nahrungsmittel wenig Kalorien, aber viel Eiweiß haben, sodass man gesund bleibt und gleichzeitig an Gewicht verliert. Ich mache mir eine Liste. Thunfisch, kaltes Hühnchen, gekochte Eier, Hüttenkäse, fettreduzierter Joghurt. Salatblätter, Tomaten, Mais, Sellerie. Heute habe ich ein gekochtes Ei und einen Apfel gegessen, find ich ganz okay.

Klar erklären die Bücher einem auch, dass man Brot und Kartoffeln und Nudeln und Reis essen soll, genau wie Käse und Lamm und Schweinefleisch und Quiches und Pasteten und Aufläufe. Sie bestehen darauf, dass es okay ist, hin und wieder ein Stück Pizza zu essen oder was vom Chinesen, selbst ein oder zwei Stücke Schokolade, Pudding, Kekse und Kuchen sind erlaubt.

Ich aber weiß es besser. Solches Essen ist nichts für Tänzerinnen.

Aber ich bereite diese Dinge gern zu, und vielleicht wenn Grandma Kate mich kochen und backen sieht, kriegt sie nicht mit, dass ich in Wirklichkeit gar nichts von dem Ergebnis anrühre. Das wird mich einiges an Willenskraft kosten, aber davon habe ich reichlich.

Von der Hängematte aus beobachte ich, wie Harry in einem Kittel mit Schokoladenflecken aus der Werkstatt kommt, um den Postboten zu begrüßen. Der überreicht ihm einen Packen Bestellungen für Paddys Luxuspralinen. Selbst mein neuer Stiefvater handelt mit hochwertigem Junkfood, Fett und Zucker, verpackt in hübsche kleine Schächtelchen. Kein Wunder, dass ich so fett bin. Es grenzt ja an ein Wunder, dass nicht die ganze Familie aussieht wie eine Horde Flusspferde.

Ich schreibe mir ein paar Ideen für Mahlzeiten auf, die ich für meine Schwestern kochen könnte: Pizza, Pasta, Nachos, Quiche … Apfelkuchen, Trifle, Tiramisu. Schon bei dem Gedanken wird mir der Mund wässrig. Als Nächstes liste ich meine Trainingszeiten und Unterrichtsstunden auf sowie die Zeiten, in denen ich schwimmen gehe und mit meinen Schwestern und Freundinnen abhänge. Ich lasse mir nicht von Aaron Jones oder jemand anderem vorhalten, ich wäre besessen oder langweilig oder hätte nichts anderes mehr im Kopf. Ich lass mir von ihm nicht sagen, ich solle zusehen, dass ich endlich lebe. Ich werde allen, mich eingeschlossen, beweisen, dass ich es schaffen kann. Ich werde mich zusammenreißen, werde lernen, meine Ängste zu verbergen – ich werde nie wieder die Nerven verlieren vor meinen Freunden, werde mir nicht anmerken lassen, wie aufgewühlt ich bin.

»Du bist die Vernünftigere, die Organisiertere von euch«, hat Tia mir wiederholt gesagt. »Du hast immer alles unter Kontrolle.«

Klar, logo. Das Problem ist nur, wenn die eigenen Freunde und Familie es gewöhnt sind, dass man immer alles schafft, dann fällt es ihnen oft gar nicht auf, wenn man dann plötzlich eine Niederlage nach der anderen erlebt. Vielleicht wollen sie es einfach nicht wahrhaben. Tja, auch gut. Zur Statistin im Film mag ich ja nicht taugen, aber trotzdem habe ich ein gewisses schauspielerisches Talent. Ich präsentiere den Leuten das, was sie sehen wollen, und verberge das, wovon sie lieber nichts wissen wollen. Aber was, wenn die Maske schon ein paarmal verrutscht ist?

Ich werde wohl noch ein bisschen stärker darauf achten müssen, dass das nicht geschieht.

Ich wache auf, weil Fred bellt. Die Sonne steht schon hoch am Himmel, die Bücher sind mir ins Gras gerutscht, und

Humbug, das Lämmchen, frisst sich einmal quer durch Moms Kräutergarten.

Ich strecke mich und gähne, linse über den Rand der Hängematte und sehe, wie Alfie Anderson über den Rasen auf mich zukommt. Panisch klaube ich die Bücher auf, stopfe sie unter die Kissen und lehne mich zurück, damit er sie nicht sieht.

»Skye ist nicht hier«, sage ich, als er sich nähert.

»Ich weiß«, meint er grinsend. »Ich wollte auch zu dir.«

Schnell rapple ich mich hoch. »Mir geht's gut«, erkläre ich fröhlich. »Danke, dass du dich neulich um mich gekümmert hast... ich glaube, ich hatte eine leichte Magenverstimmung. Deshalb hab ich nichts gegessen, und dann war mir eine Weile schwindelig. War nett von dir, bei mir zu bleiben.«

Alfie lässt sich neben der Hängematte ins Gras plumpsen. Sein Gesichtsausdruck ist undurchdringlich. Bin mir nicht sicher, ob er meine kleine Lüge geschluckt hat.

»Das hab ich nicht getan, weil ich nett sein wollte«, meint er schulterzuckend. »Ich hab es gerne getan. Schön, dass es dir wieder besser geht. Wie läuft es mit dem Balletttraining?«

»Toll«, sage ich mit etwas mehr Enthusiasmus als nötig. »Echt super.«

»Wie viele Tage sind es noch bis zum Vortanzen?«

»Zwölf Tage, einundzwanzig Stunden und fünfzehn

Minuten«, erkläre ich grinsend. »Nicht dass ich mitzählen würde.«

Alfie nickt nur. Er wirkt nachdenklich, hier unter den Bäumen im gesprenkelten Licht der Sonne. Nach der Gel-Orgie Mitte der Woche ist sein wuscheliges mittelbraunes Haar jetzt frisch gewaschen und das Gesicht geschrubbt, sodass da nichts mehr ist als seine Sommersprossen. Schätze, ich bin nicht die Einzige, die allmählich erwachsen wird – Alfie hat offensichtlich seinen ungepflegten, leicht chaotisch aussehenden Gammellook abgelegt, ohne den ich ihn eigentlich nicht kenne. Er ist groß und kleidet sich neuerdings recht stylish in Band-T-Shirts und hochgekrempelten Jeans, sein Grinsen ist breit und wirkt unbeschwert.

»Kein Eyeliner heute?«, witzle ich.

»Ich probiere es lieber mal mit einem natürlicheren Look.«

Eine halbe Ewigkeit verstreicht, vielleicht sind es auch nur ein, zwei Minuten, in denen ich in der Hängematte hin und her schaukle und Alfie ausgestreckt auf dem Rasen liegt. Ich überlege schon, ob ich ihm sagen soll, dass ich beschäftigt bin, dass er bitte gehen soll, dass ich in die Stadt muss zum Tanzunterricht oder versprochen habe, in der Pralinenwerkstatt zu helfen. Doch ich bringe keinen Ton heraus.

Ich pflücke ein Gänseblümchen, durchbohre den Stängel mit dem Daumennagel und fädle ein zweites Blümchen durch. Als ich noch klein war, fand ich es wahnsinnig toll, Blumengirlanden zu flechten. Ich hab dann immer Armbändchen und Halsketten und Gänseblümchenohrringe draus gebastelt … Es gefiel mir, dass jede einzelne Blüte für sich allein perfekt war, dass sie aber noch hübscher waren, wenn man sie aneinanderreihte. Genau was ich auch für Mom und Dad, Skye und Honey und Coco und alle Leute, die mir etwas bedeuteten, empfand.

»Hey«, sagte Dad einst an einem warmen Tag, als ich mir gerade eine Krone aus Gänseblümchen fürs Haar geflochten hatte. »Meine kleine Prinzessin.«

An jenem Tag hab ich mich wirklich wie eine Prinzessin gefühlt. Das war noch, bevor Dad uns verließ, klar. Ich mag ja Dads kleine Prinzessin gewesen sein, aber das hat ihn nicht davon abgehalten, die Familie auseinanderbrechen zu lassen. Blumenketten sind ebenfalls recht fragil, genau wie Familien auch. Manchmal gilt unsere Liebe Leuten, die uns ihrerseits nicht zurücklieben – oder zumindest nicht genug.

»Ich kann das nicht«, sagt Alfie, während er mir beim Flechten des Kranzes zusieht. »Viel zu ungeschickt. Ich hab zwei linke Hände.«

Ich hänge meine Blumengirlande Alfie ans Ohr. »Hätte besser ausgesehen mit Eyeliner«, sage ich. »Aber trotzdem, nicht schlecht, der Look.«

Alfie lacht. »Du nimmst mich einfach nicht ernst, oder?

Aber egal, solange es dich ablenkt von dem Vortanzen, ist es gut …«

»Nichts könnte mich davon ablenken«, sage ich mit einem Schulterzucken.

»Tja, ist eben dein großer Traum«, meint Alfie leise. »Das mit dem Tanzen.«

»Absolut. Mein Lebenstraum. Schon immer …«

»Ich bin mir nicht sicher, ob ich vergleichbare Träume habe«, sagt er. »Früher wollte ich immer Superman sein, als ich noch ein Kind war. Dann dachte ich mir, ich werde lieber Stand-up-Comedian mit meiner eigenen Show im Fernsehen und all das. Aber da bin ich mir jetzt auch schon nicht mehr so sicher. Ich habe es satt, immer nur den Clown zu spielen.«

»Da kommt man nicht mehr raus«, sage ich. »Wenn einen die Leute erst mal in eine Schublade gesteckt haben. Sie gewöhnen sich dran, und irgendwann schauen sie gar nicht mehr genau hin, selbst wenn man sich längst verändert hat.«

Genau wie ich Alfie schon vor Jahren als den lästigsten Typen der westlichen Hemisphäre abgestempelt und mir seitdem kein einziges Mal überlegt habe, ob das wirklich noch zutrifft. Tut es nicht, wie es aussieht, zumindest nicht mehr. Ich frage mich, was die Leute sehen, wenn sie mich anschauen. Eine kleine Miss Perfect, so hat Tia mich mal genannt, als wir uns kurzzeitig zerstritten hatten wegen einem Gemeinschaftsprojekt in der Schule. Zu der Zeit war ich hin und her gerissen zwischen Enttäuschung, weil sie wütend war, und Kränkung, dass sie überhaupt auf die Idee kam, mich boshaft als »perfekt« zu beschimpfen.

Ist es das, was sie alle denken? Dass mir alles nur so zufliegt?

»Ich überlege mir gerade Berufsalternativen«, sagt Alfie. »Ich dachte, vielleicht werde ich Fernsehkoch, aber nach der Erfahrung mit dem Eyeliner bin ich mir nicht mehr so sicher, ob ich für ein Leben vor der Kamera gemacht bin. Vielleicht mache ich lieber ein total cooles Biorestaurant auf oder so was.«

»Willst du mich verarschen?«, frage ich.

Er hält abwehrend die Hände hoch. »Ich mein das todernst«, sagt er. »Tatsächlich hätte ich da was, das dir vielleicht gut schmecken würde … nur eine süße Kleinigkeit …«

*Nein, nein, nein,* schreit die Stimme in meinem Kopf auf.

»Alfie«, sage ich vorsichtig und knirsche mit den Zähnen. »Du warst neulich total nett zu mir, aber mir geht's gut, ernsthaft. Ich schwör's. Ich brauch keinen, der auf mich aufpasst, nicht dich und auch sonst niemanden.«

Alfie zuckt mit der Achsel. »Okay«, meint er. »Ich kann eh nicht länger bleiben … aber das hier kann ich dir ja hierlassen. Denk dir nichts, wenn es dir nicht schmeckt. War nur so eine Idee.«

Damit holt er eine kleine Tupperbox aus dem Rucksack

und überreicht sie mir. Dann steht er auf. »Wir sehen uns, Summer.«

Er geht davon, und ich kämpfe gegen den plötzlichen Drang an, ihm die Dose an den Hinterkopf zu schleudern. Gerade als ich anfange, ihn als Freund zu sehen, beweist er mir das Gegenteil – er ist genau wie Jodie, ein Wichtigtuer, der versucht, meine Essgewohnheiten zu sabotieren.

Ich reiße den Deckel von der Dose runter und erwarte eigentlich, einen Schokokuchen darin vorzufinden, oder Trifle oder klebrigen Karamellpudding. Stattdessen sind da Ananasstücke, halbierte Erdbeeren und dunkelrote Himbeeren, gesprenkelt mit frischer Minze. Mir wird sofort der Mund wässrig und ich fange an zu grinsen.

# 21

**Für den Anfang zwinge ich mich, täglich drei kleine** Mahlzeiten zu mir zu nehmen, Obst zum Frühstück und Thunfisch-, Hähnchen- oder Hüttenkäse zum Mittag- und Abendessen. Das ist es mir wert, solange ich mir so die Leute vom Hals halte, und die ausgefallenen Sachen, die ich zum Abendessen koche, um Grandma Kate ein bisschen zu entlasten, sind auch eine gute Ablenkung. Keinem scheint aufzufallen, dass ich selbst nicht sonderlich viel esse oder dass Fred langsam moppelig wird wegen all der zusätzlichen Häppchen, die ich ihm unter dem Tisch zustecke.

Die Schwindelanfälle hören auf, deshalb gehe ich noch ein bisschen mehr an meine Grenzen. Ich stecke all meine Energie in den Tanz und habe plötzlich das Gefühl, als hätte der Nebel sich gelichtet. Ich kann mich wieder frei bewegen, drehe mich und springe und mache Pirouetten. Die Angst vorm Versagen lässt allmählich immer mehr nach.

Noch einmal versuche ich es mit meiner Choreografie für den Ausdruckstanz. Ich versetze mich in eine der vom

Feuervogel verzauberten Gestalten hinein, tanze wie verrückt zur Hintergrundmusik ihrer Zerstörung, und dieses Mal, endlich, finde ich fließende Übergänge zwischen den Sequenzen. Miss Elise sagt auch, dass der Tanz sich jetzt langsam zusammenfügt, was mich endlos erleichtert. Wenn ich viel trainiere, wirklich richtig hart arbeite, dann schaffe ich das vielleicht doch noch. Ich streiche die Tage auf dem Kalender aus: zwölf, elf, zehn.

Mom schickt mir eine SMS aus Peru, dass sie und Paddy jetzt Cusco verlassen und nach Machu Picchu trekken. *Hartes Stück Arbeit,* schreibt sie. *Aber wundervolle Aussichten. Wie läuft es mit dem Training? Alles okay?*

Was soll ich antworten? Ich wüsste gar nicht, wo ich da anfangen soll.

*Alles bestens,* schreibe ich also zurück. *Mach dir keine Sorgen – alles unter Kontrolle.*

Na ja, fast alles.

Honey hat spitzgekriegt, dass ihr Nerdkumpel Anthony das ganze Wochenende allein zu Hause ist, weil seine Eltern einen Verwandten in Wales besuchen. Sie ist schon ganz eifrig dabei, eine Party zu planen.

»Er wohnt draußen am Dorfrand«, sagt sie, während sie den Gefrierschrank nach Burgern und gefrorenen Hamburgerbrötchen durchwühlt. »Keine Nachbarn … da können wir richtig einen draufmachen!«

»Weiß Anthony denn überhaupt schon von seinem Glück?«, frage ich, als meine große Schwester eine Flasche Sekt aus dem Regal stibitzt und in ihrer Tasche verschwinden lässt.

»War ja sein Vorschlag«, meint sie schulterzuckend. »Zumindest hat er gemeint, ich solle zum Grillen vorbeikommen, und das ist ja wohl fast das Gleiche …«

Ich ziehe eine Augenbraue hoch. Anthony war auf meiner Geburtstagsparty im Februar und ist die ganze Zeit um Honey rumgewuselt, während sie mit jedem anwesenden Jungen rumgeflirtet hat. Sie hat ihm gerade mal so oft zugelächelt, um ihn sich warmzuhalten, und ich schätze, sie wickelt ihn auch dieses Mal wieder um den Finger.

»Komm schon, Summer«, sagt Honey. »Seine Vorstellung von einem perfekten Sozialleben ist es, stundenlang Online-Kriegsspiele zu spielen mit irgendwelchen anderen Nerds. Der soll mal zur Abwechslung auch im richtigen Leben ein bisschen Spaß haben. Ich hab schon alle gefragt. Alle außer Aaron – dem hab ich erklärt, er soll sich bloß nicht sehen lassen mit seiner hässlichen Fresse!«

»Danke«, sage ich seufzend. »Aber bist du dir sicher, dass du uns dabeihaben willst, Honey? Du hast uns doch früher auch nie eingeladen.«

»Das war früher«, meint Honey und zuckt mit den Schultern. »Ihr seid jetzt auch älter. Außerdem, wenn wir da alle hingehen, kommt Grandma Kate gar nicht erst auf die Idee, ich könnte was aushecken!«

»Heckst du denn was aus?«

Honeys Augen werden ganz groß. »Natürlich nicht!«

Anthonys Party ist bereits im vollen Gange als ich dort ankomme, der Garten ist voller Leute. Jemand hat ein Fenster geöffnet und die Lautsprecher auf das Fensterbrett gestellt, und jetzt dröhnt das laute Wummern von R&B nach draußen und gesellt sich zum Duft nach verkohltem Fleisch und Rauch.

Ich sollte eigentlich trainieren, das ist mir klar, aber meine Freundinnen und Schwestern haben mich mitgeschleift, und jetzt steht zu allem Überfluss auf einmal auch noch Alfie neben mir.

»Du schon wieder«, ächze ich.

»Ja, ich schon wieder«, meint er grinsend. »Wie läuft das Training? Jetzt ist es nicht mehr lange hin, nicht wahr?«

»Morgen in einer Woche ist alles vorbei«, sage ich.

Anthony schiebt uns rüber zum Grill, wo JJ und Honey Würstchen, Burger und in Alufolie gewickelte Maiskolben grillen. »Habt viel Spaß«, sprudelt es aus ihm heraus. »Honey ist so cool – sie hat das alles organisiert! Ich wusste bislang ja gar nicht, wie viele Freunde ich in Wirklichkeit habe!«

Ich bin mir allerdings nicht so sicher, ob die Leute, die

sich um den Grill versammelt haben, tatsächlich alle Anthonys Freunde sind. Sie scheinen ihn nicht mal wahrzunehmen.

Honey winkt mir zu und reicht mir einen Burger in einem weichen weißen Brötchen, belegt mit Salat und Würzsoße und geschmolzenem Käse. »Pfeif auf die Diät, kleine Schwester«, flüstert sie. »Genieß zur Abwechslung mal das Leben.«

Bei ihren Worten muss ich blinzeln. Also ist selbst Honey nicht entgangen, dass ich weniger esse? Das finde ich allerdings beunruhigend. Als keiner hinschaut, lasse ich den Burger auf einem Picknicktisch in der Nähe stehen.

»Da sieht man es mal wieder«, sagt Anthony gerade, während er sich im Garten umsieht. »Man muss nicht zu den coolen Kids gehören, um Freunde zu haben. Wer hätte gedacht, dass jemand wie deine Schwester mit mir befreundet sein will? Okay, ich helfe ihr nur bei den Hausaufgaben, aber trotzdem, die Leute fangen an, von mir Notiz zu nehmen. Ein paar von den Typen haben mich früher immer verarscht, aber jetzt, da ich mit Honey befreundet bin, ist damit Schluss. Und jetzt sieh mich an!«

Ich werfe einen Blick auf Anthony, ein etwas untersetzter Typ mit teigigem Gesicht und funkelnden Augen, die hinter seiner dicken Hornbrille ein bisschen zu weit aufgerissen aussehen. Sein Blick wandert rüber zu Honey, und er sieht sie an wie ein Hündchen, treu und ergeben, genau wie es mir schon im Februar aufgefallen ist. Sie hat ihn absolut in der Hand und springt mit ihm um, als wäre er ein menschliches Jo-Jo. In der einen Sekunde wickelt sie ihn um den Finger, indem sie ihn anstrahlt und mit ihren Wimpern klimpert, und im nächsten Moment lässt sie ihn wieder fallen.

»Tja, du bist herzlich willkommen, auch mal bei uns vorbeizuschauen«, sage ich höflich. »Wir machen ab und an Partys am Strand. Das würde dir gefallen.«

»Danke«, sagt er und freut sich wie ein hibbeliges Hündchen.

»Noch Bowle da, Anthony?«, will Honey wissen, und während er schon losspurtet, um ihr einen Drink zu besorgen, zieht meine große Schwester JJ ganz dicht an sich, um ihm einen dicken, fetten Kuss zu geben.

»Ist sie mit JJ zusammen?«, will Alfie wissen. »Anthony hat es wohl ziemlich erwischt, wie? Und ich dachte, sie steht auf Marty von der Filmcrew. Letztes Wochenende auf der Strandparty haben sie ziemlich heftig geflirtet …«

»Das ist typisch Honey«, sage ich mit einem Schulterzucken. »Sie legt sich nicht gerne auf etwas fest.«

Von der Tür her ist lautes Gelächter zu hören, als Chris, Marty und ein paar andere Leute von der Crew mit Drinks in der Hand in den Garten rauskommen. Honey schließt sie sofort in ihren Hofstaat mit ein, und schon umkreisen sie sie wie Planeten die Sonne.

Ich entdecke Finch, der den Arm um Skyes Schulter gelegt hat und ihr etwas ins Ohr flüstert. Ich winke ihnen zu, damit sie sich zu uns gesellen, doch sie lächeln nur, und sofort wenden sie ihre Blicke wieder von mir ab. Für die existiert im Moment sowieso keiner außer ihnen selbst, und schon kocht ein dunkles Gefühl der Verbitterung in mir hoch. Ich freue mich für Skye und Finch mag ich auch. Aber ich komme nicht gegen das Gefühl an, dass er mir meine Zwillingsschwester streitig macht, gerade als ich sie am meisten brauche.

Auf der anderen Seite neben mir stehen Shay und Cherry und lachen, und Tia und Millie unterhalten sich mit ein paar Jungs von der Highschool. Ich versuche mich in ihr Gespräch einzuklinken, doch sie reden über die Filmaufnahmen vom Wochenende, über Tage am Strand, bei denen ich nicht dabei war, über Shoppingtrips in die Stadt, die ich verpasst habe. In letzter Zeit geht meine gesamte Zeit für das Balletttraining drauf, es nimmt mein ganzes Leben ein, sodass ich völlig abgeschnitten bin von allem und nichts mehr zu sagen habe.

Ich beobachte meine kleine Schwester Coco mit ihren Freundinnen. Auf einmal wirkt sie ziemlich erwachsen mit ihren gerade mal zwölf Jahren. Ich bin so daran gewöhnt, dass Coco für ihr Alter recht klein und jung aussieht, dass es mich jetzt ziemlich hart trifft, dass sie kein kleines Mädchen mehr ist. Sie trägt Lipgloss und glitzernden Lidschatten und läuft jedes Mal knallrot an, wenn ein gut aussehender Junge vorbeigeht. Ich muss schon ein ziemlicher Freak sein, weil ich nämlich nicht glaube, dass ich je wieder was mit Jungs zu tun haben will. Niemals.

Kommt mir fast so vor, als wäre das Erwachsenwerden eine Krankheit, die sich immer weiter ausbreitet und alles auf den Kopf stellt, ein bisschen wie ein Erkältungsvirus im Winter. Im Moment fühle ich mich immun dagegen, als würde ich bloß von draußen zusehen, ein klein wenig schockiert angesichts des Chaos, das es verursacht. Manchmal denke ich, ich würde die Zeit gern anhalten oder sogar ein kleines Stück zurückdrehen in das Jahr, als ich neun oder zehn war und die Dinge noch nicht so kompliziert waren.

»Ist das ein Trampolin da unten am Ende des Gartens?«, erkundigt Alfie sich gut gelaunt und holt mich damit zurück in die Realität. »Ich hätte ja nicht gedacht, dass du groß der Turner bist, Anthony.«

»Das gehört meiner Schwester«, meint er schulterzuckend. »Aber sie benutzt es nicht mehr. Ist zu alt geworden dafür.«

»Cool«, meint Alfie. »So wie ich zu alt geworden bin für doofe Witze und Wackelpudding und Eis und Tretautos.«

Ich aber kann mich nicht gegen den Gedanken wehren, dass es doch schade ist, wenn wir zu alt werden für die Dinge, die wir einst geliebt haben.

# 22

**Ich entferne mich von der überfüllten Terrasse und** laufe zwischen den Apfelbäumen hindurch zu dem Trampolin. Lächelnd denke ich an längst vergangene Zeiten in Tias Garten, als wir lachend auf ihrem Trampolin herumsprangen und die Hände gen Himmel reckten.

Ich klettere rauf und versuche mein Gleichgewicht zu finden, fange vorsichtig an zu springen. Dann hüpfe ich wild drauflos, hohe, freudige Sprünge, ich drehe und strecke mich, bis ich meinen eigenen Rhythmus finde. Höher und höher lasse ich mich von dem Trampolin tragen. Das Springen verwandelt sich in eine Art Tanz, eine Meditation, so natürlich wie das Atmen.

Das Licht um mich herum weicht zurück und verdüstert sich, und jemand legt jetzt Indiemusik statt R&B auf. Zwischen den Apfelbäumen hindurch sehe ich kleine Laternen mit Teelichtern aufflackern. Wenn ich den Kopf in den Nacken lege und die Arme hochstrecke, ist es fast so, als könnte ich einen Stern vom Himmel pflücken.

»Ist da noch Platz für jemanden?«, erkundigt sich eine Stimme, und schon zieht Alfie Anderson sich hoch und steht neben mir. Er fängt an zu federn, und sofort ändert sich der Rhythmus, bringt mich aus der Balance. Alfie donnert mit einem Aufschrei in mich rein und ich schiebe ihn auf Armeslänge von mir. Aber ich kann nicht anders, ich muss auch lachen. So war es bei Tia im Garten auch immer, als wir noch klein waren – ich und Skye und Tia und Millie sprangen immer wild durcheinander, ein chaotisches Kuddelmuddel von Körpern, die umfielen und sich gegenseitig rempelten und dabei vor Freude jubelten und lachten.

»Alfie!«, kreische ich. »Pass doch auf!«

»Geht nicht!«, winselt er. »Man sieht ja noch nicht mal was! Das ist doch echt irre!«

Dann greift er im Dunkeln nach meiner Hand, und schon springen wir gemeinsam, die Münder vor Lachen weit aufgerissen. Meine langen Haare fliegen hoch und streifen ihm dabei übers Gesicht. Und dann verfällt unser Rhythmus ins Chaos, und wir stolpern und juchzen und brechen in einem Haufen zusammen, völlig außer Puste. Ich versuche mich wieder aufzurappeln, doch Alfie zieht mich wieder runter.

»Lass es, Summer«, sagt er. »Lass endlich mal los. Du trainierst ja schon seit Ewigkeiten … du musst doch völlig erschöpft sein.«

*Man kann nie genug trainieren,* mahnt die Stimme in meinem Kopf. *Faules, faules Mädchen. Gib dir mehr Mühe!*

Erneut versuche ich aufzustehen, doch Alfie hält meine Hand fest umklammert.

»Ist schon gut, Summer«, meint er. »Ernsthaft. Es ist in Ordnung.«

Und ein Teil von mir will ihm sogar glauben, daher höre ich auf, mich zu wehren, und lege mich auf den Rücken, komme wieder zu Atem, spüre die bleierne Müdigkeit in den Knochen, fühle den gespannten Stoff des Trampolins unter mir. Meine Finger scheinen zu brennen, dort wo sie Alfies berühren. Abrupt richte ich mich auf, löse mich von ihm, bewege mich an den Rand des Trampolins, wo ich die Beine baumeln lasse. Alfie kriecht rüber zu mir und setzt sich neben mich.

»Das war ein Spaß«, sagt er, immer noch völlig außer Atem.

»Ja, und wie.« Ich fahre mir mit der Hand durchs Haar und löse die Klammer mit der Stoffblume, die hinters Ohr gerutscht ist. Ich stecke sie wieder fest.

»Ich mag die Blume«, sagt Alfie.

»Ich mag sie auch«, entgegne ich. »Aaron hat sie mir geschenkt, bevor wir zusammenkamen. Es war ein Weihnachtsgeschenk – er hat sie mir mit einer anonymen Karte in den Spind in der Schule gesteckt. Romantisch, was?«

»Bist du dir sicher, dass er das war?«, will Alfie wissen.

»Wer sollte es sonst gewesen sein?«, frage ich schulterzuckend. »Er hat nie einen Ton darüber gesagt, aber … wer hätte es sonst tun sollen?«

»Tja, wer sonst«, wiederholt er trübsinnig. »Klar …«

»Von Beziehungen hab ich jedenfalls erst mal genug«, erkläre ich ihm. »Ich werde mich stattdessen auf meine Karriere konzentrieren. Ich meine … liegt doch alles an den Hormonen, die uns durcheinanderbringen, nur Ärger verursachen, alles kaputt machen. Mädchen wollen Liebe und so, und Jungs wollen … na ja, Jungs wollen eben was anderes.«

»Nicht immer«, widerspricht Alfie. »Nicht alle Jungs sind wie Aaron. Und es sind auch nicht alle Mädchen auf der Suche nach der großen Liebe.«

Ich muss an Honey denken, die von einem Jungen zum nächsten flattert wie ein Schmetterling von Blume zu Blume. Ich glaube aber, dass sie trotzdem auf Liebe aus ist. Nur dass sie eben an der falschen Stelle sucht.

»Wie man es auch dreht und wendet, Erwachsenwerden ist echt Mist«, sage ich. »Das ist so, als würde die Natur uns einen Streich spielen, wenn man sich ansieht, was für ein Chaos es anrichtet.«

Zwischen den Bäumen sehen wir die Kids im flackernden Laternenlicht tanzen. Wir hören den Bass der Musik, Gelächter, lautes Gequiekc, Gespräche.

»Vielleicht sieht es manchmal so aus«, sagt Alfie.

»Anthony ist verrückt nach deiner Schwester, oder? Aber sie sieht ihn nur als guten Kumpel. Schlau, ganz nützlich … aber doch nur ein Kumpel. Das tut weh.«

»Er merkt doch aber bestimmt, dass sie nicht interessiert ist, oder? Das muss er doch akzeptieren.«

»Nicht so einfach, wenn man verrückt ist nach jemandem«, weist Alfie mich hin.

»Ja, vermutlich hast du recht. Wie steht es denn mit dir? Bist du in jemanden verknallt?«, frage ich. »Millie vielleicht?«

»Nie im Leben!«, protestiert er.

»Im Februar schienst du sie aber noch zu mögen, bei der Geburtstagsparty von Skye und mir?«

Alfie ist empört. »Sie hat mich total überrumpelt!«, entgegnet er. »Im einen Moment überquere ich noch die Tanzfläche, und im nächsten stürzt sie sich schon auf mich und nimmt mich in die Zange. Na ja, mit ihren Lippen. Sie ist krasser drauf, als sie aussieht!«

Ich lache.

»Millie ist toll, versteh mich nicht falsch«, erklärt Alfie. »Aber ich stehe auf eine andere …«

Ich beiße mir auf die Lippe. »Ist es … ist es Skye?«, frage ich. »Weil du in letzter Zeit viel Zeit mit ihr verbringst. Jedenfalls so lange, bis Finch hier aufgetaucht ist.«

»Es ist nicht Skye«, sagt er.

»Tia?«, rate ich weiter. »Schon wärmer?«

Alfie schüttelt den Kopf. »Eiskalt«, meint er seufzend. »Weit gefehlt.«

»Also, wer ist es dann?«

Schweigen senkt sich zwischen uns wie ein Vorhang, eine Wand.

»Komm schon, raus damit!«, necke ich ihn und stoße ihm den Ellbogen in die Rippen. Doch Alfie zuckt nur die Schulter und starrt hinaus in den Garten. Er weigert sich, meinem Blick zu begegnen. So was wie Angst macht sich in mir breit. Und mit einem Mal will ich die Antwort gar nicht mehr wissen. Absolut nicht.

»Sie weiß es nicht«, flüstert Alfie. »Sie hat keinen Schimmer.«

Vielleicht ist sie aber auch gerade dabei, es zu checken.

»Was, wenn sie nicht das Gleiche für dich empfindet wie du für sie?«, frage ich flüsternd. »Was, wenn sie nicht an einer Beziehung interessiert ist?«

»Dann warte ich«, lautet die Antwort. »Ich will, dass sie das weiß. Ich werde warten, so lange es eben nötig ist.«

Im Dunkeln läuft mein Gesicht knallrot an.

»Vielleicht ... vielleicht betrachtet sie dich ja nur als Freund?«

»Vielleicht«, meint Alfie mit einem Schulterzucken. »Vielleicht hat sie mich aber auch noch gar nicht bemerkt.«

Er springt runter vom Trampolin und verschwindet zwischen den Bäumen. Ich sitze da, zutiefst erschüttert. Ich denke zurück an den Moment in der Schlange vor der Essensausgabe in der Schule, als wir fünf waren. Damals hat Alfie mich gefragt, ob ich seine Freundin sein will, und dann hat er alles ruiniert, weil er mir eine Himbeere ins Ohr gepustet hat. Was, wenn er mich damals schon mochte? Was, wenn er es immer noch tut?

Skye kommt aus dem Dunkeln auf mich zu, Hand in Hand mit Finch. »Hey«, sagt sie. »Wir haben dich schon überall gesucht. Es ist bald elf, wir müssen heim. Coco ist schon vor einer Weile weg, sie bleibt über Nacht bei Linzi im Dorf, und Shay hat Cherry auch längst nach Hause gebracht …«

Meine Zwillingsschwester will noch etwas sagen, zögert aber. »Also … was ist los?«, frage ich daher und gleite runter vom Trampolin.

»Honey ist los«, erklärt Skye. »Sie will nicht mit nach Hause kommen … sie sagt, Grandma Kate wird es nichts ausmachen, wenn sie hierbleibt. Ich hab ihr schon gesagt, dass sie mit heimkommen muss, aber sie will nicht auf mich hören. Wir haben es Mom versprochen, Summer – Honey auch!«

Natürlich kennt Skye nur die halbe Wahrheit. Ich bin mir sicher, dass Honey schon öfter nach elf noch mal rausgeschlichen ist, vermutlich um sich mit JJ zu treffen. Ich liege nachts oft wach, dann höre ich jede Bewegung, jedes

Knarzen der Dielenbretter. Meine große Schwester schlägt wieder mal über die Stränge.

»Ich red mit ihr«, erkläre ich mich mit einem Seufzen bereit.

Honey hält Hof unter einem Apfelbaum, der behängt ist mit unzähligen Laternen. JJ hat den Arm um ihre Hüfte geschlungen. Ich zupfe sie am Ärmel. »Honey – es ist schon fast elf, Zeit, zu gehen!«

»Gehen?«, wiederholt sie. »Warum? Verwandle ich mich sonst in einen Kürbis?«

»Für uns ist Zapfenstreich«, rufe ich ihr in Erinnerung. »Grandma Kate erwartet uns um elf zurück und Mom hat uns das Versprechen abgenommen …«

Honey schält sich aus JJs Umarmung und zieht mich etwas abseits in den Schatten. »Hör zu, Summer, ich gehe noch nicht heim«, sagt sie. »Ich hatte monatelang Hausarrest … Da will ich jetzt das Beste aus meiner Freiheit machen! Wir sind keine kleinen Kinder mehr, das ist dir doch klar! Finde eine Ausrede für mich. Sag Grandma Kate, dass ich bei einer Freundin übernachte.«

Ich runzle die Stirn. »Welche Freundin denn?«, frage ich, und Honey verdreht die Augen.

»Ich bleibe hier, du Dummerchen«, sagt sie. »Die Party fängt doch gerade erst richtig an! Ich schlafe hier auf dem Sofa. Anthony macht das nichts aus …«

Genau wie es ihm nichts ausmacht, dass sie sein Haus als

Partyzentrale missbraucht, während sie gleichzeitig mit jedem süßen Typen im Umkreis von fünf Kilometern flirtet, denke ich, doch ich wage es nicht, die Worte laut auszusprechen. Manchmal werde ich den Eindruck nicht los, meine große Schwester hat eine grausame Ader.

»Honey«, flehe ich. »Grandma Kate wird sich Sorgen machen …«

»Nicht wenn du ihr sagst, dass ich bei jemandem übernachte«, erklärt Honey trocken. »Coco schläft ja auch bei einer Freundin, warum dann nicht auch ich? Du brauchst ja nicht zu sagen, dass es ein Freund ist und keine Freundin!«

Ich beiße mir auf die Lippe. »Bitte zwing mich nicht, für dich zu lügen!«

»Betrachte es einfach nicht als Lüge«, erklärt sie ungerührt. »Sieh es eher als einen Gefallen, den du mir tust. Und im Gegenzug … tja, ich werde im Gegenzug mit keinem Wort erwähnen, dass du eine Hungerkur machst. Im Ernst, Summer, dachtest du wirklich, keiner kriegt das mit? Was denkst du dir bloß dabei?«

»Ich weiß nicht, was du meinst!«

»Ja, sicher nicht«, kontert Honey. Sie packt mich am Handgelenk, damit ich ihr nicht davonlaufe. »Na schön. Dann reden wir eben mit Grandma Kate darüber …«

»Erzähl ihr nichts davon«, bettle ich. »Honey, bitte … das ist doch nur noch für eine Woche, bis zum Vortanzen.«

»Ist auch besser so«, sagt meine Schwester. »Sonst rufe

ich Mom in Peru an und erzähl ihr, was du hier treibst. Du bist echt irre, Summer! Du brauchst echt nicht abzunehmen – bist doch eh spindeldürr. Du wirst ja noch krank!«

»Du verstehst das nicht!«

Honeys Gesicht wirkt eiskalt. »Nein, tu ich tatsächlich nicht«, erklärt sie. »Summer, lange kann ich meine Klappe nicht mehr halten, also reiß dich am Riemen. Ich werde deine bescheuerte Diät nicht erwähnen, und du sagst Grandma Kate dafür, dass ich bei einer Freundin übernachte. Abgemacht?«

Ihre Finger graben sich in mein Handgelenk, aber ich reiße mich von ihr los und renne durch den dunklen Garten zu Skye und Finch.

»Kommt sie jetzt?«, will meine Zwillingsschwester wissen.

Ich schüttle den Kopf und Skye beißt sich auf die Lippe. Honey tanzt mal wieder aus der Reihe und wir können nichts dagegen tun. Meine große Schwester hat mich reingelegt, da komme ich jetzt nicht mehr raus.

Und irgendwie werde ich das Gefühl nicht los, von ihr verraten worden zu sein.

# 23

**Am nächsten Tag backe ich Erdbeer-Cupcakes, wäh**rend Grandma Kate parallel zu mir eine Steak Pie zubereitet. Backen ist für mich so eine Art Selbstkasteiung, eine Bestrafung. Ich weiß genau, dass ich es mir selbst nicht erlauben kann, einen von den Cupcakes zu essen, aber gleichzeitig finde ich es seltsamerweise toll, die Zutaten abzuwiegen, den fertigen Teig in die hübschen Cupcake-Förmchen zu löffeln, den warmen, süßen Duft beim Backen einzuatmen. Ich verquirle Butter und Zucker und Vanillearoma für den Guss und verziere die Cupcakes dann vorsichtig damit. Zum Schluss kommt auf jeden noch eine halbe Erdbeere.

Mein Magen knurrt, und mir wird der Mund wässrig, aber ich werde nicht schwach. Gestern Abend habe ich für Honey gelogen und Grandma Kate hat mich auch nicht ausgefragt. Ich wünschte fast, es wäre nicht so einfach gewesen.

Am Nachmittag gegen zwei kommt meine große

Schwester angeschlurft mit einem Strauß Wiesenblumen, den sie am Wegesrand gepflückt hat, und schon hat sie Grandma Kate wieder um den Finger gewickelt.

»Danke, Honey!«, sagt sie, als sie die Blumen entgegennimmt. »Ihr Mädchen … es ist ein echtes Vergnügen, meine Zeit mit euch zu verbringen, das ist es wirklich! Und ihr seid so unkompliziert! Obwohl es schon nett wäre, wenn ihr es mich vorab wissen ließet, wenn ihr plant, bei einer Freundin zu übernachten, Honey. Nur damit ich genau weiß, wo ihr steckt …«

»Das tut mir ja so leid, Grandma Kate«, sagt Honey mit großen Augen. »Ich dachte nicht …«

»Na, ist ja nichts passiert …«

Honey wirft mir einen selbstgefälligen Blick zu, schnappt sich dann einen Cupcake und beißt in den noch warmen gelben Biskuit, der dick mit rosa Buttercreme bestrichen ist. Ich schaudere. Der Kuchen sieht wunderschön aus, perfekt, gefährlich. Mir wird klar, dass ich doch tatsächlich Angst davor habe.

»Willst du auch was?«, fragt sie mich herausfordernd und wedelt mir mit dem Cupcake vor der Nase herum. »Du hast sie doch gemacht, willst du denn keinen probieren?«

»Klar«, sage ich. »Ich wollte mich gerade mit einem Buch in die Hängematte legen … und mir einen Cupcake mitnehmen!«

Honey lacht. »Aber wirst du ihn auch essen?«, fragt sie

hinterlistig. »Oder verfütterst du ihn an Fred? Der ist in letzter Zeit ganz schön moppelig geworden, findest du nicht, Grandma Kate? Als hätte man ihm öfter mal eine Extraportion zugesteckt.«

Wenn ich den Mut hätte, würde ich die Hand heben und Honey eine schmieren. Ich mag ja mein Essen an Fred verfüttern, aber das ist doch wohl meine Sache und geht niemanden sonst etwas an.

»Er sieht aus wie immer«, presse ich stattdessen zwischen zusammengebissenen Zähnen hervor.

»Wenn du meinst«, erwidert Honey mit einem Schulterzucken und nimmt sich einen zweiten Cupcake.

»Ruinier dir nicht den Appetit«, sage ich schnippisch. »Es gibt Steak Pie zum Abendessen, und Bratkartoffeln gibt es auch …«

»Sieht Grandma Kate jetzt zu, dass du wieder was auf die Knochen kriegst?«, fragt Honey und fixiert mich mit einem finsteren Blick. »Wird nämlich Zeit. Hmm, lecker Pastete und saftiges Fleisch. Vorausgesetzt, du isst es auch!«

»Natürlich isst sie das!«, mischt Grandma Kate sich ein. »Sie hat mir sogar geholfen, nicht wahr, Summer? Das wird ein Festessen!«

Honey zieht nur eine Augenbraue hoch und ich funkle sie an.

»Wir hatten eine Abmachung, schon vergessen?«, zische ich, als Grandma Kate uns den Rücken zukehrt.

Honey lacht. »Meine Lippen sind versiegelt!«

Das tut weh, ein roher und hässlicher Schmerz. Ich liebe meine große Schwester, aber in letzter Zeit verstehe ich sie überhaupt nicht mehr. Sie ist wunderschön und witzig und nett und klug, aber sie hat auch eine finstere Seite an sich, eine Seite, die fies ist und verrückt und grausam. Und im Moment weiß ich gar nicht, wie ich damit klarkommen soll. Es fühlt sich weit schlimmer an als alles, was Aaron zu mir sagen könnte, schlimmer als jede Kritik von Miss Elise. Das trifft mich bis ins Mark.

Ich weiß, dass Honey immer noch trauert wegen der Trennung von Mom und Dad – das hat sie ganz deutlich gemacht, von Beginn an. Trotzdem tut sie so, als sei sie die Einzige, die das kümmert, und das ist nicht fair. Es ist nur so, dass wir anderen unsere Gefühle besser verbergen können.

Jetzt, da Mom weg ist, ist Honey wieder mal völlig außer Kontrolle. Sie überschreitet Grenzen, setzt ihr Glück aufs Spiel. Nur dass sie es dieses Mal nicht auf Cherry oder Paddy oder Mom abgesehen hat – sondern auf mich.

Bis zum Abendessen halte ich mich in meinem Zimmer auf und gehe mit einer Hand auf dem Fensterbrett meine Übungen an der Stange durch. Ich habe Grandma Kate erklärt, ich hätte keinen Hunger, ich hätte Kopf- und Bauchschmerzen, was beides sogar tatsächlich zutrifft. Mir schmerzt der Kopf von dem ganzen Stress, meine Essgewohnheiten vor Leuten zu verbergen, die das nicht verstehen; davon, Miss Elise glauben zu machen, ich sei bereit für das Vortanzen; davon, so zu tun, als sei das Leben wunderbar, wo doch in Wirklichkeit gerade alles unter mir wegbricht. Mein Magen schmerzt, weil ich Hunger habe und weil ich ständig diese Ängste und Sorgen mit mir herumschleppe.

Am liebsten würde ich mich unter der Decke zusammenrollen und schlafen und schlafen, bis dieses ganze Chaos von allein verschwunden ist, aber ich darf jetzt nicht aufgeben.

*Nur noch ein kleines bisschen,* säuselt die Stimme in meinem Kopf. *Du schaffst das, ich weiß, dass du es kannst.*

Ausnahmsweise macht mir die Stimme mal Mut, auch wenn sie mich dazu ermuntert, etwas zu tun, das wehtut, mich an den Rand der Erschöpfung treibt. Trotzdem, ich muss versuchen, mir ihre Anerkennung zu verdienen. Also tanze ich, bis es anfängt zu dämmern, bis ich vor lauter Erschöpfung kaum mehr stehen kann.

# 24

**In der Ballettstunde am Sonntag scheint Jodie mich** sehr genau zu beobachten, so als hätte ich eine tödliche Krankheit oder etwas in der Art. Sie taucht schon früh auf, genau wie ich, um noch vor unserem Unterricht bei Miss Elise zu trainieren, und kommt gerade, als ich in meinen Gymnastikanzug schlüpfe.

In ihrem Blick zeichnet sich Entsetzen, Besorgnis ab, doch ich lasse mich nicht täuschen. Jodie ist nur eifersüchtig. Sie kann sehen, dass ich abgenommen habe, und das ist für sie eine Bedrohung. Sie würde alles tun, damit ich nicht noch mehr Gewicht verliere, weil sie selbst dann besser dasteht … und weil sie genau weiß, dass Sylvie Rochelle, wenn sie die Wahl hätte zwischen einem eher rundlichen Mädchen und einem sehr schlanken Mädchen, sich für das schlanke entscheiden müsste.

Oder nicht?

Das Problem ist, ich hab immer noch nicht genug abgenommen. Meine Schenkel sehen total fett aus in den vorgeschriebenen weißen Strumpfhosen, und meine Hüften und mein Hintern sind so breit wie eh und je. Viel zu fett.

Ich schlüpfe in das weite T-Shirt, das ich im Unterricht immer über dem Gymnastikanzug trage. Miss Elise ist sehr streng, was den vorgeschriebenen Gymnastikanzug und Strumpfhose im Unterricht betrifft, aber bei den zusätzlichen Stunden ist sie ein wenig entspannter. Hier zählt, was wir tun, nicht wie ordentlich gekleidet wir sind.

»Summer?«, meint Jodie, doch ich wende das Gesicht ab.

Ich hätte nie gedacht, dass wir zwei uns mal zerstreiten würden, nicht wegen etwas wie dem hier. Opfer bringen … ich dachte nicht, dass sich das auch auf meine Freunde bezieht.

Ich gehe rein ins Studio und starte mit den Übungen an der Stange, und bis ich dann mit dem eigentlichen Tanz fortfahre, bin ich bereits so darin vertieft, dass ich gar nicht mitkriege, dass Jodie mir nicht gefolgt ist. Tja, auch gut. Ich hoffe, sie fühlt sich wenigstens schlecht für ihr Benehmen. Wäre echt angebracht.

Heute werde ich Miss Elise erklären, dass ich meine Meinung geändert habe und nicht bei den Sommerunterrichtsstunden aushelfen werde nächste Woche. Ich habe ein schlechtes Gewissen deswegen, aber ich werde jede einzelne Minute Training brauchen vor dem Vortanzen, wenn ich gut genug sein soll. Sicher wird Miss Elise das verstehen, oder?

Schließlich kommen Jodie und Sushila rein, und dann kommt auch Miss Elise und begleitet uns durch unsere Schrittfolgen. Sie beobachtet mich sehr genau, mit zusammengekniffenen Augen. Sie sagt keinen Ton, aber ich weiß, dass ich besser tanze als beim letzten Mal. Ich stecke jeden letzten Rest Energie und Empfindung in den Tanz, und der Stress und das Chaos der letzten Wochen fallen von mir ab. Deshalb tanze ich so gerne, deshalb bedeutet es mir so viel. Ich brauche das Tanzen wie die Luft zum Atmen.

»Gutes Mädchen, Summer«, sagt Miss Elise schließlich. »Dein Ausdruckstanz wird immer besser. Besser. Viel besser.« Nach der Stunde ruft sie mich zu sich.

»Wie kommst du zurecht?«, will sie wissen. »Bereit für das große Vortanzen?«

Ich grinse. »Ich kann es kaum erwarten«, versichere ich ihr. »Ich arbeite hart, Miss Elise, ich verspreche es Ihnen. Ich werde Sie nicht enttäuschen.«

Meine Lehrerin runzelt die Stirn. »Ich habe die Dinge das letzte Mal ein bisschen falsch eingeschätzt«, sagt sie. »Ich sagte zu dir, du würdest das alles nicht ernst genug nehmen, nicht hart genug arbeiten. Jetzt sehe ich, dass du das tust. Ich frage mich nur, ob du dir da nicht zu viel abverlangst?«

»Zu viel?«, wiederhole ich, als würde ich nicht ganz verstehen, was sie damit meint. Ich bin mir nämlich wirklich nicht sicher. Je härter man trainiert, desto besser wird man doch schließlich, oder?

»Du hältst dich weit mehr als sonst hier im Studio auf, das weiß ich«, sagt sie. »Wir stehen jetzt kurz vor diesem Vortanzen, Summer. Du hast die Schritte perfekt drauf, und ich hätte gerne, dass du dir deine Frische, deine Energie bewahrst, zu der du meiner Erfahrung nach fähig bist.«

»In Ordnung ...«

»Deshalb will ich, dass du mit dem Training ein bisschen zurückfährst«, sagt Miss Elise. »Nächste Woche sind die jüngeren Klassen hier zum Ferienunterricht, und du meintest, du würdest da aushelfen. Du kannst so gut mit den Kleinen umgehen, Summer. Ich bräuchte dich den ganzen Tag hier, von neun bis vier, du müsstest dich um eine der Gruppen kümmern ...«

Panik überkommt mich. Dabei könnte ich in all der Zeit trainieren, stattdessen soll ich meine Zeit verschwenden ...

»Aber das Vortanzen ist doch schon am Samstag!«, protestiere ich. »Sollte ich mich nicht besser darauf konzentrieren? Ich hab ja nichts dagegen, ein paar Stunden am Tag auszuhelfen, aber ...«

Miss Elise seufzt. »Es würde dir guttun, dich eine Zeitlang auf etwas anderes zu konzentrieren«, sagt sie. »Schalte mal einen Gang zurück – du musst alles ein bisschen relativieren.«

Relativieren?

»Bitte?«, beharrt Miss Elise. »Ich hatte mich auf dich verlassen. Und Jodie hilft auch …«

Na, klar hilft Jodie. Wie könnte ich Nein sagen, nach all den Malen, die Miss Elise uns Extraunterricht gegeben hat? Ich ringe mir ein Lächeln ab. »Na schön, ich tu's. Kein Problem.«

»Noch eine Sache«, sagt Miss Elise jetzt etwas leiser. »Einige deiner Klassenkameradinnen scheinen sich Sorgen zu machen deinetwegen, und jetzt, da ich das mitbekommen habe, geht es mir genauso. Mit deiner Energie geht es in letzter Zeit ziemlich auf und ab. Bist du auf Diät?«

Wut kocht in mir hoch. Jodie. Die fiese, eifersüchtige Jodie hat also mit Miss Elise geredet. Deshalb ist sie nicht direkt ins Studio gekommen. Trotzig hebe ich das Kinn.

»Ich esse ganz gut«, versichere ich ihr. »Ich passe auf, esse nur gesunde Sachen, das ist alles! Was soll denn daran falsch sein?«

Miss Elise seufzt. »Du hast abgenommen, Summer. Das ist nicht zu übersehen.«

Ich platze fast vor Stolz und ein Lächeln stiehlt sich auf meine Lippen. Wenn Miss Elise das sieht, wird es Sylvie Rochelle ebenfalls nicht entgehen.

»Bitte versprich mir, dass du mit diesem Unsinn aufhörst«, sagt sie. »Enttäusch mich nicht.«

»Das werde ich nicht«, versichere ich ihr.

Allerdings ertappe ich mich in letzter Zeit immer wieder

dabei, wie mir meine Versprechen wie Brocken schmelzenden Eises zwischen den Fingern hindurchgleiten und dann am Boden in tausend winzige Stücke zerschellen.

Wie sich herausstellt, ist es gar nicht mal so schlecht wie erwartet, beim Ferienunterricht auszuhelfen. Mein Job ist es, zehn kleine Mädchen in rosa Gymnastikanzügen von Klasse zu Klasse zu begleiten, unter anderem sind das Unterrichtsstunden in Jazz, Ballett, Stepptanz und Musicaltheater. Bis Ende der Woche werden sie drei neue Tanzarten und einen Auszug aus einem Musical gelernt haben, inklusive der dazugehörigen Musik.

Am ersten Tag scharen die Kleinen sich um mich und stellen unzählige Fragen, bitten mich, ihnen mit ihrem Haar oder ihren Schuhen zu helfen. Ich beneide sie um ihre Unschuld. Als ich selbst sieben oder acht Jahre alt war, war ich genauso aufgeweckt wie sie. Ich hatte großes Selbstvertrauen und war völlig arglos, weil ich wusste, wo ich hingehörte. Meine Zwillingsschwester wusste alles über mich, was es zu wissen gab, und Mom war damals noch mit Dad verheiratet. Ich wusste, dass ich eines Tages eine große Ballerina sein und auf der Bühne stehen würde im Royal Opera House, und ich hab das noch nicht mal hinterfragt oder mir überlegt, wie schwer es vielleicht werden würde, bis es auch tatsächlich so weit ist.

Schon witzig, wie die Dinge sich ändern. Das Selbstvertrauen schwindet, Familien fallen auseinander, Zwillingsschwestern verlieben sich und haben deshalb keine Zeit mehr für einen. Träume werden zu Albträumen.

Natürlich verliere ich darüber kein Wort gegenüber den Kids.

»Tanzen ist ein kleines bisschen wie Zauberei«, erkläre ich ihnen stattdessen. »Es ist so alt wie die Menschheit selbst. Eine Art, Dinge auszudrücken ohne Worte, ein Weg, der eigenen Persönlichkeit Ausdruck zu verleihen, auf Musik zu reagieren. Man muss allerdings sehr hart arbeiten, damit diese Magie freigesetzt wird!«

»Das werden wir!«, versprechen die Kleinen im Chor.

Ein Mädchen schiebt seine Hand in meine und sieht mit großen grünen Augen zu mir auf. »Mein Name ist Fern«, erklärt sie feierlich. »Wenn ich groß bin, will ich werden wie du …«

Nein, willst du nicht, denke ich. Das willst du wirklich nicht.

In der Pause gehe ich mit ihnen runter ins Café der Tanzschule, wo es Saft und Kekse und Obst gibt. Ich stochere in ein paar Erdbeeren herum, während sie Kekse mit Schokostücken mampfen, und mir fällt wieder ein, wie es war, als ich noch nie was von Kalorien gehört hatte. Ich wünschte, ich könnte die Zeit zurückdrehen.

Mittags bekommen die Kleinen Sandwiches und Chips und Eis. Ich hab mein eigenes Mittagessen dabei: Salatblätter und Tomaten und Thunfisch, ein paar Stücke Orange, ein Glas Wasser.

»Willst du denn kein Eis?«, fragt Fern mich mit großen Augen. »Schmeckt es dir nicht?«

»Nein … es ist nur … ich versuche schlank zu bleiben«, erkläre ich verlegen. »Ich habe am Samstag ein großes Vortanzen für eine echt grandiose Ballettschule.«

Fern runzelt die Stirn. »Und … deswegen kannst du kein Eis mehr essen?«, hakt sie nach. »Ich verstehe das nicht. Weil du doch eh schon dünn bist, wirklich richtig dünn, Summer. Du bist genau wie eine echte Ballerina!«

»Danke«, erwidere ich, und meine Wangen färben sich vor Freude rot. Ich hoffe, die Prüfer am Samstag sind auch dieser Meinung.

Fern schiebt ihr Eis von sich, ohne es fertig aufgegessen zu haben. »Ich möchte auch dünn sein«, sagt sie und sieht runter auf ihren runden Kleinmädchenbauch in dem rosa Gymnastikanzug, und sofort wird mir schlecht, so sehr schäme ich mich.

»Du bist perfekt, so wie du bist!«, wende ich ein. »Glaub mir. Ihr seid alle perfekt! Und jetzt iss dein Eis auf!«

Ich schiebe den Teller wieder vor sie hin, und ohne Zögern stürzt sie sich darauf und schaufelt riesige Ladungen in sich hinein, während sie gemeinsam mit ihren Freundinnen lacht. Was bin ich bloß für ein Mensch, dass ich ein kleines Mädchen glauben mache, sie könne ihr Eis nicht aufessen? Ich würde nie wollen, dass sie das Gefühl hat, weniger gut zu sein als die anderen. Ich würde nicht wollen, dass sie sich so fühlt, wie ich es insgeheim tue, niedergeschlagen, ohne Hoffnung, hungernd nach etwas, das unerreichbar ist für mich.

Quer durch das Café der Tanzschule beobachte ich Jodie, wie sie mit ihrer Klasse zusammensitzt und lacht, während sie ihr Eis mit Schokosoße und Zuckerstreuseln verziert. Ich schaudere, doch in gewisser Weise beneide ich Jodie auch. Sie plaudert und lacht und isst Eis, und ich könnte nicht behaupten, dass sie dick aussieht, eher schlank und hübsch und glücklich. Sie sieht mich an und lächelt, doch ich quittiere ihr Lächeln nur mit einem frostigen Blick.

*Du brauchst sie nicht,* erklärt die Stimme in meinem Kopf unbeirrt. *Sieh sie dir doch an, wie sie sich den Bauch vollschlägt! Echt widerlich!*

Ich schiebe meine Tupperdose voll Salat von mir.

# 25

**Um zwei, als der Workshop vorbei ist und die Kleinen** von ihren Müttern, Vätern und Großmüttern abgeholt werden, begebe ich mich ins Ballettstudio der Seniors, um noch ein bisschen an meinem Ausdruckstanz zu arbeiten.

Jeder einzelne Schritt sitzt perfekt, jede Bewegung ist glatt und geschmeidig. Ich tanze und strecke mich und drehe mich und springe, doch ganz gleich wie sehr ich mich auch bemühe, es gelingt mir nicht, mich in der Musik zu verlieren. Ich habe das Gefühl, die Bewegungen durchzugehen, wobei ich einer Formel folge, die ich auswendig kann. Ich würde diesen Tanz sogar im Traum hinkriegen, und trotzdem schaffe ich es nicht, ihm Leben einzuhauchen. Je verbissener ich es versuche, desto mehr scheint mir die Magie zu entgleiten.

Werden das die Prüfer am Samstag bei meinem Vortanzen auch mitkriegen? Sie suchen nach Perfektion, technischer Brillanz, und ich denke, das kriege ich hin. Aber sie sind außerdem noch auf der Suche nach etwas anderem – nach

Potenzial, Ausstrahlung, Gefühl, Lebendigkeit. Früher hatte ich mit all dem kein Problem, doch in letzter Zeit scheinen mich meine Fähigkeiten im Stich zu lassen.

Kein Wunder, dass ich Angst habe. Mein Traum von einem Leben als Ballerina verwandelt sich gerade in einen Albtraum.

Bis ich die letzte Drehung meines letzten Tanzes beendet habe, bin ich völlig erledigt und zittere vor Anstrengung, weil ich besser sein wollte als perfekt und meinen Funken finden wollte.

»Summer?«

Miss Elises Stimme unterbricht meine Gedanken, und als ich mich umdrehe, sehe ich meine Ballettlehrerin in der Tür stehen. Sie wirkt nicht sonderlich beeindruckt. »Das bist einfach nicht du«, sagt sie. »Wie ich schon letzte Woche sagte, du trainierst viel zu hart. Technisch gibt es für mich nichts einzuwenden, aber … da fehlt etwas.«

Es fühlt sich an, als würde mir das Herz in zwei Teile zerbrechen. Miss Elise bemerkt meinen Gesichtsausdruck und seufzt. »Es tut mir so leid, Summer.« Sie bewegt sich auf mich zu und legt den Arm um mich, tröstend, freundlich, doch dann merke ich, wie sie sich unvermittelt zurückzieht. Ich sehe, wie sich auf ihrem Gesicht Entsetzen abzeichnet.

»Oh, Summer«, sagt sie. »Du bist ja nur noch Haut und Knochen! Würdest du bitte mal dein T-Shirt ausziehen?

Du versteckst dich ja schon seit Wochen unter diesem Ding!«

Ich beiße mir auf die Unterlippe. Das T-Shirt will ich auf keinen Fall ablegen, weil Miss Elise dann nämlich sehen wird, dass ich zwar schon einiges abgenommen habe, aber immer noch nicht genug. Ich verschränke daher die Arme vor der Brust, verlegen, in Verteidigungshaltung.

»Das T-Shirt?«, fordert sie mich erneut auf.

Ich wende mich also ab, schäle mich raus aus dem Teil und stehe dann gebückt da in meinem Gymnastikanzug. Ich fühle mich wie ein gestrandeter Wal, verletzlich, schwer, hoffnungslos.

»Du liebe Güte«, sagt Miss Elise. »An dir ist ja nichts mehr dran …«

Ich bemerke das Entsetzen in ihren Augen, höre die Worte, doch das Einzige, was ich empfinde, ist eine Welle der Freude, die mich überkommt. Ich habe die Kontrolle. Ich habe die letzten paar Wochen gehungert, mein Magen hat vor Hunger geschmerzt, mein Mund wurde mir wässrig, jedes Mal, wenn meine Schwestern sich Erdbeer-Cupcakes und Pizza und Käsekuchen einverleibten, ohne selbst auch nur einen winzigen Bissen zu probieren. Ich habe bewiesen, dass ich stark bin, entschlossen. Ich habe etwas an meinem Aussehen geändert, und das macht sich nun bemerkbar.

Ich blicke in den Spiegel des Studios. Was ich sehe, ist ein spindeldürres Mädchen mit tiefen Schatten unter den blauen Augen, bleicher Haut, blondem Haar, das ordentlich um das Gesicht herum hochgesteckt ist. Sie ist schlank, kindlich. Man kann ihre Rippen durch den engen Stretchstoff ihres Gymnastikanzugs gut erkennen; die Hüftknochen stechen scharf hervor, und ihr Bauch wölbt sich nach innen, wie ausgehöhlt. Dann verändert sich das Bild. Der Spiegel scheint sich zu verzerren, während ich hinsehe, er wirft Falten und wellt sich, genau wie auf dem Jahrmarkt des Filmsets im Spiegelkabinett.

Mir rutscht das Herz in die Hose. Das Mädchen, das mir da aus dem Spiegel entgegenstarrt, ist dick, hässlich, ein fetter Klops im Gymnastikanzug. Salzige Tränen kullern mir über die Wangen, eine nach der anderen, und ich scheine sie nicht aufhalten zu können.

»Summer«, sagt Miss Elise gerade. »Kannst du mich hören? Du musst wieder anfangen zu essen. Und ich will auch, dass du aufhörst mit dem Training – das meine ich ernst. Du verlangst dir selbst zu viel ab.«

*Hör nicht hin, hör nicht hin, hör nicht hin!,* kreischt die Stimme in meinem Kopf.

»Du wirst ja noch krank«, sagt Miss Elise. »Ich weiß genau, was du tust, glaub mir, das ist ein äußerst gefährliches Spiel.«

»Es ist kein Spiel«, flüstere ich.

Sie seufzt. »Nein, das ist es nicht, in der Tat. Aber wie auch immer, du musst damit aufhören, und zwar sofort.

Muss ich deine Mutter anrufen und das alles mit ihr besprechen?«

»Mom ist in Peru«, erkläre ich mit unbewegter Stimme.

»Natürlich – die Flitterwochen. Tja … dann mit deiner Großmutter? Soll ich mit ihr reden?«

Ich hole tief Luft und wische die Tränen fort. Dann straffe ich die Schultern und sehe Miss Elise direkt in die Augen.

»Ich mache keine Diät«, lüge ich. »Ich bin nicht krank, das schwöre ich Ihnen. Ich bin nur ein bisschen gestresst wegen dem Vortanzen. Vielleicht habe ich tatsächlich ein bisschen übertrieben mit dem Training, habe mir zu oft eine Kleinigkeit zwischendrin zum Essen verkniffen, aber nur weil ich das doch so sehr will. Ich will es, das tue ich wirklich.«

»Ich weiß«, erklärt meine Lehrerin sanft. »Aber das ist nicht der richtige Weg, Summer.«

*Woher will sie das denn wissen?*, wütet die Stimme in meinem Kopf. *Sie versucht dich aufzuhalten, will dir alles verderben …*

Doch Miss Elise ist meine Lehrerin. Sie hat mich stets unterstützt, mich vorangetrieben, mich ermutigt. Sie hat mir doch immer gesagt, dass sie an mich glaubt. Warum sollte sie mich jetzt sabotieren? Vor lauter Verwirrung tut mir der Kopf weh.

»Summer, du hast ein echtes Talent fürs Ballett«, erklärt

Miss Elise leise. »Das ist etwas Besonderes. Aber dieser Druck … die Angst vor dem Vortanzen … du hast dich von dem Stress und den Sorgen überwältigen lassen.«

»Habe ich nicht!«, protestiere ich. »Mir geht es gut!«

Meine Lehrerin schüttelt den Kopf. »Du bist eine begabte Tänzerin, aber ich bin mir nicht sicher, ob eine Ballett-Internatsschule im Moment das Richtige für dich ist. Das ist nicht für jeden was. In diesem Beruf ist man großem Stress ausgesetzt, und wenn man da nicht stark ist …«

»Ich bin stark!«, flüstere ich. »Ich komme schon damit klar! Mit dem Druck, den Ängsten – das ist schon in Ordnung, Miss Elise. Es spornt mich sogar an, noch härter zu arbeiten!«

Gedanken schießen mir durch den Kopf, unheilvolle, schreckliche Gedanken. Miss Elise und Sylvie Rochelle sind befreundet. Mal angenommen, meine Lehrerin erzählt Sylvie Rochelle, dass ich nicht für eine Karriere als Ballerina geeignet bin? Mein Erfolg oder mein Versagen könnten von ihren Worten, ihren Ansichten abhängen.

»Ich will diesen Stipendienplatz mehr als alles andere!«, flehe ich. »Sie müssen mich verstehen! Bitte sagen Sie mir jetzt nicht, dass das nicht das Richtige für mich ist! Sagen Sie Sylvie Rochelle nicht, ich wäre nicht gut genug!«

Miss Elise runzelt die Stirn. »Natürlich werde ich dich unterstützen, und ich würde Sylvie nie sagen, du wärst nicht gut genug – das bist du nämlich sehr wohl, ohne Zweifel«, sagt sie. »Ich möchte dich nur bitten, das alles noch einmal zu überdenken, das ist alles. Ist es wirklich das, was du willst? Dieser immense Druck und die Ängste, und das dein ganzes Leben lang? Ein Leben als hauptberufliche Ballerina ist nämlich nicht eben einfach, Summer.«

»Das ist mir klar!«

»Nur wenige Tänzerinnen haben ausreichend Talent, um sich ihren Lebensunterhalt damit zu verdienen«, erklärt Miss Elise. »Diejenigen, die es schaffen, verpflichten sich zu einem Leben voll harter Arbeit, strenger Terminpläne, Rückschläge. Es geht nicht immer nur um riesige Blumensträuße und Federtutus, außerdem bleibt man selten lange in dem Beruf, selbst die besten Tänzerinnen nicht …«

»Das weiß ich doch alles längst!«, wiederhole ich. »Wollen Sie damit sagen, dass ich nicht gut genug bin? Wollen Sie andeuten, ich hätte nicht das Zeug dazu?«

Allerdings kriege ich von ihrer Antwort nichts mehr mit, weil ich da nämlich schon losgerannt bin, raus aus dem Studio. Ich schnappe mir meine Ballettsachen, dann rase ich raus aus dem Gebäude, ohne auch nur einen einzigen Blick zurück.

# 26

**Am nächsten Tag tauche ich wieder auf, als wäre nichts** geschehen, weil ich die kleinen Mädchen nicht enttäuschen will. Von Miss Elise aber halte ich mich fern.

Ich habe ihr immer vertraut. Ich dachte immer, sie wäre der coolste Mensch, den ich kenne. Ein paar Worte des Lobes von ihr ließen mich früher immer auf Wolke sieben schweben, doch jetzt weiß ich, was sie wirklich von mir hält. Dass ich schwach bin, faul, dazu neige, unter dem Druck an der Tanzschule zu zerbrechen. Oh, ach so, und fett bin ich auch noch, weil als sie gestern versuchte, mich zu trösten, da kann sie um nichts in der Welt wirklich gedacht haben, ich bestünde nur aus »Haut und Knochen«. Das muss eine Art grausamer Witz gewesen sein, weil ich doch weiß, dass ich so fett bin wie eh und je.

Ich blende den Gedanken aus und konzentriere meine gesamte Energie auf die Arbeit mit den Kleinen. Allmählich lerne ich sie gut genug kennen, um zu wissen, wo ihre Stärken und Schwächen liegen, welche Persönlichkeiten sie sind, selbst einen kleinen Einblick in ihre Hoffnungen und Träume habe ich bekommen. Ganz besonders widme ich mich Fern, versuche ihr Selbstvertrauen ein bisschen zu fördern, ihr bei den Schritten und Figuren zu helfen.

Beim Musicaltheater arbeiten die Klassen darauf hin, etwas aus *Annie* aufzuführen. Gestern hat die Gruppe Schauspielübungen und etwas zum Aufwärmen gemacht, und heute studieren sie einige von den Songs ein. Fern überrascht mich mit ihrer lieblichen, reinen Stimme, die sofort die Aufmerksamkeit des Lehrers weckt. »Gut«, sagt er zu ihr. »Die Schultern zurück, tief Luft holen, der Gesang sollte tief aus deinem Inneren kommen. Sehr gut!«

Ferns Wangen sind gerötet, sie strahlt vor Stolz.

Am darauffolgenden Tag entwickelt die Gruppe gemeinsam eine Choreografie zu einem der Songs, mit ein bisschen Tanz und Schauspielerei und viel Gesang. Schon cool, zu sehen, wie das nach und nach entsteht, und es macht Mut, zu sehen, dass jedes Mädchen seine eigenen Stärken hat. Einige sind gut im Schauspielern, andere sind besser im Tanzen, andere wieder singen ausgezeichnet. Fern ist schüchtern, aber wenn sie singt, dann strahlt sie, und am Ende der Stunde erklärt der Lehrer ihr, er habe sie von allen Kindern der Feriengruppen auserwählt, den Part der Annie zu übernehmen.

Ihre Augen weiten sich. »Im Ernst? Ich? Sind Sie sicher?«

»Ganz sicher«, sagt er. »Für den Part brauchen wir die beste Besetzung. Und das bist du!«

»Dann mache ich das«, erklärt sie entschlossen. »Wenn Sie denken, dass ich das kann.«

Während die Schülerinnen hinterher aus dem Tanzstudio strömen, hält der Lehrer mich auf. Sofort bin ich auf der Hut. Will er mich jetzt auch noch wegen meines Gewichts nerven? Hat Miss Elise ihn gebeten, ein Auge auf mich zu haben?

Wohl eher nicht.

»Du kannst sehr gut mit den Kindern umgehen«, sagt er. »Ich unterrichte alle Gruppen, daher kenne ich auch die anderen Aushilfen. Du bist wirklich mit Abstand die Beste. Du legst dich richtig ins Zeug. Du kümmerst dich um sie. Du bringst das Beste in ihnen zum Vorschein, stärkst ihr Selbstvertrauen. Das ist ein richtiges Talent, weißt du. Danke!«

»Oh … gern geschehen«, erwidere ich. »Macht mir Spaß.« Und erst da wird mir klar, dass es wirklich so ist.

Diese Woche gab es tatsächlich etwas, über das ich nachdenken konnte, abgesehen vom Vortanzen. Das ist zwar ständig präsent, klar, es lauert die ganze Zeit in meinem Hinterkopf. Aber für eine kleine Weile kann ich mich jetzt Tag für Tag auf das Tolle am Tanzen konzentrieren, nicht auf den stressigen Part. Und dann weiß ich wieder, warum ich das Tanzen so sehr geliebt habe.

Kleine Korrektur: Warum ich es immer noch so sehr liebe.

Kaum aber bin ich zurück in Tanglewood, hat mich die Panik wieder fest im Griff. Ich vertraue Miss Elises Urteil nicht länger, und trotzdem habe ich Angst, mich ihr zu widersetzen. Ich darf nicht riskieren, dass ich das Vortanzen verpatze.

Da es mir aber versagt ist, weiter zu trainieren, fällt mir die Decke auf den Kopf. Daher bereite ich eine Quiche zu, beladen mit Käse und Sahne, und zwei Bleche Schokobrownies, die echt himmlisch duften. Ich gönne mir keinen einzigen Bissen. Stattdessen wische ich den Flur und die Küche, räume das Wohnzimmer auf und falle Grandma Kate ganz allgemein auf die Nerven. »Du machst dich ja noch richtig kaputt«, warnt sie mich. »Das ist nicht gut – am Samstag ist dein großer Tag, schon vergessen?«

Als könnte ich das vergessen.

*Du wirst versagen,* zieht meine innere Stimme mich auf. *Du hast nicht hart genug gearbeitet. Du bist nicht gut genug …*

Ich schiebe mich an ihr vorbei und renne raus aus der Küche, hinaus in den Garten, dann die Klippenstufen hinunter auf den menschenleeren Strand. Vermutlich ist es zu spät für eine Runde Schwimmen, und ich habe ein bisschen Angst davor, einfach so ins Wasser zu steigen, weil ich ja eh schon das Gefühl habe, zu schwimmen, selbst wenn ich auf dem Trockenen bin. Wenn ich jetzt ins Wasser ginge, dann wäre die Verlockung, immer weiter in Richtung Horizont zu schwimmen, schon sehr groß.

Stattdessen wende ich mich ab und laufe den Strand entlang und mit jedem einzelnen Schritt wird die ständig nörgelnde Stimme in meinem Kopf leiser. Ich laufe, bis mein Kopf frei ist, mein Körper erschöpft, meine Muskeln schmerzen. Es fängt schon an zu dämmern, als ich mich umdrehe und wieder zurückrenne, mich vorantreibe, meinen Körper bestrafe, versuche, ein wenig Frieden zu finden. Als ich wieder zurück bin bei den Klippenstufen, sehe ich eine gebeugte Gestalt auf einem der Felsen am Fuß der Klippe sitzen und aufs Meer hinausblicken.

»Alfie?«, sage ich verblüfft. »Was tust du denn hier?«

»Bin zufällig vorbeigekommen«, witzelt er.

»Ja, klar.«

»Okay«, meint er mit einem Schulterzucken. »Ich dachte mir nur, ich schau mal kurz vorbei. Um dir Glück zu wünschen oder Hals und Beinbruch oder was immer man da sagt, für dein Vortanzen am Samstag. Und weil du nicht daheim warst, dachte ich mir, ich leg mich ein bisschen in die Sonne. Und jetzt hat mich sogar die Sonne im Stich gelassen …«

Ich lasse mich in den noch warmen Sand sinken, froh darüber, ausruhen und wieder zu Atem kommen zu können. »Ich war laufen«, sage ich zu Alfie. »Um mich ein bisschen abzulenken. Aber … na ja, danke, dass du an mich gedacht hast.«

»Natürlich will ich nicht wirklich, dass du dir ein Bein brichst, klar«, sagt er. »Ich hoffe bloß … tja, also, ich hoffe, es kommt alles so, wie du dir das wünschst. Selbst wenn es bedeutet, dass du fortgehst von hier. In den Ferien kommst du ja sicher heim, oder?«

»Klar«, sage ich. »Natürlich komme ich dann heim.«

Aber es ist schon sonderbar. Ich habe derart viel Zeit und Energie in die Vorbereitung auf dieses Vortanzen gesteckt, und trotzdem weiß ich manchmal gar nicht mehr genau, warum ich das so sehr will. Ich versuche mir die glänzenden Holzböden und die nagelneuen, verspiegelten Studios der Rochelle Academy vorzustellen, die ich in dem Hochglanzprospekt gesehen hatte, doch sie entgleiten mir wie entfernte Erinnerungen, zu vage, um sie greifen zu können. Es ist fast so, als wäre ein Teil von meinem Gehirn komplett leergefegt, sodass ich jetzt Schwierigkeiten habe, mich zu entsinnen, wofür ich eigentlich so schufte.

Und das ist schon echt beängstigend.

»Ich werde dich vermissen«, sagt Alfie in die Dunkelheit hinein. »Wer sonst könnte mich mit einem einzigen Blick plattmachen, wenn ich wieder mal mit einem von meinen blöden Streichen ankomme in der Schule? Wer sonst würde es wagen, mir zu sagen, ich solle in der Öffentlichkeit lieber keinen Eyeliner tragen? Nur du allein, Summer Tanberry!« Er lacht, aber es ist ein trauriges Lachen.

»Ich war nicht immer besonders nett zu dir, oder?«

»Sei nicht dumm«, sagt Alfie. »Du warst immer … na ja, echt wunderbar. Manchmal ein bisschen streng, das schon, aber … tja, schätze, ich hatte es nicht anders verdient!«

Wunderbar? Ich bin mir noch nicht mal sicher, ob es überhaupt möglich ist, dass Alfie Anderson so etwas über mich sagt, aber irgendwie, hier im Dunkeln, wirken die Worte gar nicht mal so beängstigend.

»Vielleicht haben wir uns einfach gegenseitig nicht verstanden«, sage ich schulterzuckend. »Ich fand dich immer laut und ahnungslos und geschmacklos. Du hast mich doch ständig verarscht …«

»Das trifft ja auch alles zu«, gesteht er. »Aber ich wollte dich nicht verarschen. Ich wollte doch nur, dass du mich bemerkst.«

Auch wenn ich in dem dämmrigen Licht kaum etwas sehen kann, weiß ich, dass Alfies Wangen jetzt knallrot sind. Das war es also, was er mir auf der Party sagen wollte – dass er mich schon immer sehr gerne mag. Die endlosen Streiche und das Veräppeln, das war nur seine Art, mich auf ihn aufmerksam zu machen. Und vorher ist er mir auch nie aufgefallen, erst jetzt, wo er mit den Witzen aufgehört hat und ein bisschen erwachsener geworden ist. Besser spät als nie, schätze ich.

Ich weiß, wie es ist, wenn man wieder und wieder versucht, die Aufmerksamkeit von jemandem zu erlangen. So war es bei mir und Dad, als ich noch klein war. In einer Familie mit vier Schwestern aufzuwachsen, hat es mir schwergemacht, mich hervorzuheben. Doch das Tanzen war für mich eine echte Chance, es doch zu schaffen.

»Hey«, hat Dad immer gesagt, während er mir zusah, wie ich im Alter von fünf Jahren im rosa Tutu im Wohnzimmer herumsprang. »Wie geht es meiner kleinen Ballerina?«

Seine Aufmerksamkeit lange zu halten, war allerdings unmöglich, erst recht nachdem er und Mom sich getrennt hatten. Den Schmerz darüber verspüre ich immer noch in der Brust, die Leere, die diese Verletzung hinterlassen hat.

»Ich bin ein Idiot, oder?«, sagt Alfie nun traurig.

»Nein, du bist ein echt guter Kumpel«, versichere ich ihm und hoffe, dass es nicht zu grausam klingt.

Ich bin nicht auf der Suche nach einer neuen Beziehung, aber dass Alfie ein wahrer Freund ist, wird mir jetzt klar. Er ist nett und treu und hat das Talent, gerade dann da zu sein, wenn ich ihn am meisten brauche. Das ist mehr, als ich von Tia oder Millie in letzter Zeit behaupten könnte, oder selbst von Skye … ich habe sie alle von mir gestoßen, weil ich zu beschäftigt war mit Trainieren, und sie haben zugelassen, dass es so weit kommt. Allein Alfie hat sich nicht abhalten lassen.

»Okay, also dann«, seufzt er. »Wenn ich dann mal als

Kumpel was sagen dürfte – ich mache mir Sorgen, Summer. Diese Sache mit der Diät. Dem gesunden Essen, wie auch immer. Das ist doch vorbei, sobald du das Vortanzen hinter dir hast, oder?«

»Auf jeden Fall«, erkläre ich, doch sofort schwindet meine Überzeugung. »Ich glaube es jedenfalls. Hoffe es. Vielleicht. Keine Ahnung, Alfie … Offenbar komme ich nicht dagegen an.«

»Du musst mit jemandem reden«, meint er. »Mit deiner Mom, deiner Großmutter, deinem Dad, einem Arzt. Langsam wird es gruselig. Das ist völlig außer Kontrolle geraten, und ich weiß nicht, was ich dagegen tun kann.«

Schätze, dann wären wir schon zu zweit.

# 27

*Es ist Abend, und ich schäle mich gerade aus meinem* T-Shirt und den Joggingschuhen, als Skye ins Zimmer kommt und mich in BH und Unterhose überrascht. Das Lächeln gefriert ihr im Gesicht, und auch wenn ich schnell versuche, mich zu bedecken, ist mir klar, dass es zu spät ist. Sie hat mich gesehen und jetzt kann sie ihr Entsetzen nicht verbergen.

»Summer!«, flüstert sie. »Was ist los? Du siehst ja aus wie ein Skelett!«

»Mach dich nicht lächerlich«, sage ich ruhig. »Ich hab mich nicht verändert. Bin vielleicht ein bisschen … straffer. Von den vielen zusätzlichen Trainingsstunden.«

»Man kann deine Rippen sehen!«, widerspricht Skye. »Deine Schulterblätter sehen aus, als würden sie sich jeden Moment durch deine Haut bohren! Mir war ja klar, dass du ein bisschen auf deine Ernährung achtest, aber … das ist beängstigend, Summer! Ich hatte ja keine Ahnung!«

Weil du so beschäftigt warst mit Finch, denke ich total

bösartig. Zu beschäftigt mit dem Verlieben, dass du gar nicht mitgekriegt hast, wie verloren, wie verängstigt ich bin.

»Mir geht es gut«, lüge ich. »Und ich esse, nur dass wir uns nicht mehr als Familie zusammen an einen Tisch setzen zum Essen. Alle haben viel zu tun, jeder ist mit was anderem beschäftigt. Außerdem, ich hab doch Abendessen gekocht! Und ich hab mindestens vier Brownies gegessen, als ich sie gemacht habe, ich schwör's … Ich verbrenne bloß viel mehr Energie wegen dem vielen Training.«

Skye aber lässt sich nichts vormachen. Sie reißt mir das T-Shirt aus der Hand. Mein Blick flackert hoch zum Spiegel, und eine Sekunde lang sehe ich mich, wie Skye mich sieht: eine Reihe von Rippen, die lange Erhebung meiner Wirbelsäule, hervorstechende Schulterblätter, die aussehen wie Flügel. Ich sehe blass aus, ausgezehrt, erschöpft.

»Hör auf damit, Summer«, flüstert sie. »Bitte? Du musst damit aufhören.«

*Achte nicht auf sie,* mischt meine innere Stimme sich ein. *Sie versteht das doch nicht – keiner von denen versteht das. Du hast noch einen weiten Weg vor dir. Glaub mir … ich bin auf deiner Seite.*

»Lass mich in Ruhe«, schnauze ich meine Schwester an. »Mir geht's gut, Skye. Ich weiß nicht, wovon du redest.«

Ich kann nicht schlafen. In meinem Kopf herrscht ein wildes Durcheinander von Schatten und Ängsten, mein Herz tut weh, so traurig bin ich, und ein Kaleidoskop von Erinnerungen an längst vergangene Zeiten wirbelt mir durch den Kopf.

Ich hätte nie im Leben gedacht, dass selbst meine Zwillingsschwester sich gegen mich wendet, dass sie versuchen würde, mich vom Erreichen meines großen Ziels abzuhalten. Dann fällt mir wieder ein, was für ein schockiertes Gesicht sie gemacht hat, und ich frage mich, ob ich das wohl falsch verstanden habe, ob sie sich vielleicht tatsächlich bloß Sorgen macht. Würde sie es verstehen?

»Skye?«, flüstere ich in die Dunkelheit hinein, doch meine Zwillingsschwester seufzt nur kurz und dreht sich dann im Schlaf um, völlig versunken in Träume von Vintagekleidern und einem Jungen namens Finch.

Ich sehe auf mein Handy. Da ist eine SMS von Mom, die mich darüber informiert, dass sie und Paddy jetzt auf dem Weg zurück nach Lima sind, bereit, wieder nach Hause zu fliegen. Sie schreibt, ich solle am Samstag mein Bestes geben, dass sie stolz auf mich ist, jetzt und für alle Zeit, komme, was wolle. Einen Moment schwebt mein Finger über der Wähltaste. Wenn ich jetzt mit Mom reden könnte …

Aber das geht nicht. Was sollte ich denn sagen? »Hey, Mom, mein Leben geht grad so was von den Bach runter. Ich hab Angst davor, was zu essen, und ich kann nicht mehr tanzen, und meine Träume liegen mir in tausend Scherben zu Füßen, also kein Grund, stolz auf mich zu sein … Ich bin total im Arsch.«

Nein, wohl eher nicht. Und wenn nicht Mom und nicht Skye, wer dann?

Ich lasse das Handy zuschnappen und gleite aus dem Bett. Zitternd tappe ich die Treppe runter. Aus der Küche ist kein Geräusch zu hören, abgesehen von dem leisen Ticken der Uhr, dem Summen des Herds und Fred, unserem Hund, der schnaubt, während er sich in seinem Körbchen in der Ecke rührt und im Traum imaginären Kaninchen hinterherjagt.

Es ist schon nach zwei, aber da, wo Dad in Australien wohnt, ist es bereits zehn Stunden später. Wir skypen an Weihnachten und an Geburtstagen mit ihm, aber seit er uns verlassen hat, habe ich kein einziges Mal mehr mit meinem Vater telefoniert. Damals sind Skye und ich runter zu der Telefonzelle in Kitnor, um ihn anzubetteln, er solle wieder nach Hause kommen, weil Coco weinte und Honey wütend war und Moms Lächeln derart brüchig wirkte, dass wir Angst hatten, sie könnte jede Minute in tausend Stücke zerfallen. Dad erklärte uns, wir sollten uns keine Sorgen machen, er würde uns immer noch lieben, auch wenn er nicht mehr bei uns wohnen würde.

Das war der Tag, an dem uns klar wurde, dass wir ihn endgültig verloren hatten, der Tag, an dem wir kapierten, dass er nie wieder nach Hause kommen würde.

Ich finde Moms Adressbuch in der Kommodenschublade und fange an, Vorwahl und Telefonnummer von Dad in Australien zu wählen. Dann hebt jemand ab, und Dads Stimme durchbricht die Stille, gedämpft, in weiter Ferne, ein klein wenig genervt.

»Hallo? Charlotte, bist du das? Ich arbeite, um Gottes willen!«

»Ich bin's«, flüstere ich. »Summer. Ich wollte mit dir reden.«

»Summer!«, sagt er, als könnte er mich nicht recht einordnen. »Summer? Stimmt was nicht?«

Nein, Dad, alles in bester Ordnung. Es ist zwei Uhr nachts, und ich habe Angst, weil mein Leben in die Brüche geht, aber nein, sonst ist alles bestens. Klar spreche ich das alles nicht laut aus.

»Ich wollte einfach nur reden«, erkläre ich schwach.

»Tja … das ist ja nett, Summer, aber ich bin im Moment sehr beschäftigt. Wolltest du was Bestimmtes?«

Ich schlucke. Fühlt sich an, als hätte ich einen Kloß von der Größe eines Golfballs im Hals, sodass ich nicht reden kann, nicht atmen.

»Nein, nein … ich wollte dir nur sagen, dass ich am Samstag ein Vortanzen habe. Für eine Ballettschule. Und ich bin ein bisschen … äh … nervös.«

Weit weg, auf der anderen Seite der Erde, höre ich, wie mein Dad sich mit jemand anderem unterhält, Befehle erteilt, darum bittet, einen Bericht binnen einer Stunde auf dem Tisch zu haben.

»Tut mir leid«, sagt er. »Hier herrscht absolutes Chaos. Du tanzt also bei einer neuen Ballettvorführung mit, ja? Keine Sorge, du wirst das toll machen wie immer. Meine kleine Ballerina.«

Eine Träne rollt mir über die Wangen, salzig, leise. Er hört mir noch nicht mal richtig zu.

»Okay«, sage ich. »Na schön. Dad, ich muss auflegen. Da ruft jemand nach mir.«

»Keine Sorge, mach's gut, und gib dein Bestes!«

»Das werde ich«, verspreche ich.

Und dann ist die Leitung tot.

Der Freitag vergeht wie im Fluge. Der Vormittag ist bestimmt von Proben und am Nachmittag soll die eigentliche Vorstellung stattfinden. Daher bin ich die ganze Zeit damit beschäftigt, hin und her zu rennen und dafür zu sorgen, dass es meiner Gruppe gut geht. Kelsey hat ihre Steppschuhe vergessen, und Rowans Gymnastikanzug ist an einer Stelle am Saum aufgerissen, während Fern die lockige Annie-Perücke immer wieder ins Gesicht rutscht und ein Auge verdeckt. Bis zur Vorstellung aber ist dank geborgter Schuhe und ein paar raschen Nadelstichen und ein paar Haarklammern alles wieder in perfekter Ordnung.

Als Fern und der Rest der Gruppe sich am Ende der

Vorstellung verbeugen, klatsche und juble ich lauter als sämtliche anwesenden Eltern, so sehr ist mein Herz von Stolz und Glück erfüllt. So lebendig habe ich mich schon seit Wochen nicht mehr gefühlt.

Wieder zu Hause, hat Grandma Kate Omeletts und Salat zubereitet, und ich esse fast ein Viertel des Omeletts, während Skye mich mit Argusaugen beäugt, ehe ich den Rest an Fred verfüttere, sobald sie kurz zum Kühlschrank geht und sich Limonadennachschub holt.

»Ich will morgen mit dir kommen«, verkündet sie, während wir die Spülmaschine beladen. »Weil Mom nicht da ist und alles. Zur moralischen Unterstützung, okay?«

Ich sehe ihr in die Augen, in denen dunkle Vorwürfe lauern, und ich bin hin und her gerissen zwischen Bedauern und Angst. Macht sie sich wirklich Sorgen, oder würde sie mich auf der Fahrt bloß zwingen, Schokolade zu essen und Milchshakes zu trinken? Das darf ich nicht riskieren. Vielleicht ist sie ja wirklich besorgt, aber das reicht nicht, und es ist sowieso zu spät.

»Nein, ist nicht okay«, sage ich. »Miss Elise nimmt mich mit. Reden wir nicht mehr darüber.«

»Deine Mom hat mich gebeten, dich zu begleiten«, meint Grandma Kate stirnrunzelnd. »Das war der Plan, und ich würde diese neue Ballettschule nur zu gerne sehen …«

»Nein«, sage ich entschlossen. »Ich mach das allein. Ich bin ja so schon nervös genug, da würde ich mich nicht zusammennehmen können, wenn da noch jemand mit dabei wäre. Tut mir leid – ich muss mich richtig konzentrieren können.«

»Vermutlich hast du recht«, schnaubt Skye. »Aber egal, wir planen eine große Strandparty morgen Abend, um das zu feiern … alle sind eingeladen!«

»Du wieder mit deiner großen Klappe«, meint Honey und verdreht die Augen. »Das sollte doch eine Überraschung werden!«

»Und was, wenn es nichts zu feiern gibt?«, protestiere ich panisch. »Vielleicht erfahre ich ja erst ewig später, wie ich abgeschnitten habe …«

»Wir feiern doch bloß, dass du endlich nicht mehr jede freie Minute trainierst«, meint Skye. »Und dass du endlich nicht mehr so gestresst bist und die ganze Zeit total angespannt …«

»Und dass du nicht länger isst wie ein Spatz«, steuert Honey bei. Ich werfe ihr einen warnenden Blick zu, doch sie tut so, als würde sie das nicht merken.

»Das auch«, sagt Skye grimmig, doch Grandma Kate scheint es überhört zu haben.

»Mach dir keine Gedanken, Summer«, sagt sie. »Morgen um diese Zeit ist alles vorbei.«

»Ich kann es kaum erwarten«, seufze ich.

# 28

***Ich bin so nervös, dass meine Hände zittern und ich*** meine neuen Spitzenschuhe zwei- oder dreimal neu zuschnüren muss, bis alles richtig sitzt. Ich befinde mich in der Umkleide von Studio eins der Rochelle Academy, es wimmelt hier nur so von Mädchen in Gymnastikanzügen und weißen Strumpfhosen, die plaudern, lachen, ihr eh schon perfektes Haar noch einmal überprüfen.

Ich sehe auf mein Handy. Da ist eine Nachricht von Mom, in der sie mir mitteilt, dass sie mich liebt, dass sie und Paddy mir die Daumen drücken; eine von Skye, die mir schreibt, ich solle sie einfach von den Socken hauen; eine von Alfie Anderson, der meint, er habe meine Nummer von Skye und er wolle mir nur viel Glück wünschen.

Ich muss trotz allem lächeln.

Alle zehn Minuten kommt eine streng dreinblickende Frau mit einem Klemmbrett vorbei, um eine von uns ins Studio zu rufen. Zehn Minuten … mehr Zeit haben wir nicht? Acht Wochen Stress und Kummer und endlose Trainingsstunden, nur damit man dann binnen zehn Minuten über unsere Zukunft entscheidet? Schon verrückt.

»Ich bin ja so was von aufgeregt«, sagt eins der Mädchen. »Mom und ich sind den ganzen Weg von Birmingham angereist.«

»Es ist so eine unglaubliche Chance«, steuert eine andere bei. »Meine Tanzlehrerin meint, die Rochelle Academy wird wohl eines Tages zu den prestigeträchtigsten Ballettschulen des Landes zählen …«

Ich kann mir nicht vorstellen, die nächsten fünf Jahre meines Lebens mit diesen Mädchen zu verbringen; ich kann mir ja noch nicht mal vorstellen, es die nächsten fünf Minuten mit ihnen auszuhalten.

»Alles okay?«, raunt Jodie mir ins Ohr, und ich freue mich so sehr, sie zu sehen, dass ich mich für einen kurzen Moment frage, warum wir eigentlich nicht mehr befreundet sind.

»Nein, nichts ist okay«, flüstere ich.

»Bei mir auch nicht«, meint sie. »Von wegen Schmetterlinge im Bauch – bei mir ist es eher eine Horde Elefanten.«

»Ich schaff das nicht …«

Jodie greift nach meinen Händen. »Summer Tanberry, *klar* schaffst du das. Ja, wir haben alle Angst, aber es ist nur ein Vortanzen. Wir haben trainiert, wir wissen, was wir zu tun haben … wir kriegen das schon hin. Du hast bloß Lampenfieber. Das ist völlig normal!«

*Woher will sie das denn wissen?*, zischelt meine innere Stimme. *Trau ihr bloß nicht!*

Ich hole tief Luft. »Warum bist du so nett zu mir?«, frage ich.

Jodie seufzt. »Warum sollte ich denn nicht nett sein zu dir? Wir sind doch Freundinnen, oder nicht? Zumindest waren wir das mal. Tut mir leid, wenn du sauer auf mich bist, aber ich hab doch nur mit Miss Elise gesprochen, weil ich mir Sorgen gemacht habe um dich, weil ich dir helfen wollte …«

»Ich weiß«, flüstere ich. »Tut mir leid, Jodie.«

»Ich hab mir nur Sorgen gemacht«, wiederholt sie und drückt dabei meine Hand. »Du bist eine ausgezeichnete Tänzerin, Summer. Glaub mir. Und jetzt geh da raus und zeig es ihnen!«

In dem Moment taucht auch schon die Dame mit dem strengen Gesicht in der Tür auf, das Klemmbrett in der Hand. »Summer Tanberry, wenn ich bitten darf!«

Miss Elise und ich folgen ihr durch den holzgetäfelten Flur, in dem eine Reihe von Ballettdrucken hängt. Ich zögere kurz und sehe genauer hin. Ja, ich erkenne sie wieder, Mom hat mir die Bilder vor einigen Jahren in einem Kunstbuch gezeigt, sie stammen von einem Künstler namens Degas. Ich weiß noch, wie ich damals dachte, dass es ihm gelungen ist, die Magie des Tanzes lebendig werden zu lassen, und das mit nur wenigen pastelligen Pinselstrichen.

Doch als ich sie jetzt betrachte, sehe ich nur die Tänzerinnen selbst.

Sie wirken kräftig und kurvig, die Schultern muskulös, die Beine stämmig, die Körper untersetzt und mächtig. Das sind keine zierlichen Elfchen, nicht annähernd. Mein Kopf ist ganz benebelt, so durcheinander bin ich. Hab ich da irgendwie was falsch verstanden, die ganze Sache mit der Figur und dem Körperbau? Sicher nicht.

*Abscheulich*, höhnt die Stimme in meinem Kopf, doch sie kommt mir schon etwas leiser vor, weniger selbstsicher. *Fett, hässlich …*

»Summer?«, sagt Miss Elise sanft. »Alles in Ordnung?«

»Ja … ja, sicher.«

Aber natürlich ist nichts in Ordnung. Ich werfe einen letzten Blick auf die Bilder, und dann erkenne ich, dass diese Ballerinen nicht fett oder hässlich oder abscheulich sind. Sie sind wunderschön. Was, wenn alles, was ich für richtig hielt, sich letzten Endes als falsch herausstellt? Die nackte Angst überkommt mich, senkt sich auf mich herab wie ein Stein.

Ich weiß nicht, was ich hier will.

Ich weiß, dass das Studio groß und hell und luftig ist, dass ein süßer Duft nach Bodenpolitur und Kolophonium und Erwartung in der Luft hängt. Ich weiß, dass da drei Leute hinter einem Tisch am anderen Ende des Studios sitzen und dass eine von ihnen Sylvie Rochelle ist. Ich weiß, dass mir der kalte Schweiß im Nacken steht, als ich jetzt über den glänzenden Holzboden zur Mitte des Raums gehe, und ich weiß, dass mein Herz derart laut schlägt, dass es schon an ein Wunder grenzt, dass keiner sich erkundigt, was das für ein Geräusch ist.

Ich habe Angst – davor, nicht gut oder nicht dünn genug zu sein; nicht das zu haben, was es braucht, um eine Ballerina zu sein. Ich frage mich, ob die Stimme wohl recht hat, ob ich hier nur jedermanns Zeit verschwende, meine eigene eingeschlossen. Die Furcht durchdringt meinen Körper wie Wasser einen trockenen Schwamm, und dann fange ich an zu tanzen.

Ich tanze gut. Ich bin gut an der Stange, mein Standardtanz ist stark, und dann wechselt Miss Elise die CD, und schon ertönt Strawinskys wilde Melodie. Ich hole tief Luft, und die Musik ergreift von mir Besitz, so wie früher immer, und ich verliere mich darin. Ich spüre, wie Flammen durch meinen Körper züngeln, knistern, brennen. Ich tanze mit ganzem Herzen und ganzer Seele, voll Furcht und Hoffnung und Hunger. Und die ganze Zeit über wüten die Flammen in mir, tief in meinem Inneren, verbrennen mich von innen heraus.

Keine Chance, dass Miss Elise oder irgendwer behaupten könnte, mir wäre der »Funke« abhanden gekommen. Dieser Tanz ist das reinste Feuerwerk, voller Funken und

Flammen, zerstörerisch, wunderschön. Als ich fertig bin und völlig außer Atem, blicke ich auf und sehe in die Gesichter der drei Juroren, die mich mit großen Augen ansehen, als hätte ich etwas völlig Unerwartetes getan, etwas Unvorstellbares, vielleicht sogar etwas leicht Beunruhigendes.

Vor Scham bekomme ich ganz rote Wangen, als ich mich aufrichte. Jetzt zittere ich ein wenig, fange unter ihren Blicken an zu beben. Sylvie Rochelle ist die Erste, die das Wort ergreift.

»Summer«, sagt sie. »Vielen Dank! Es ist nicht zu übersehen, dass du das Tanzen liebst. So viel Energie, so viele Emotionen.«

Ich blinzle. Energie? Emotionen? Das scheint mir doch recht unwahrscheinlich. Ich fühle mich leer, ausgehöhlt, erschöpft.

»Du kannst also tanzen«, sagt der Mann zu Miss Rochelles Linken, der mich über seine rote kleine Brille hinweg ansieht. »Doch was hast du sonst noch zu bieten? Wie sehen deine Pläne aus, deine Träume?«

Ich öffne den Mund, um zu erklären, dass ich mir immer eine Chance wie diese erhofft habe, dass ich von nichts anderem geträumt habe, doch die Worte fühlen sich an wie Kiesel in meinem Mund, stechend, schmerzhaft.

*Wie erbärmlich,* sagt die Stimme in meinem Kopf, jetzt schon etwas mutiger. *Du würdest nie im Leben hier rein-*

*passen. Du bist nicht gut genug, bringst dich nicht genügend ein, bist nicht dünn genug.*

»Summer?«, fordert der Mann mich auf. »Deine Hoffnungen, deine Träume?«

»Ich … ich weiß es nicht«, stammle ich nervös.

Er runzelt die Stirn. »Wir haben nur drei Stipendienplätze zu vergeben. Kannst du mir sagen, warum du denkst, dass wir dir einen davon geben sollten?«

Ich suche krampfhaft nach einem Grund. Früher wären mir eine Million Gründe eingefallen – meine Zukunft hatte ich mir schon ganz konkret ausgemalt, hell und strahlend und von Erfolg gekrönt. Ich habe so hart gearbeitet die letzten paar Wochen, um meinen Traum zu verwirklichen. Ich habe mich selbst bis an den Rand der Erschöpfung getrieben, vielleicht sogar darüber hinaus, doch jetzt fällt mir wirklich kein einziger Grund mehr ein, weshalb man mir einen Stipendienplatz geben sollte.

Stille beherrscht das Studio, schwer und Unheil bringend. Aus dem Augenwinkel sehe ich, wie Miss Elise mit einer Hand ihr Gesicht bedeckt, als hätte sie mich aufgegeben. »Isst du denn auch ausreichend?«, erkundigt sich jetzt die Frau rechts von Sylvie Rochelle. »Du bist sehr dünn. Wir arbeiten hier ständig unter Hochdruck, der Beruf der Ballerina bringt sehr viel Druck mit sich. Da braucht man ein sehr gutes Selbstwertgefühl, um damit klarzukommen. Wir können keine Mädchen gebrauchen, die der irrigen Annahme sind, sie müssten hungern, um da reinzupassen – wir suchen nach Tänzerinnen, die stark sind, sowohl körperlich als auch geistig.«

»Ich ernähre mich ganz gut«, protestiere ich. »Ich bin stark! Ich bin nur … von Natur aus …«

*Fett,* denke ich. *Dick, plump, teigig, wuchtig, massiv.* Doch wenn ich in den Spiegel sehe, weiß ich, dass das nicht der Realität entspricht.

»… schlank«, beende ich meinen Satz.

*Träum weiter,* verspottet mich meine innere Stimme, doch ich bringe sie zum Verstummen.

Ich werfe einen Blick auf Miss Elise, sie wirkt geknickt. Ich habe es vermasselt, das sehe ich. Alles, was ich mir je erhofft habe, zerrinnt mir nun zwischen den Fingern, und es gibt nichts, was ich dagegen tun könnte.

»Ich ernähre mich die meiste Zeit recht gesund«, sage ich mit klarer, ungerührter Stimme. »Aber … na ja, meine Eltern haben ein Pralinengeschäft, daher komme ich bisweilen in Versuchung. Keiner ist perfekt. Ich habe nur Glück, schätze ich. Ganz gleich, was ich esse, ich nehme nicht zu.«

Diese Lüge kommt mir derart leicht über die Lippen, dass ich selbst von mir überrascht bin. Ich sehe Miss Elise, die die Augenbrauen hochgezogen hat, der Mund vor Verblüffung zu einem perfekten Rund geformt.

»Ich brauche diesen Platz«, fahre ich fort. »Es ist mein großer Traum. Ich habe hart dafür gearbeitet, aber es hat sich nicht angefühlt wie Arbeit, weil ich jede einzelne Minute genossen habe. Ich bin stark, das schwöre ich, viel stärker, als ich aussehe. Geben Sie mir eine Chance. Ich will tanzen – ich will mich selbst in der Musik verlieren, sie mit ganzem Herzen und ganzer Seele fühlen. Mehr als alles andere auf der Welt will ich Ballerina werden.«

Und dann lächle ich, setze mein bestes Bühnenlächeln auf, hell und strahlend.

Die Erwachsenen unterhalten sich leise, ehe Sylvie Rochelle sich wieder mir zuwendet. »Danke dir«, sagt sie. »Das wäre dann vorerst alles. Die Briefe mit der Mitteilung, wer von euch einen Platz bekommt, gehen nächste Woche raus, aber …«

Ihre Züge werden weicher und sie lächelt mich an. »Ich denke, wir können mit Sicherheit sagen, dass du gute Nachrichten zu erwarten hast, Summer. Du bist wirklich ein Naturtalent.«

Der Boden gibt ein wenig nach unter meinen Füßen, und für einen kurzen Augenblick befürchte ich, dass ich gleich umkippe. Doch das tue ich nicht. Stattdessen stehe ich aufrecht da, die Schultern zurückgezogen, das Kinn hoch erhoben.

»Vielen Dank«, sage ich zittrig. »Ich danke Ihnen! Sie wissen ja gar nicht, wie viel mir das bedeutet!«

Sylvie Rochelle lächelt. »Oh doch, ich denke schon.«

# 29

**Meine Familie weiß wirklich zu feiern. Als Miss Elise** mich an diesem Nachmittag zurückbringt nach Tanglewood, hat jemand die Wimpelketten und Girlanden von der Hochzeit hervorgekramt und den Garten damit geschmückt. Meine kleine Schwester Coco sitzt auf einem Baum und spielt auf der Geige eher schlecht als recht die Melodie aus *Schwanensee*. Es tut weh, bringt mich aber nichtsdestotrotz zum Lächeln.

»Deine Mom wird so stolz sein«, versichert Grandma Kate mir. »Wir sind alle sehr stolz auf dich, Summer!«

»Es ist noch nicht ganz sicher«, rufe ich ihr in Erinnerung. »Ich glaube es erst, wenn ich es schwarz auf weiß sehe …«

»In meinen Ohren klang das schon ziemlich sicher«, meint Skye. Sie umarmt mich ganz fest, und das mit Finch ist mir jetzt egal, weil ich meine Zwillingsschwester liebe, für immer, komme, was wolle.

Ich hab Glück, das weiß ich, hundertmal mehr Glück, als ich verdient habe. Weder Jodie noch Sushila hat man gesagt, sie könnten gute Nachrichten erwarten, daher habe ich kein Wort verloren darüber, was Sylvie Rochelle zu mir gesagt hat. Damit anzugeben, hätte mir das Gefühl gegeben, das Schicksal herauszufordern, und außerdem bin ich trotz allem traurig wegen Jodie und Sushila. Sie wollten den Platz genauso sehr wie ich.

»Vielleicht hat ja doch noch eine von ihnen Glück«, meinte Miss Elise nachdenklich, als wir zusammen in ihrem Wagen heimfuhren. Jodie und Sushila wurden von ihren Familien abgeholt. »Die Möglichkeit besteht. Jodie hat wirklich gut getanzt.«

Ich erinnere mich, wie nett Jodie vorhin zu mir war, und ich frage mich, wie ich je glauben konnte, sie würde mich hassen, könnte eifersüchtig sein, wollte, dass ich das vermassle. Vielleicht habe ich mich da geirrt. Aber letzten Endes hatte Sylvie Rochelle die Wahl zwischen einem dünnen Mädchen und einem mit Kurven, und sie hat sich entschieden für … mich. Ich habe nicht versagt … nicht dieses Mal.

Jetzt liegt die Zukunft vor mir, so wie ich es mir immer schon erträumt habe. Ich sollte eigentlich auf und ab hüpfen vor Freude, aber irgendwie fühle ich mich matt und taub und leer. Ich brauche wohl etwas Zeit, um das zu verdauen.

Dieses Vortanzen wird mein Leben verändern. Von jetzt an werde ich ganz für das Ballett leben, von morgens bis abends an nichts anderes denken. Wenn ich auch hart geschuftet habe, um an diesen Punkt zu gelangen, so werde ich jetzt noch härter arbeiten müssen, um dabeizubleiben. Mit einem Mal kommt es mir so vor, als würde mich dieses Wissen erdrücken, mir die Luft zum Atmen rauben. Was auch immer Skye und Alfie denken, mit diesem Vortanzen ist es nicht vorbei mit dem Training in jeder freien Minute, sondern jetzt ist eher der Moment gekommen, da ich alles auf ein ganz neues Level bringen muss.

Und mit der Diät ist es genauso wenig vorbei. Einer von den Juroren hat mich als »sehr dünn« bezeichnet, das hat sich in meinem Gedächtnis verankert. Stolz wärmt mich von innen heraus, wann immer ich daran zurückdenke, auch wenn ich mir nicht sicher bin, ob es wirklich wahr ist. Wenn ich tatsächlich dünn bin, dann muss ich zusehen, dass es auch weiterhin dabei bleibt … und das bedeutet, dass ich aufpassen muss, was ich esse.

Zum Abendessen machen wir ein Picknick auf dem Rasen. Ich esse fast ein ganzes hartgekochtes Ei und ein paar Salatblätter, und dann kommt Grandma Kate an mit einer Torte mit weißer Schokoladenbuttercreme und Erdbeeren obendrauf. Rundherum ist sie verziert mit Traumpralinen, die Paddy zu meinem dreizehnten Geburtstag kreiert hat. Bei diesem Anblick fängt mein Magen an zu knurren und mein Herz rast vor Panik.

Diese Torte ist wunderschön, doch sie flößt mir Angst ein. Auf gar keinen Fall werde ich sie auch nur anrühren.

»Die sieht toll aus, aber ich bin voll«, erkläre ich. »Ich könnte jetzt wirklich nichts mehr …«

»Du hast ein gekochtes Ei und ein paar Salatblätter gegessen«, erwidert Honey in scharfem Ton. »Also ja, du kannst schon noch was essen.«

»Die hat Grandma Kate gebacken«, wirft Coco ein. »Extra für dich!«

Honey sieht wütend aus, aber in Skyes Blick spiegelt sich Sorge. »Summer«, sagt sie sanft. »Komm schon. Nur ein Stück.«

Also schneide ich mir mit zitternden Händen ein winzig kleines Stück ab. Ich will nichts davon probieren, aber ich kann es auch nicht einfach fallen lassen und wegrennen, ganz gleich wie sehr ich das möchte. Ich nehme also einen Bissen und die reichhaltige, süße Creme zergeht mir im Mund. Die Torte ist gut, mehr als gut. Ich wage einen zweiten Bissen.

Wie kann etwas, das so gut schmeckt, schlecht sein? Habe ich da irgendwas falsch verstanden? Diese Torte ist von meiner Großmutter mit Liebe und Stolz gebacken, verziert mit den Pralinen, die Paddy für mich gemacht hat. Da sind alle meine Lieblingssachen drin, Erdbeeren und Buttercreme. Kann das denn wirklich so schlimm sein?

*Das ist so was wie eine Droge,* zischelt die Stimme in meinem Kopf. *Willst du, dass die ganze harte Arbeit umsonst war? Hast du denn gar keine Willenskraft mehr?*

Ich stelle das Stück Torte weg.

»Hey«, flüstert Skye. »Mach dir keine Gedanken. Du warst gut.«

Die Strandparty an diesem Abend ist die bislang beste. Grandma Kate lässt uns bis Mitternacht wegbleiben, und meine Schwestern haben alle in einem Umkreis von fünf Kilometern eingeladen, sogar Anthony. Finch ist immer noch wie ein Zigeuner gekleidet, wegen der Filmarbeiten an diesem Nachmittag. Er und Skye machen wirklich den Eindruck, als wären sie füreinander geschaffen. Coco und ihre Freundinnen scharen sich aufgeregt um Humbug, das Lämmchen, dass wir eigens für die Party aus seinem Zuhause in einem der alten Ställe hier runtergebracht haben. Ein ganzer Haufen Leute von der Filmcrew ist auch anwesend, darunter Chris und Marty und ein paar Mädchen, an die ich mich vage erinnere. Sie sind in der Requisite und in der Maske tätig.

Honey kommt zu mir rüber und schlingt mir den Arm um die Hüfte, als wäre ich ihr der liebste Mensch auf der ganzen Welt. Meine große Schwester ist ziemlich launisch, im einen Moment strahlt sie noch, im nächsten wütet und tobt sie, doch in letzter Zeit gehen mir ihre Stimmungsschwankungen ganz schön auf die Nerven, das ist ermüdend, macht mich zornig.

»Das ist unsere letzte Chance auf ein bisschen Spaß«,

meint sie schulterzuckend. »Genieß das Leben doch mal ein bisschen. Morgen Abend sind Mom und Paddy wieder zurück, dann ist es vorbei mit unserer Freiheit …«

Ich verdrehe die Augen. Mom und Paddy lassen uns eigentlich recht viele Freiheiten, doch Honey ist das nie genug. Manchmal habe ich das Gefühl, sie lauert nur darauf, dass sie wieder irgendwelche Regeln brechen kann.

»Egal, wir feiern jetzt! Auf meine kleine Schwester, die berühmte Ballerina!« Damit reicht Honey mir einen Pappbecher mit einer perlenden Flüssigkeit, die ein bisschen nach Apfel riecht.

»Trink«, sagt sie. »Das ist bloß eine Ciderschorle! Nicht mal besonders stark!«

»Ich kann nicht!«, protestiere ich. »Ich bin erst dreizehn, Honey! Was willst du damit bezwecken?«

Sie kneift die Augen zusammen. »Ich will dir helfen, dich lockerzumachen«, sagt sie. »Damit du dich ein bisschen entspannst. Ist das ein Verbrechen? Du bist neuerdings so was von angespannt, dass man das Gefühl hat, du könntest jeden Moment ausrasten. Ich habe dich beobachtet, Summer. Du trainierst wirklich jede Stunde des Tages – das ist nicht Leidenschaft, das ist Besessenheit. Und du hast Angst vorm Essen, was echt irre ist, weil du nämlich immer dürrer wirst …«

Ihr Blick wird weicher und mit einem Mal wirkt sie traurig. »Du bist echt ganz schön am Arsch, Summer, und glaub mir, ich weiß, wie sich das anfühlt. Ich hab es selbst schon erlebt.«

Mir schwillt der Hals vor Zorn. Meine große Schwester Honey ist wunderschön und talentiert, aber ihr Leben ist rasant, chaotisch, desaströs. Sie tanzt ständig so nah am Abgrund, dass sie Gefahr läuft, abzustürzen, und ich glaube, sie findet es sogar ganz gut so.

»Wollen wir doch mal eines klarstellen«, fauche ich. »Ich bin nicht wie du, nicht im Geringsten. Ich bin nicht so am Arsch wie du – ich habe mein Leben unter Kontrolle. Ich bin schlank, ich bin diszipliniert, ich habe Erfolg – alles läuft bestens. Was ist dein Problem, Honey, bist du etwa eifersüchtig?«

Sie verzieht das Gesicht. Dann reißt sie mir das Getränk aus der Hand und stürzt es in einem Zug runter, ehe sie den Becher ins Feuer wirft und mich einfach stehen lässt.

# 30

***Habe ich all diese Dinge tatsächlich gesagt? Mein*** Herz pocht, während ich versuche, meine Gedanken zu sortieren. Fies, grausam, rücksichtslos, überhaupt nicht nett … vielleicht bin ich ja Honey doch ähnlicher, als ich es zugeben wollte.

Tia und Millie und Skye zerren mich hinein ins Getümmel und fragen mich über das Vortanzen aus. Wieder und wieder erklären sie mir, wie sehr sie mich doch vermissen werden. »Daran will ich noch nicht mal denken«, erkläre ich ihnen. »Noch nicht.«

»Das wirst du aber müssen«, meint Tia mit einem Schulterzucken. »Sind ja nur ein paar Wochen, bis die Schule anfängt. Ohne dich wird es nicht das Gleiche sein.«

»Psst«, mache ich, und dann ziehe ich meine Freundinnen mit mir, um im Sand zu tanzen. Irgendwer hat einen iPod mit tragbaren Lautsprechern aufgestellt, und ich tanze stundenlang, lange nachdem Millie und Tia und Skye schon erschöpft passen mussten. Ich schleudere meine Schuhe von mir und spüre beim Tanzen den warmen Sand zwischen den Zehen, ich drehe mich im Dämmerlicht im Kreis, versuche die unliebsamen Gedanken über die Zukunft, die sich immer wieder in mein Bewusstsein drängen, auszublenden.

Als die Lautsprecher irgendwann keinen Strom mehr haben, spielt Shay auf der Gitarre, und Chris und Marty holen eine afrikanische Trommel und eine Mundharmonika aus ihrem Wohnwagen auf der Wiese, und schon wächst sich das Ganze zu einer Jamsession aus, die bis tief in die Nacht geht. Es gibt geröstete Marshmallows und Früchtebowle sowie Honeys Ciderschorle, und dann scharen die Leute sich zu kleinen Grüppchen zusammen. Chris und Marty haben sich mit ein paar von den Mädchen aus der Crew zusammengetan, Skye und Finch stehen am Ufer und knutschen, Honey und JJ sitzen am Feuer und halten Händchen, und selbst Tia und Millie flirten, was das Zeug hält, mit jedem verfügbaren Typen in ihrer Nähe.

Cocos Freundinnen sind inzwischen nach Hause gegangen, daher steht sie alleine rum, die Arme um Humbug das Lämmchen geschlungen. Sie unterdrückt ein Gähnen.

»Geh rauf ins Haus, Coco«, weise ich sie an. »Bring Humbug zurück in den Stall.«

»Hmm«, meint Coco. »Nur noch eine Minute …«

Ich entdecke Alfie und Anthony, die abseits des Lagerfeuers auf einem Stück Treibholz sitzen. Völlig erledigt vom Tanzen lasse ich mich neben ihnen nieder.

»Hey«, sagt Alfie. »Ich und Anthony bringen gerade die Welt wieder in Ordnung. Willst du mitmachen?«

»Vielleicht. Wovon redest du?«

»Deine Schwester«, meint Anthony bedrückt. »Ich verschwende bei ihr meine Zeit, befürchte ich.«

»Geht's um Honey?« Ich blinzle. »Ich dachte, ihr wärt befreundet?«

»Das sind wir«, bestätigt Anthony. »Aber mehr wird da wohl nicht draus.«

»Du darfst nie aufgeben, Kumpel«, sagt Alfie. »Ein Rest Hoffnung bleibt immer.«

Wir sehen rüber zu Honey, die sich bei JJ anlehnt, während sie sich mit Marty und seiner Freundin unterhält. Dabei zwirbelt sie sich eine Strähne ihres kinnlangen blonden Haares um den Finger. Wenn Honey in Flirtlaune ist, dann ist das echt ein Schauspiel. Marty scheint völlig vergessen zu haben, dass er eine Freundin hat, und Honey denkt hundertpro nicht mehr an JJ.

»Vielleicht nicht«, sagt Anthony. »Ist schon spät … Ich gehe jetzt lieber. Gratulation zum Vortanzen, Summer. Gute Nacht.«

Anthony schlurft davon in die Nacht und Alfie seufzt. »Bin mir nicht sicher, ob die Geschichte ein Happy End haben wird«, meint er. »Aber ich freue mich für dich, Summer. Ich weiß doch, wie sehr du diesen Stipendienplatz wolltest.«

»Ist ja noch nicht offiziell«, erkläre ich.

»Aber so gut wie«, entgegnet Alfie. »Ich freue mich für dich, aber ich werde dich vermissen, weißt du.«

»Keiner mehr, den du verarschen kannst, oder?«, ziehe ich ihn auf. »Und keiner, der dir bei deinem Eyeliner hilft.«

»Ich mein's ernst«, sagt er und zuckt mit der Schulter. »Keine Trampolinmarathons mehr, keine Gespräche mehr, bei denen wir uns gegenseitig unser Herz ausschütten, keiner, mit dem ich Gänseblümchenkränze flechten könnte …«

»Du kannst doch eh keine Blumenkränze flechten«, sage ich. »Außerdem komme ich in den Ferien heim … ist ja nicht so, als würde ich auswandern!«

Nicht wie mein Dad es getan hat, denke ich.

»Ich weiß«, meint Alfie grinsend. »Aber … na ja, die letzten paar Wochen waren echt toll. Ich weiß, dass sie für dich ganz schön hart waren, weil deine Mom weg ist und wegen dem, was mit Aaron war und den vielen Trainingsstunden und … na ja, andere Sachen. Aber mir kommt es so vor, als hätte ich endlich mal eine Chance bekommen, dich richtig kennenzulernen. Du warst immer so distanziert, ganz die Eisprinzessin …«

»Ich?«, frage ich stirnrunzelnd. »Im Ernst?«

»Jep«, bestätigt Alfie. »Du bist so was wie das perfekte Mädchen, weißt du? Cool, clever, super talentiert, das Mädchen, das am wahrscheinlichsten Erfolg haben wird … all das kann ganz schön einschüchternd wirken auf uns Normalsterbliche.«

»So perfekt bin ich gar nicht«, sage ich.

»Für mich schon …«

Im Dunkeln greift Alfie nach meiner Hand und es knistert ganz leicht zwischen uns. Das hat natürlich nichts zu bedeuten. Woher soll denn der Funke, die Magie, mit einem Jungen wie Alfie kommen. Oder ist da doch was dran? Und dann beugt er sich zu mir vor, und seine Lippen berühren meine, samtweich und warm wie die Nacht. Alfie schmeckt nach Meersalz und Holzrauch, und ja, da ist tatsächlich ein Funke, das Zischen eines Feuerwerks, das mein Herz zum Rasen bringt. Wie ist das möglich? Wie kann sich dieser Kuss so anders anfühlen als meine unbeholfenen Bemühungen mit Aaron. Den hab ich immer bloß abgewehrt, während er mich bedrängte. Ich war nie gut genug für Aaron, ganz gleich wie sehr ich mich auch bemüht habe. Ich war nie genug, Punkt.

Alfies Kuss ist anders, er unterscheidet sich wie die Sonne vom Mond. Ich will ihn nicht von mir stoßen, sondern will ihn noch enger an mich ziehen – denn in seinen Armen fühle ich mich sicher, ruhig, glücklich. Alfie streicht mir mit den Fingern durchs Haar, lässt sie über meine Wange wandern, bringt mich zum Zittern.

*Was tust du da?*, spottet die Stimme in meinem Kopf. *Du*

*musst ja verrückt sein. Er wird dich nicht wollen. Wer sollte dich schon mögen?*

Verwirrt ziehe ich mich zurück.

»Summer?«, sagt Alfie. »Was ist los?«

»N-nichts«, stammle ich. Im Dunkeln werde ich knallrot. »Ich dachte nur … ich bin mir nicht sicher …«

Ich stehe auf, bereit zur Flucht. Honey hatte recht – ich bin am Arsch, sitze so was von in der Tinte, mache mir vor, ich hätte mein Leben unter Kontrolle, wo es doch längst aus dem Ruder gelaufen ist. Ich entdecke JJ, der allein am Lagerfeuer sitzt und Cider trinkt, Martys Freundin, die mit ihren Freundinnen diskutiert, Shay und Cherry, Skye und Finch, Sid und Carl und Tia und Millie. Honey und Coco sind nirgends zu sehen. Das Lämmchen Humbug kommt auf mich zugetrottet und stupst mich mit dem Kopf an. Es blökt leise vor sich hin.

»Wo steckt Coco?«

»Ich denke, die ist ins Bett gegangen«, meint Alfie. »Sieht so aus, als hätte sie Humbug vergessen. Summer, wo willst du hin?«

Ich schlinge meinen dünnen rosa Schal um den Hals des Lämmchens und führe es dann auf die Klippenstufen zu. »Ich bringe es nach Hause«, sage ich über meine Schulter. »Es hat doch Angst da unten. Coco muss echt müde gewesen sein; sie hätte es sonst nie allein zurückgelassen …«

Aber Alfie und ich wissen beide, dass ich nur weglaufe.

Ich steige die Stufen hoch und durchquere den mondbeschienenen Garten, Humbug ganz dicht hinter mir. Eine Eule schreit, und ich höre Fred, unseren Hund, im Inneren des Hauses bellen. Es brennt aber kein Licht, daher gehe ich davon aus, dass Grandma Kate bereits ebenfalls zu Bett gegangen ist. Sie vertraut uns vollkommen. Offenbar hat sie keinen Schimmer, dass Honey heimlich Ciderschorle trinkt und mit zwei oder drei Jungs gleichzeitig flirtet.

Alles ist ruhig, als ich die Tür zu Humbugs Stall aufstoße und aus dem hellen Mondschein in die Dunkelheit hineintrete. Dann reißt Humbug sich von mir los und schießt davon, hinaus in die Nacht, und blökt. Ein Rascheln ist zu hören, ein Husten und ein leiser Aufschrei, dann sehe ich zwei stecknadelkopfgroße rote Punkte aufglühen, höre, wie jemand im Dunkeln flucht.

Das ist der Moment, in dem ich loskreische.

# 31

***»Sei still, Summer! Du weckst ja das ganze Haus!«***

Honey hat mich an den Schultern gepackt und schüttelt mich ganz leicht. Ihre Stimme ist ein heiseres Flüstern, ihr Atem stinkt übel nach Cider und Zigarettenrauch.

»Was hast du hier getrieben?«, frage ich mit piepsiger Stimme. »Du hast mich zu Tode erschreckt!«

»Ich habe gar nichts getrieben«, faucht sie. »Ich wollte nur ein paar Minuten alleine sein! Ist das ein Problem?«

»Natürlich nicht!«, wehre ich mich. »Ich war nur nicht darauf gefasst ...«

Ich verstumme, versuche immer noch, das Ganze zu verstehen. Honey versteckt sich mitten während einer Strandparty hier im stockfinsteren Stall, weil sie ein paar Minuten für sich alleine braucht? Das passt doch irgendwie nicht zusammen. Dann bemerke ich eine schattenhafte Gestalt im Türrahmen hinter ihr und endlich ergibt das alles einen Sinn.

»Hallo, Marty«, sage ich. »Ich glaube, deine Freundin

sucht schon nach dir. Ach ja, da fällt mir ein, Honey, JJ hat auch nach dir gefragt. Aber hey, da seid ihr ja beide …«

Marty hält die Hände hoch, als würde er sich ergeben. Eine brennende Zigarette baumelt ihm zwischen den Fingern.

»Jen ist gar nicht wirklich meine Freundin«, erklärt er. »Zumindest nicht ernsthaft. Und Honey und ich haben … uns nur unterhalten. Kein großes Ding. Aber … klar. Wie auch immer.«

Er schließt die Stalltür hinter sich und geht im Mondlicht an uns vorbei, und ich bemerke einen Schmierer von Honeys Lippenstift auf seiner Wange. Nur unterhalten? Bestimmt nicht.

»Marty, warte«, sagt meine Schwester. »Du musst doch nicht …«

»Das war keine so gute Idee«, sagt er über die Schulter gewandt. »Du bist zu jung und das ist alles viel zu kompliziert. Wir sehen uns …«

Honeys Augen füllen sich mit Tränen. »Jetzt sieh nur, was du angerichtet hast!«, faucht sie mich an. »Der erste Junge seit einer halben Ewigkeit, den ich gut finde, und da musst du mir alles ruinieren!«

»Er ist ja gar nicht wirklich ein Junge«, widerspreche ich. »Er ist Student – der ist doch mindestens schon neunzehn. Außerdem … wenn Marty so was Besonderes ist, wie kommt es dann, dass du den ganzen Abend lang an JJ dranhingst?

Das ist doch alles nicht richtig, Honey. So was kannst du nicht bringen!«

»Pass mal auf.« Sie beugt sich zu mir vor und presst ihren Finger auf die Mitte meiner Brust. Sie drängt mich gegen die halbhohe Stalltür. »Ich kann tun und lassen, was ich will. Ich gehöre nicht JJ! Was ist los, Summer, bist du etwa eifersüchtig, weil ich meinen Spaß habe?«

»Nein, ich …« Wieder rieche ich Rauch in ihrem Atem, und da fallen mir die zwei glühenden roten Punkte in der Dunkelheit wieder ein.

»Du hast geraucht!«, flüstere ich.

Honey lacht. »Na und? Hab ja nur ein paarmal gezogen. Ist doch kein Verbrechen, oder?«

Eigentlich gilt Rauchen in unserer Familie durchaus als Verbrechen. Moms Dad – Grandma Kates erster Ehemann – starb an Lungenkrebs, noch bevor eine von uns auf der Welt war, und Mom hat uns immer eingetrichtert, dass Rauchen tödlich ist.

»Honey, nein!«, jammere ich. »Rauchen ist echt richtig schlecht. Du weißt doch, was mit Grandad passiert ist. Willst du denn krank werden?«

Meine große Schwester lacht laut los. »Hör dich doch bloß an!«, spottet sie. »Die kleine Miss Perfect, die mir eine Lektion über die Gefahren des Rauchens hält. Tja, und was ist damit, dass du dich zu Tode hungerst, Summer? Wie gefährlich ist so eine Magersucht?«

Magersucht? Das Wort dringt mir unter die Haut und breitet sich aus wie ein Gift, sickert tief bis in die Knochen. Aber klar ist es nicht das, was da mit mir abgeht. Das kann einfach nicht sein.

»Halt die Klappe!«, brülle ich. »Ich habe keine … also, nichts in die Richtung. Du spinnst doch!«

»Du kannst es noch nicht mal aussprechen, nicht wahr?«, neckt Honey mich. »Aber es ist die Wahrheit, ob es dir nun gefällt oder nicht. Du hast Anorexie. Du leidest an einer Essstörung, Summer. Tatsache. Du bist schrecklich dürr. Du siehst schlimm aus, bist die ganze Zeit müde, und du trainierst viel zu viel …«

»Hör auf!«, protestiere ich und halte mir die Ohren zu.

»Ich höre nicht auf«, meint Honey. »Du wirst immer klappriger und trotzdem kochst du all diese krass kalorienreichen Mahlzeiten für den Rest von uns. Pizza, Cupcakes, Käsemakkaroni … das ist doch total seltsam, Summer! Gruselig! Du isst keinen Bissen. Ich hab dich vorhin beobachtet, wie du versucht hast, zwei popelige Gabeln von Grandma Kates Torte runterzuwürgen – man hätte meinen können, man habe dir Rattengift zum Essen gegeben!«

Ich schließe die Augen. Ich wünsche mir, dass Honey verschwindet, endlich still ist, mich in Ruhe lässt. Doch das tut sie nicht.

»Ich weiß genau, was du da treibst«, sagt sie. »Ich hab gesehen, wie du dein Essen an Fred verfüttert hast, wie du immer alles auf deinem Teller herumschiebst, sodass es so aussieht, als würdest du essen. Ich war krank vor Sorge. Skye ist es auch nicht entgangen, und Grandma Kate kapiert es sicher auch bald …«

»Ich war total gestresst, das weiß ich ja, aber das ist jetzt vorbei«, widerspreche ich. »Wenn Mom erst wieder zurück ist, geht es mir wieder gut!«

»Sie wird den Schock ihres Lebens kriegen, wenn sie dich sieht«, sagt Honey. »Also, na und – ich hab an einer Zigarette gezogen. Echt ein Riesending. Du bist doch diejenige, die ihre eigene Gesundheit aufs Spiel setzt! Du bist diejenige, die ihr Leben wegwirft!«

Ich hole tief Luft, gerate ganz leicht ins Wanken. Ich fühle mich nicht gut. Ich habe einen Knoten in der Magengegend, vor lauter Panik, und die Furcht knistert mir in den Ohren. Ich rieche Rauch mit jedem einzelnen Atemzug. Honeys Augen werden ganz groß, und mit einem Mal wird mir klar, woher das Knistern, der Rauchgestank, das panische Gefühl der Übelkeit rühren.

»Oh mein Gott … los, raus hier!«, kreischt Honey. »Das Stroh brennt!«

Sie zerrt mich von der Stalltür weg, doch nicht ehe ich einen Blick auf das Flackern der hochzüngelnden Flammen erhasche, die Hitze in meinem Gesicht spüre.

»Hol Hilfe!«, schreie ich. Honey und ich wissen beide, dass der Stall direkt neben der Pralinenwerkstatt ist.

»Weck Grandma Kate auf, hol die anderen, ruf die Feuerwehr …«

Meine Schwester schießt davon wie der Blitz und rennt in Richtung Haus.

Ich könnte jetzt zur Klippentreppe laufen, die anderen rufen, doch jede Sekunde, die ich darauf verschwende, Hilfe zu holen, bedeutet, dass das Feuer sich weiter ausbreiten kann. Der Stall ist voller Heu, schön trocken und luftig und süß duftend. Das brennt wie Papier. Bis die Feuerwehr hier eintrifft, ist der gesamte Stallbereich bis auf die Grundmauern niedergebrannt, inklusive Werkstatt und Vorräten und Gerätschaften, für die Mom und Paddy so hart geschuftet haben.

Da fällt mir der Gartenschlauch ein, mit dem Mom die Gemüsebeete wässert. Der ist ständig an den Wasserhahn draußen angeschlossen. Also renne ich zum Haus, drehe den Wasserhahn auf und zerre den Schlauch in Richtung Stall. Ich mag es ja vielleicht nicht schaffen, das Feuer zu löschen, aber wenn ich es eindämme, es davon abhalte, weiter um sich zu greifen, dann könnte ich die Werkstatt vielleicht retten.

Als ich die Stalltür öffne, schlagen mir wütende Flammen entgegen, eine Wand aus Hitze baut sich vor mir auf. Ich hatte noch nie in meinem Leben mehr Angst als jetzt, doch solange ich den Stall nicht betrete, sollte ich in Sicherheit sein. Ich richte den Schlauch auf die Flammen und ein

Strahl Wasser schießt in hohem Bogen daraus hervor. Es zischt, als er auf die orangen Flammen trifft. Vom Haus her höre ich Rufe, das Scharren von Füßen auf Schotter.

Die Hitze lässt ein klein wenig nach und die Flammen weichen zurück. Ich trete einen Schritt vor, stehe jetzt direkt im Türrahmen. Mir tränen die Augen, sie brennen von dem Rauch. Meine Finger fühlen sich eiskalt an der Spritzdüse des Schlauches an, meine Lungen sind blockiert. Einen kurzen Moment bin ich wie benommen, ein bisschen wackelig auf den Beinen. Ich hole tief Luft und halte mich mühsam aufrecht. Das ist wirklich der letzte Ort, an dem ich ohnmächtig werden möchte. Das wäre nicht gut. Gar nicht gut.

»Summer!« Aus der Finsternis rufen Stimmen nach mir. »Summer, wo steckst du?«

Dann kippt der Boden unter meinen Füßen weg, und ich will nach etwas greifen, um mich festzuhalten. Doch ich kriege den Türrahmen nicht zu fassen, sodass ich in das verrußte, feuchte Stroh kippe, während die Flammen mich immer weiter umzingeln.

# 32

*»Sie hat Rauch eingeatmet«, sagt die Krankenschwes*ter. »Vermutlich ist sie deswegen ohnmächtig geworden, aber sicher sein können wir uns nicht. War ihr denn in letzter Zeit öfter schwindelig, neigt sie dazu, ohnmächtig zu werden?«

»Nicht dass ich wüsste«, antwortet Grandma Kate. Ich weiß es natürlich sehr wohl.

Ich liege auf einer rollbaren Trage in der Notaufnahme des Krankenhauses und bin völlig erledigt, nachdem man an mir herumgestochert und mich gepikst und wieder und wieder befragt hat. Ich hebe eine Hand, um an der Sauerstoffmaske zu ziehen, doch jemand schlägt sie weg. »Die soll dir doch helfen«, sagt die Schwester. »Wie fühlst du dich? Nicht mehr ganz so schwummerig?«

Ich versuche zu antworten, doch die Sauerstoffmaske ist im Weg. »Hmmmmm …«

»Vielleicht geht es ja doch schon ohne das Ding«, beschließt die Schwester. Sie wendet sich Grandma Kate zu.

»Wir haben ein Zimmer für sie auf einer der Stationen, also können wir sie zur Beobachtung hierbehalten. Gehen Sie ruhig nach Hause, schlafen Sie ein wenig ... Ich denke, man wird sie morgen früh wieder entlassen.«

»Schlaf gut«, sagt Grandma Kate. »Du hast uns alle zu Tode erschreckt, Summer. Mein Handy war die halbe Nacht am Piepsen – ich soll dir von den Mädels ausrichten, dass das Feuer gelöscht und die Pralinenwerkstatt gerettet ist. Du bist morgen wieder daheim, genau wie Charlotte und Paddy ... also halb so wild.«

Kein Grund, stolz auf mich zu sein, denke ich. Honey mag zwar die Zigarette fallen gelassen haben, aber ich war es, die sie gestört hat. Das Feuer konnte unbemerkt ausbrechen, weil wir zwei uns gestritten haben.

Ein Mann schiebt die Liege weg aus dem grellen Licht der Notaufnahme, durch sterile Flure, hinein in ein durch einen Vorhang abgetrenntes Abteil auf einer ansonsten dunklen Station. Eine neue Krankenschwester kommt an, um mir zu helfen, mich hier einzurichten. »Ruh dich aus«, sagt sie zu mir. »Morgen früh sieht alles schon wieder viel rosiger aus.«

Ich wünschte nur, ich könnte ihr das glauben.

Ich schließe die Augen, und schon ist da wieder diese Stimme in meinem Kopf, die mich flüsternd verhöhnt. *Dieses Mal hast du es aber ernsthaft verbockt,* sagt sie. *Du Idiotin. Närrin.*

Wenigstens kenne ich jetzt ihren Namen, weiß, was da in meinem Kopf herumspukt. Das Wort pulsiert durch meine Venen, es gibt kein Entrinnen davor.

Magersucht, Magersucht, Magersucht.

Das Frühstück im Krankenhaus ist einfach nur widerlich: Ein Klumpen Haferbrei mit einer Kruste aus braunem Zucker obendrauf, dazu zwei Scheiben getoastetes Weißbrot mit Butter und Marmelade. Ich kann nicht mal hinschauen.

»Keinen Hunger?«, erkundigt sich die Schwester stirnrunzelnd. »Du musst was essen, Summer. An dir ist ja rein gar nichts dran!«

Dann kommt ein Arzt und überprüft meine Lungen, mein Herz, meinen Blutdruck, mein Gewicht. Bis auf Letzteres scheint alles okay zu sein.

»Du bist untergewichtig«, bemerkt der Arzt. »Und zwar ganz beträchtlich. Hast du was gefrühstückt?«

»Das hat mir nicht geschmeckt«, wiegle ich ab.

»Lässt du öfter mal Mahlzeiten ausfallen?«

»Nein, natürlich nicht!«

»Und du bist hier, weil du ohnmächtig geworden bist, als du ein Feuer löschen wolltest«, meint der Arzt stirnrunzelnd. Er liest sich meine Akte durch. »Ist dir öfter mal schwindelig?«

»Nein«, sage ich. »Nicht öfter. Nur manchmal.«

»Was hast du gestern gegessen?«, will er wissen.

Jetzt runzle ich die Stirn, während ich überlege. »Einen Apfel, das war in der Früh«, sage ich. »Ein Ei, ein bisschen Salat. Zwei Bissen Torte …«

Der Arzt macht sich ein paar Notizen und verabschiedet sich, und dann kommt eine Schwester, um mir zu sagen, dass meine Grandma Kate leider erst später kommen kann. Sie wird mich heute Nachmittag zusammen mit Mom und Paddy besuchen kommen. »Kann ich dann nach Hause?«, bettle ich.

Die Schwester weicht meinem Blick aus. »Wir werden sehen«, sagt sie. Ich wende das Gesicht ab.

Kurze Zeit später bewegt sich der Vorhang und ein Junge taucht auf. Ein Junge mit zerzausten Haaren und freundlichen braunen Augen mit Cartoon-Wimpern, die er ungeschickt mit Eyeliner aufgemalt hat. Er wirkt ein klein wenig geistesgestört, aber hey, das ist ja nichts Neues.

»Alfie!«, sage ich. »Was tust du denn hier? Was sollen die Wimpern?«

»Ich wollte dich zum Lachen bringen«, sagt er. »Und Psst. Ich bin inkognito hier, okay? Die Besuchszeit fängt erst um zwei an, also hab ich mich reingeschlichen.«

Das letzte Mal, als ich Alfie gesehen habe, hat er mich am Strand auf der Party geküsst. Langsam überzieht die Röte mein Gesicht und ich rapple mich hoch in eine Sitzposition. Dabei bin ich mir schmerzhaft des Krankenhaushemdes bewusst, das ich trage, und mein Haar ist von dem

Kissen ganz verknotet. Schnell greife ich nach der Haarspange mit der rosa Blüte, die auf dem Nachttisch liegt, und stecke sie mir ins Haar.

»Wunderschön«, sagt er. »Und die Blume ist auch nicht schlecht. Das war keine von meinen schlechtesten Ideen.«

Verwundert reiße ich die Augen auf und sofort laufen Alfies Wangen knallrot an. »Ups«, meint er. »Hab ich das jetzt tatsächlich laut gesagt? Ich meine … sehr hübsch … wer auch immer dir die geschenkt hat. Aaron oder … na ja … egal.«

»Das warst du, nicht wahr?«, frage ich. »Das warst tatsächlich du! Und du hast nie einen Ton gesagt. Du hast mich in dem Glauben lassen, Aaron habe mir die heimlich geschenkt. Das war das Süßeste, Romantischste, was er je getan hat, und jetzt stellt sich raus, dass er das gar nicht war? Oh, Alfie …«

»Jetzt bin ich wohl aufgeflogen«, meint er schulterzuckend. »Tja, was soll ich sagen? Und ich hab dir noch was mitgebracht …«

Er legt einen kleinen Strauß Gänseblümchen auf die blaue Decke. Die Stiele sind mit einem feuchten Taschentuch umwickelt. »Falls du Lust hast, Kränze aus Gänseblümchen zu flechten«, meint er grinsend.

»Danke«, flüstere ich. »Echt süß von dir, dass du vorbeischaust. Die lassen mich sicher bald wieder raus hier, aber … trotzdem danke.«

»Klar«, sagt Alfie. »Ich bin vorhin nach Tanglewood rauf, um zu sehen, wie es dir geht, aber da hat so ein Durcheinander geherrscht, weil doch die Polizei da war und die Leute von der Presse und alles, und wie es aussieht, kann deine Gran dich erst später besuchen. Also dachte ich, ich springe einfach in den Bus und komme vorbei, um Hallo zu sagen. Nur falls du dir Sorgen machst.«

»Polizei?«, wiederhole ich. »Presse? Jetzt mache ich mir aber tatsächlich Sorgen, Alfie. Was ist passiert?«

Alfie beißt sich auf die Lippe. »Sie haben es dir nicht gesagt?«, will er wissen. »Tja. Nein. Sie haben es dir nicht gesagt, offensichtlich. Weil du ja mit einer Rauchvergiftung im Krankenhaus liegst und sie dich nicht unnötig stressen wollen …«

»Was sollten sie mir denn sagen?«, frage ich.

»Ich bin echt so ein Idiot«, ächzt Alfie. »Da versuche ich das Richtige zu tun, und dann reiße ich wieder meine Klappe zu weit auf und trete in ein Fettnäpfchen nach dem anderen, immer wieder passiert mir das …«

»Alfie, jetzt rück schon raus damit!«, brülle ich.

Er wird ein bisschen blass. »Es geht um Honey«, meint er. »Sie ist gestern Nacht verschwunden, als der Krankenwagen und die Feuerwehr da waren. Ihr Reisepass ist weg, und sie hat Geld geklaut, und deine Großmutter ist krank vor Sorge …«

Meine Augen werden ganz groß. Mom und Paddy können jeden Moment zurückkommen. Werden sie nach Hause kommen und feststellen, dass der Stall abgebrannt und eine ihrer Töchter verschwunden ist, während die andere im Krankenhaus liegt? Der reinste Albtraum.

»Warum sollte sie so was tun?«, fragt Alfie. »Einfach so weglaufen?«

»Als ich Humbug in den Stall zurückbringen wollte, waren Honey und Marty da drinnen«, sage ich. »Sie hatten geraucht – und, na ja, ich glaub, sie haben auch geknutscht. Marty hat die Biege gemacht und Honey hat ihre Zigarette weggeschmissen … Wir haben uns gestritten und deswegen das Feuer erst bemerkt, als es schon zu spät war. Sie wollte Hilfe holen, und ich hab versucht, die Flammen einzudämmen, aber dann ist mir schwindelig geworden, und ich bin in Ohnmacht gefallen …«

»Ich wette, Honey gibt sich die Schuld«, sagt Alfie.

Ich seufze. »Sie wird nicht wissen, ob die Werkstatt gerettet werden konnte oder nicht oder ob es mir gut geht oder sonst was. Sie muss krank sein vor Sorge …«

Alfie nimmt auf dem Stuhl neben meinem Bett Platz. »Sie wird nicht weit kommen«, meint er. »Das geht doch nicht, oder? Wo sollte sie denn hingehen?«

»Ich weiß es nicht.«

Mir fällt der fehlende Ausweis wieder ein und mein Herz macht einen Satz. Es würde doch sicher niemand einer Fünfzehnjährigen ein Flugticket verkaufen, oder? Meine

Schwester ist irgendwo da draußen, eine Ausreißerin … und das alles meinetwegen. Ich nehme eins der Gänseblümchen und durchbohre den Stängel mit meinem Fingernagel. Dann fädle ich ein anderes Blümchen durch und verbinde sie so zu einer Kette. Ich wünsche mir inständig, meine große Schwester möge in Sicherheit sein, nach Hause kommen. Bis ich alle Gänseblümchen miteinander verflochten habe, sind meine Augen schon blind vor Tränen.

»Da hab ich ja mal wieder auf ganzer Linie versagt, was das Aufmuntern betrifft«, meint Alfie betrübt. »Ich bin ein Nichtsnutz, nicht wahr?«

»Nein, kein Nichtsnutz«, versichere ich ihm. »Überhaupt kein Nichtsnutz.«

»Du weißt, dass ich immer für dich da bin, ja?«, meint er grinsend. »Immer. Frag mich einfach, schreib mir eine SMS, ich komme sofort. Okay?«

Dann wird der Vorhang zurückgezogen und eine Schwester taucht mit einem Tablett voller Essen in der Hand auf. Sie versucht Alfie davonzuscheuchen, doch er behauptet einfach, er wäre mein Cousin, dann mein Bruder, dann mein Freund, und schließlich hat die Schwester Erbarmen mit ihm und lässt ihn bleiben. Als sie wieder verschwunden ist, sieht er mir zu, wie ich ein einzelnes Salatblatt auswähle und den Rest unberührt lasse.

»Keinen Hunger?«

»Nur müde«, seufze ich. »Ich fühle mich, als hätte ich einen Monat nicht geschlafen.«

»Du musst was essen«, sagt er und stibitzt sich ein paar Gabeln voll Nudeln. »Das weißt du doch, oder?«

»Ich kann nicht«, flüstere ich.

»Dann sprich mit jemandem«, sagt Alfie. »Rede mit jemandem hier drinnen, mit jemandem, der dir helfen kann. Weil ich nämlich lange genug darauf gewartet habe, dass du mich endlich bemerkst, Summer Tanberry, und ich werde nicht riskieren, dich gleich wieder zu verlieren.«

# 33

**Alfie verabschiedet sich, doch noch ehe ich jemanden** anrufen und herausfinden kann, was mit Honey los ist, kommt eine neue Ärztin, jung und hübsch mit glänzenden dunklen Haaren und leuchtend rotem Lippenstift herein, um mit mir zu reden. »Ich bin Dr. Khan«, stellt sie sich vor. »Ich bin spezialisiert auf die Arbeit mit jungen Leuten, die an einer Essstörung leiden. Alle machen sich große Sorgen um dich, weißt du.«

Ich beiße mir auf die Unterlippe.

»Summer, bist du auf Diät?«

»Nein, nicht ganz …«

»Du passt also auf, was du isst?«

Ich zucke die Schulter.

»Deine Eltern waren eine Zeit lang außer Landes«, sagt sie mit einem Blick auf ihre Notizen. »Sie kommen später her, um dich zu besuchen …«

»Ich dachte, ich darf nach Hause?« Meine Augen füllen sich mit Tränen, und sie kullern mir über die Wangen, eine nach der anderen, als wollten sie nie wieder versiegen.

»Ja, schon«, meint Dr. Khan. »Aber es sind ein paar Fragen aufgetaucht und ich möchte mich zunächst mit deiner Grandma und deinen Eltern unterhalten. Ich denke, dass du in letzter Zeit sehr viel an Gewicht verloren hast. Ich glaube, du isst insgesamt nicht besonders viel, was mit ziemlicher Sicherheit der Grund ist, weshalb du gestern Abend ohnmächtig geworden bist. Dein Körper ist am Verhungern, Summer. Ich weiß, dass du Angst hast, und ich weiß, dass du dein Bestes gibst, doch manchmal brauchen selbst die Stärksten und Klügsten von uns Hilfe. Und dafür bin ich hier.«

*Sag es ihr nicht,* tobt die Stimme in meinem Kopf. *Tu es nicht!*

Und dann höre ich wieder Alfies Worte, die genau das Gegenteil sagen. »Rede mit jemandem darüber. Mit jemandem, der dir helfen kann!«

»Sie verstehen nicht«, flüstere ich. »Ich komme nicht dagegen an. Ich kann nichts tun. Ich weiß, dass es den Leuten Angst macht, aber ich kann nicht machen, dass es aufhört – ich versuche nur, alles unter Kontrolle zu halten, weil es sich nämlich so anfühlt, als wäre nie irgendwas unter Kontrolle! Ist das so schlimm?«

Schon während ich das sage, wird mir klar, dass es mich nicht zu einer besseren Tänzerin oder einer besseren Tochter macht, wenn ich mich nur von Salatblättern und Äpfeln ernähre. Es hilft nicht gegen den Stress, den es mit sich bringt, wenn man in den Wettbewerb tritt um einen Stipendienplatz an einer Ballettschule oder um die Hauptrolle in einem Stück, und es kann auch nicht die Uhr zurückdrehen in eine Zeit, als ich sieben Jahre alt war, und mein Dad wird mich deswegen auch nicht so sehr lieben, wie ich das gerne hätte.

»Ich verstehe sehr wohl«, sagt Dr. Khan sanft. »Ich verstehe dich, weil ich es selbst erlebt habe, und ich habe es geschafft, da rauszukommen. Du bist schlau, Summer, eine Perfektionistin, eine, die schwer schuftet, genau wie ich es war. Du hast gern alles unter Kontrolle, aber glaub mir, so wirst du deine Träume nicht verwirklichen. Vielmehr zerstörst du sie dir auf diese Weise, zerstörst alles, wofür du so hart gearbeitet hast.«

»Ich weiß nicht, was ich tun soll«, sage ich, und meine Worte schmecken salzig von den Tränen.

»Ich schon«, erklärt Dr. Khan. »Ich kann dir helfen. Versprochen.«

Es ist schon Abend, als Mom und Paddy endlich kommen, die Gesichter müde vom Jetlag und vor Sorge. Mom nimmt mich in die Arme und zieht mich ganz fest an sich.

»Es tut mir so leid«, flüstert sie in mein Haar. »Es tut mir leid, dass ich nicht für dich da war, als du mich gebraucht hättest. Oh, Summer, was hast du dir nur angetan?«

Ich klammere mich an sie und meine Tränen hinterlassen einen feuchten Fleck auf der Schulter ihres T-Shirts. Ich atme den vertrauten Duft ihres Kokosshampoos und ihrer Liebe ein, lasse mich von ihr in den Armen wiegen, mir meine Haare streicheln, mich ganz fest halten.

»Schon gut«, flüstere ich wieder und wieder, wie ein Mantra. Und irgendwie ist es das auch.

Paddy erzählt, man habe Honey gefunden, die Polizei habe sie am Flughafen Heathrow aufgegriffen, als sie versuchte, ein Ticket nach Australien zu kaufen, und zwar mit der Reservekreditkarte, die sie aus der Küchenschublade geklaut hatte. »Sie ist in Sicherheit«, erklärt er mir mit grimmigem Gesicht. »Ist ja schon mal was, nicht wahr?«

Ich betrachte den Kranz aus Gänseblümchen, den ich an diesem Tag geflochten habe. Er hängt am Kopfbrett des Krankenhausbettes wie eine Art Talisman. Inzwischen ist er völlig verwelkt, aber trotzdem, ein kleiner Trost.

Wir unterhalten uns alle gemeinsam noch einmal mit Dr. Khan, die mich bittet, einmal die Woche in eine Spezialklinik zu kommen, wo man mir mit meiner Furcht vor dem Essen helfen kann. »Eine Essstörung zu bekämpfen, braucht Zeit«, erklärt sie. »Man braucht viel Geduld, muss Entschlossenheit zeigen. Das wird ein Stück harter Arbeit. Aber wenn du mir vertraust, dann kann ich dir helfen.«

»Was machen wir, sobald das Schuljahr wieder losgeht?«,

meint Paddy mit gerunzelter Stirn. »Sie kommt dann ins Internat.«

»Nein«, sagt Dr. Khan entschlossen. »Das wird sie nicht. Wir müssen uns erst um dieses Problem kümmern … Summer muss erst wieder ganz gesund werden.«

Ich warte darauf, dass sich angesichts dieser Eröffnung mein Herz schmerzhaft verkrampft, doch ich verspüre nichts außer Erleichterung. Ich kann jetzt nicht auf die Rochelle Academy gehen, das ist mir klar. Ich würde es keine Woche da aushalten, geschweige denn einen ganzen Monat.

Am nächsten Tag werde ich nach Hause entlassen. Mich erwartet kein Willkommensbanner, keine Torte zu diesem Anlass, nur große Augen und erschöpfte Gesichter und Umarmungen, die so behutsam sind, dass es mir das Gefühl gibt, ich bestünde aus Glas und könnte jeden Moment in tausend Scherben zerspringen. Honey ist nicht da. Mom erklärt, sie habe ihr Zimmer seit dem gestrigen Abend nicht mehr verlassen.

»Alles in Ordnung mit dir?«, will Cherry wissen. »Gibt es irgendetwas, das wir für dich tun können?«

Ich schüttle den Kopf, schaffe es nicht, die richtigen Worte zu finden. Ich habe unsere glückliche kleine Patchworkfamilie zum Zerbrechen gebracht, habe dunkle Schatten der Sorge unter Moms Augen gemalt, habe tiefe

Sorgenfalten in Grandma Kates Stirn geätzt. Meine Zwillingsschwester sieht mich an, als wäre ich eine Fremde, als würde sie mich nicht kennen, und das tut weh.

»Ich will nur, dass alles wieder ist wie früher«, sage ich. »Macht einfach weiter wie bisher. Cherry, geh und triff dich mit Shay. Coco, mach was mit deinen Freundinnen. Skye, du solltest doch eigentlich arbeiten … bleibt jetzt nicht meinetwegen zu Hause, okay? Tut das, was ihr sonst auch immer tut. Mir geht es gut, ehrlich … ich bin einfach bloß müde …«

Mom seufzt. »Du hast recht, Summer … du solltest dich besser ausruhen.«

Ich gehe rauf in mein Zimmer, schließe leise die Tür hinter mir. Ich nehme eine Ballett-CD zur Hand und schiebe sie in den Player, dann schlüpfe ich in meine Spitzenschuhe und schnüre die Bänder ordentlich zu. Dann stehe ich da, mit einer Hand auf dem Fensterbrett, das Kinn hoch erhoben, die Arme gebogen, die Füße in der ersten Position. Dann kommen die Tränen, und ich lasse eine Hand runtersausen auf den CD-Player, um die Musik auszustellen, mir die Schuhe von den Füßen zu reißen. Ich habe die ganze Zeit darauf gewartet, dass der Schmerz einsetzt, und jetzt ist er da, Welle um Welle der Trauer trifft mich, Trauer um einen Traum, der niemals sein wird. Ich habe alles ruiniert, mir meine Zukunft verbaut.

Mom wird ein paar unangenehme Telefonate führen, mit

Miss Elise und Sylvie Rochelle reden müssen. Ein anderes Mädchen wird meinen Stipendienplatz erhalten, meinen Traum leben. Vielleicht Jodie? Ich hoffe es. Dann wäre es wenigstens für etwas gut gewesen.

Es klopft an der Tür, und Honey streckt den Kopf ins Zimmer, das blonde Haar völlig zerzaust, der Eyeliner verschmiert. »Wir müssen reden«, sagt sie.

Wir setzen uns im Schneidersitz gegenüber, die Patchworkdecke zwischen uns.

»Ich bin eine Idiotin«, fängt sie an. »Die schlechteste große Schwester aller Zeiten. Es tut mir so leid, Summer. Ich war krank vor Sorge, als ich dich im Stall fand, und dann kam der Krankenwagen, und es war alles meine Schuld …«

Ich schüttle den Kopf. »Wenn ich euch nicht überrascht hätte, mich nicht mit dir gestritten hätte, wäre nichts von all dem geschehen. Und ich bin ohnmächtig geworden, weil ich den ganzen Tag kaum was gegessen hatte, nicht wegen des Rauchs.«

Honey zuckt mit der Schulter. »Ich mache mir schon seit Wochen Sorgen deinetwegen«, sagt sie. »Ich bin nur nicht so gut darin, das auch zu zeigen. Es ist Magersucht, Summer; du musst dich dieser Tatsache stellen.«

Ich nicke. »Im Krankenhaus gibt es eine Ärztin, die ist spezialisiert darauf. Sie wird mir helfen.«

»Ich hoffe es«, sagt Honey. »Weil ich es nämlich nicht ertrage, zuzusehen, wie du immer weniger wirst. Ich bin doch das schwarze Schaf in dieser Familie, schon vergessen? Das habe ich jetzt ein für alle Mal bewiesen, also versuch gar nicht erst so zu tun, als könntest du mich auch nur annähernd einholen. Ach ja, Weglaufen ist übrigens Mist. Ich habe unterwegs so viele gruselige Gestalten getroffen, dass ich fast froh war, als die Polizei aufgetaucht ist.«

»Wolltest du zu Dad?«

Sie zuckt die Schultern. »Ich wollte so weit wie möglich von hier weg, und ich dachte, Dad würde mich verstehen. Ja, klar, von wegen. Ich habe gestern Abend mit ihm geskypt, er war stockwütend.«

»Er ist echt keine Hilfe, typisch Dad eben«, sage ich.

»Ja, vermutlich hast du recht«, sagt Honey, und da wird mir klar, dass sie echt traurig ist, weil sie nämlich noch nie was gegen Dad gesagt hat, noch nie.

»Dieses Mal bin ich zu weit gegangen«, fährt sie fort. »Ich habe geraucht, ein Feuer gelegt, meine kleine Schwester in den Flammen fast zu Tode kommen lassen …«

»So war es doch gar nicht«, widerspreche ich.

»Doch, ein bisschen schon«, entgegnet sie. »Und was tue ich? Stelle ich mich meiner Verantwortung? Nein. Ich laufe weg und liefere mir eine Verfolgungsjagd mit der Polizei, komme in die Schlagzeilen und alles. Das ist übel, selbst für meine Verhältnisse.«

Ich lächle traurig.

»Jetzt krieg ich bestimmt Hausarrest, bis ich sechzig bin«,

meint Honey grinsend. »Mein Leben ist echt im Arsch. Marty wird mich nie wieder anschauen, ganz zu schweigen von JJ. Da kann ich mich ja gleich für Mathenachhilfestunden anmelden und mit Anthony ausgehen.«

»Anthony ist schwer in Ordnung«, sage ich. »Du hast ihn nicht eben nett behandelt …«

»Ich bin zu niemandem nett«, gibt Honey zu. »Das ist nicht meine Art. Ich bin eine richtige Zicke, nicht wahr? Ich schere mich um niemanden …«

Ich drücke Honeys Hand. »Du sorgst dich sehr wohl um andere … Das weiß ich.«

Unsanft fährt sie sich mit der Hand über die Augen, wütend, aufgebracht. »Pass bloß auf, Summer«, sagt sie. »Ich bin hier die Rebellin und du die kleine Miss Perfect, aber irgendwie ist das alles das Gleiche. Wenn du dich auf eine bestimmte Art verhältst, erwarten die Leute, dass du immer so bist. Dann gibt es nichts anderes mehr und man sitzt in der Falle …«

Ich blinzle. Die ganzen letzten Wochen war ich auf der Suche nach jemandem, der mich vielleicht versteht, der weiß, wie ich mich fühle – ich hätte nur nie gedacht, dass dieser Jemand Honey sein könnte. Wir beide empfinden die gleiche Art von Verletzung, nur dass wir unterschiedlich darauf reagieren. Ich schlucke den Schmerz hinunter, werde wütend auf mich selbst, treibe mich immer weiter an, auf der Suche nach Perfektion. Honey dagegen rebelliert und verteilt Hiebe, ist wütend auf die ganze Welt, trifft immer wieder die falschen Entscheidungen. So verschieden, und doch ganz ähnlich. Ich wünschte, ich hätte das früher geschnallt.

»Wir könnten uns ändern, oder nicht?«, sage ich. »Ich habe das Gefühl, schon seit Jahren in einem Hamsterrad gefangen zu sein, indem ich die ganze Zeit renne, versuche perfekt zu sein … aber ich komme nie ganz ans Ziel. Und jetzt, in diesem Moment, habe ich es satt, es weiter zu versuchen. Ich will einfach bloß, dass es mir wieder gut geht.«

Meine große Schwester schließt mich fest in die Arme. »Das wird schon wieder«, sagt sie.

# 34

**Mom hat zum Abendessen ein regelrechtes Festmahl** vorbereitet, ein Abschiedsdinner für Grandma Kate und eines, das mich dazu verleiten soll, wieder was zu mir zu nehmen. Sie hat meine absolute Lieblingsspeise zubereitet: Hähnchenpastete mit Bratkartoffeln und Soße mit allem möglichen Gemüse dazu. Sogar Honey hat mitgeholfen. Sie hat einen riesigen Turm aus Baiser, Schlagsahne, Erdbeeren und Nüssen kreiert. Der Tisch ist beladen wie an Weihnachten, und mein Herz wird mir ganz schwer, weil ich genau weiß, dass ich das nicht alles essen kann. Ich brauche es gar nicht erst zu versuchen.

»Schön, wieder zu Hause zu sein«, bricht Mom das Schweigen. »Peru war wundervoll, absolut unglaublich, aber … zu Hause ist es eben doch am schönsten.«

»Das war der Trip unseres Lebens«, meint Paddy. »Und die Krönung war, dass wir einen Biolieferanten für unsere Kakaobohnen gefunden haben. Es ist ein richtiger kleiner Familienbetrieb. Dass wir dort investieren, ist für sie ein

Segen, und wir haben den Vorteil eines echten Bio-Fairtrade-Produktes …«

»Wundervoll«, meint Grandma Kate. Und dann versiegt das Gespräch wieder.

»Isst du denn gar nichts, Summer?«, will Mom mich ermuntern. »Nur ein bisschen? Ich würde dich gern ein wenig aufpäppeln, jetzt, da ich wieder hier bin …«

Ich lasse den Kopf hängen, Panik steigt in mir hoch. Es ist einfach zu viel von allem da und außerdem will ich gar nicht »aufgepäppelt« werden. Ich spieße eine grüne Bohne auf und versuche sie zu essen, schaffe es aber nicht. Ich lege die Gabel wieder beiseite.

Ich dachte, ich würde mich besser fühlen, wenn ich mich dem Problem stelle, mich bereit erkläre, mir helfen zu lassen. Ist das nicht angeblich der schwerste Teil? Ich dachte, damit würde sich eine Art magischer Schalter umlegen, und ich würde mich besser fühlen, die Ängste würden allmählich verfliegen, und dann könnte ich wieder essen. Doch nichts dergleichen ist geschehen.

»Du machst ihr Angst«, sagt Skye, die sofort merkt, was mit mir los ist. »So funktioniert das nicht.«

Unsanft schiebe ich meinen Stuhl zurück und stehe auf, stürme zur Küche hinaus. Ich renne die Treppe nach oben, schnappe mir mein Handy und tippe eine Nachricht. Fast unmittelbar trifft die Antwort ein und ich muss lächeln.

Ich stecke ein kleines Bündel in meine rosa Schultertasche und gehe wieder nach unten, dann schleiche ich mich zur Vordertür raus und durchquere den Garten, gehe unter den Bäumen hindurch und dann weiter zum Klippenpfad. Vorsichtig taste ich mich die Stufen abwärts, schleudere meine Schuhe von mir, gehe runter ans Ufer. Das Meer ist gerade auf dem Rückzug, hat einen feuchten Streifen Strand hinterlassen, gezackt und wellig, mit einem Rand aus Gischt. Ich wate hinein ins Wasser und zittere, als sich ein Gewirr aus Seetang um meine Knöchel windet. Ich spüre das Drängen und Reißen des Ozeans.

Dann greife ich in meine rosa Tasche, und meine Finger schließen sich um die neuen Spitzenschuhe aus Satin, die ich für mein Vortanzen bekommen habe. Mein Blick ist tränenverschleiert. Ich hole die Schuhe heraus, schleudere sie in elegantem Bogen hinaus über die Wellen, sodass die Bänder wie ein Banner hinter ihnen hochwehen. Sie landen irgendwo in der Brandung, werden von der Flut hin und her geworfen, entfernen sich weiter und weiter vom Ufer.

Ich gehe nicht auf die Ballettschule, nicht jetzt, vielleicht auch nie. Ich bin mir noch nicht mal sicher, ob ich das überhaupt noch will. Mom meinte, ich könne ja nach dem Abitur Tanz studieren, einen Kurs in den darstellenden Künsten belegen oder mich zur Ballettlehrerin ausbilden lassen, aber im Augenblick kann ich so weit gar nicht denken.

Das Mädchen, das am wahrscheinlichsten Erfolg haben wird … wie lächerlich. Vorbei ist es mit meinen Träumen, sie sind in Flammen aufgegangen, und ich allein bin dafür verantwortlich.

Es fühlt sich an, als würde mir das Herz brechen. Ich wende mich vom Meer ab und sehe, wie in der Ferne Alfie über den Strand auf mich zuschlendert.

»Du bist also gekommen«, sage ich, als er in Hörweite ist.

»Natürlich bin ich gekommen«, entgegnet er schlicht. »Du hast mich doch darum gebeten.«

»Ich hab alles vermasselt«, erkläre ich. »Jetzt schon. Ich will, dass ich wieder gesund bin, das will ich wirklich, aber Mom hat extra für mich ein Essen gekocht, und alle haben mich angeschaut, deswegen konnte ich nichts davon essen …«

»Hey«, sagt Alfie. »Ist doch erst der Anfang. Du musst das langsam angehen. Gib dem Ganzen eine Chance – diese Ärztin hat ja noch nicht mal angefangen mit der Therapie. Du schaffst das, Summer. Glaub mir.«

Er drückt mir einen Rucksack in die Hand. »Ich hab dir jedenfalls mal ein paar Vorräte mitgebracht …«

Wir breiten eine Decke im Sand aus, packen Erdbeeren, Äpfel, hartgekochte Eier und sogar einen seltsam aussehenden Kuchen, der in der Mitte ein bisschen eingesackt ist, aus. »Das ist Karottenkuchen«, erklärt er. »Mein eigenes Rezept. Vollkornmehl, kein Zucker, extra fettreduzierter Frischkäse als Guss …«

Wir setzen uns nebeneinander auf den Strand, blicken

hinaus aufs Meer. Ich esse ein hartgekochtes Ei, einen Apfel, und es wirkt kein bisschen beängstigend auf mich, die Stimme in meinem Kopf bleibt stumm. Ich beiße in eine Erdbeere, lasse zu, dass der süße Saft meine Lippen benetzt. Alfie legt mir einen Arm um die Schulter, und ich lasse mich gegen ihn sinken, völlig entspannt. Ich frage mich, ob er mich jetzt wieder küssen wird und ob der Kuss dann nach Erdbeeren schmeckt.

Wenn ich mich ganz doll anstrenge, kann ich die Ballettschuhe sehen, wie sie weit draußen auf dem Meer auf den Wellen schaukeln.

»Ich gehe jetzt doch nicht auf die Ballettschule«, erkläre ich Alfie. »Dieser Traum ist vorbei.«

»Okay«, meint er. »Dann also weiter mit Plan B.«

»Es gibt keinen Plan B«, erkläre ich seufzend.

»Dann überlegst du dir besser einen. Und wenn Plan B nicht klappt, dann gehst du eben über zu Plan C. Das Alphabet hat doch sechsundzwanzig Buchstaben, oder? Du bist keine, die so leicht aufgibt, Summer.«

»Ja, vermutlich.«

Alfie schneidet ein Stück Karottenkuchen ab, dass es winziger gar nicht geht, und bietet es mir an. Ich breche ein Stück ab und stecke es mir in den Mund. Er ist leichter, als er aussieht, schön saftig und süß und schmeckt total frisch.

»Der ist gut«, stelle ich überrascht fest.

»Jep«, grinst er. »Ich hab den Plan, Promikoch zu werden,

wieder verworfen. Mein Ziel ist jetzt eher die gesunde Vollwertkost. Ich glaube, bei mir ist das mittlerweile schon Plan D.«

Zerbrochene Träume … vielleicht sind sie ja lediglich das Sprungbrett zu neuen Möglichkeiten? Die Vorstellung gefällt mir.

Alfie beugt sich nun zu mir rüber und küsst mich, ganz flüchtig, ganz sanft. Er schmeckt nach Karottenkuchen und Erdbeeren und Hoffnung, und das zaubert mir ein Lächeln ins Gesicht. Ich bin mir nicht sicher, ob man von der Sorte Küsse je genug kriegen kann.

»Hey. Ich hab noch was für dich gemacht«, sagt er und holt etwas aus der Seitentasche seines Rucksacks. »Das hat ewig gedauert, weil ich zwei linke Hände habe und total langsam bin, aber …«

Er hält mir einen Gänseblümchenkranz hin und drückt ihn mir dann ins Haar, steckt ihn hinter der rosa Seidenblüte fest, eine Prinzessinnenkrone, zerbrechlich, aber perfekt.

# Ein Hinweis

Wenn du dir Sorgen machst wegen einer Essstörung, sprich bitte mit einem Elternteil, einem Lehrer oder einem Arzt deines Vertrauens und hole dir Hilfe und Unterstützung bei einem Erwachsenen. Wie Summer feststellen muss, ist es keine Lösung für Probleme jeglicher Art, wenn man die Nahrungszufuhr reduziert – im Gegenteil, das führt nur zu weiteren Problemen.

Wenn du dir um eine Freundin Sorgen machst, dann sprich mit einem Vertrauenslehrer und teile deine Bedenken mit ihm. Es ist wichtig, einen Erwachsenen einzuweihen, da eine Essstörung viel einfacher zu behandeln ist, wenn sie frühzeitig erkannt wird.

Und denk daran, dass Diäten jeglicher Art für Teenager äußerst schlecht sind: Der Körper junger Menschen befindet sich noch im Wachstum und in der Entwicklung, wenn man da die Kalorienzufuhr einschränkt, kann das zu erheblichen Schäden führen. Wenn du ernsthaft das Gefühl hast, Hilfe dein Gewicht betreffend zu brauchen, dann wende dich bitte an deinen Hausarzt.

BZga
Tel.: 02 21 / 89 20 31 (z. Zt 12 Cent pro Minute)
Montag bis Donnerstag von 10 bis 22 Uhr
und Freitag bis Sonntag von 10 bis 18 Uhr
www.bzga.essstoerungen.de

ANAD e. V. Psychosoziale Beratungsstelle bei Essstörungen
Poccistr. 5, 80336 München
Tel.: 0 89 / 2 19 97 30
kontakt@anad.de
www.anad.de

Dick & Dünn e. V. – Beratungszentrum bei Essstörungen
Innsbrucker Straße 37, 10825 Berlin
Tel.: 0 30 / 8 54 49 94
info@dick-und-duenn-berlin.de
www.dick-und-duenn-berlin.de

# Dankeschön …

… an Liam, Cal und Caitlin, weil … nun ja, weil sie einfach die Besten sind. An meine Mom, Joan, Andy, Lori und meine geniale Familie. Danke Helen, Sheena, Fiona, Mary-Jane, Maggi, Lal, Jessie und allen meinen fabelhaften Freunden für ihre Unterstützung, die Schokolade und die Umarmungen.

Mein Dank gilt auch meiner wundervollen Assistentin Catriona, Martyn für alles Mathematische und Darley und seinem Team, weil sie nicht nur total liebenswert, sondern auch noch absolut genial sind. Eine dicke Umarmung geht an Amanda, meine liebste und ach so geduldige Lektorin, und an Sara und Julie für die wunderschöne Gestaltung. Danken möchte ich außerdem Adele, Emily, Jayde, Sarah, Julia, Hannah, Samantha, Jane und den ganzen netten Leuten bei Puffin.

Mein besonderer Dank gilt Rachel H, Eva M und vielen weiteren anonymen Leserinnen, die mir geholfen haben, Summers Krankheit ein wenig besser zu verstehen. Und allen meinen Leserinnen, wo ihr auch sein mögt, ich danke euch … für eure Begeisterung und eure Unterstützung. Das bedeutet mir wirklich die Welt.

## Cherry Costello ist …

schüchtern, ruhig, immer die Außenseiterin … tut sich mitunter schwer, Wahrheit von Fiktion zu unterscheiden

13 Jahre alt

**Geburtsort:** Glasgow

**Name der Mutter:** Kiko

**Name des Vaters:** Paddy

**Aussehen:** klein, zierlich, milchkaffeefarbene Haut; glattes, dunkles Haar mit Pony, oft zu zwei hohen Zöpfen hochgebunden

**Stil:** helle Röhrenjeans, T-Shirts, alles, was irgendwie mit Japan zu tun hat

**Liebt:** Träumereien, Geschichten, Kirschblüten, Irn-Bru, Zigeunerwohnwagen

**Liebste Besitztümer:** Kimono, Sonnenschirm, japanischer Fächer, ein uraltes Foto von ihrer Mom

**Ihr größter Traum:** Teil einer richtigen Familie zu sein

## Coco Tanberry ist …

frech, aufgeweckt, freundlich, abenteuerlustig, verrückt nach Tieren

11 Jahre alt

**Geburtsort:** Kitnor

**Name der Mutter:** Charlotte

**Name des Vaters:** Greg

**Aussehen:** kinnlanges, lockiges blondes Haar, das immer ein bisschen zerzaust ist; blaue Augen; Sommersprossen; breites Grinsen

**Stil:** burschikos; Jeans, T-Shirt, immer ein bisschen unordentlich und dreckig

**Liebt:** Tiere, auf Bäume klettern, im Meer schwimmen

**Liebste Besitztümer:** Fred, der Hund, und ihre Enten

**Ihr größter Traum:** einmal ein Lama, einen Esel und einen Papagei zu besitzen

## Skye Tanberry ist …

freundlich, exzentrisch, individuell, fantasievoll

12 Jahre alt, Summers Zwillingsschwester (eineiig)

**Geburtsort:** Kitnor

**Name der Mutter:** Charlotte

**Name des Vaters:** Greg

**Aussehen:** schulterlanges blondes Haar, blaue Augen, breites Grinsen

**Stil:** Schlapphüte und Vintagekleider, -schals und -schuhe

**Liebt:** Geschichte, Horoskope, Träume, Zeichnen

**Liebste Besitztümer:** ihre Sammlung alter Flohmarktkleider und das Fossil, das sie am Strand gefunden hat

**Ihr größter Traum:** In der Zeit zurückreisen, um rauszufinden, wie die Vergangenheit wirklich war …

## Summer Tanberry ist …

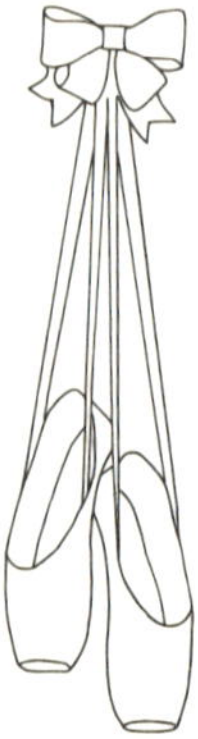

ruhig, selbstbewusst, hübsch, beliebt und interessiert sich ernsthaft für das Tanzen

12 Jahre alt, Skyes Zwillingsschwester (eineiig)

**Geburtsort:** Kitnor

**Name der Mutter:** Charlotte

**Name des Vaters:** Greg

**Aussehen:** langes blondes Haar, das sie immer zu Zöpfen zurückgebunden oder zu einem ordentlichen Ballerinaknoten hochgesteckt trägt; blaue Augen; bewegt sich sehr grazil

**Stil:** alles, was rosa ist … ordentlich, hübsch, modische Klamotten und Tanzkleidung

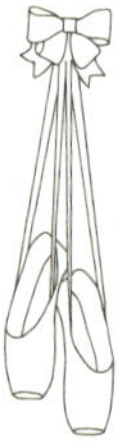

**Liebt:** Tanzen, besonders Ballett

**Liebste Besitztümer:** Ballettschuhe und Tutu

**Ihr größter Traum:** eines Tages auf die Royal Ballet School zu gehen, Profitänzerin zu werden und dann irgendwann ihre eigene Ballettschule zu leiten

## *Honey Tanberry ist …*

eine Dramaqueen: launisch, egoistisch, oft traurig … aber auch klug, charmant, gut organisiert und süß

14 Jahre alt

**Geburtsort:** London

**Name der Mutter:** Charlotte

**Name des Vaters:** Greg

**Aussehen:** langes, gelocktes blondes Haar bis zu den Hüften; blaue Augen; elfenbeinfarbener Teint, groß, schlank

**Stil:** cool; gemusterte Kleider, Riemchensandalen, Sonnenbrille, kurze Hose und T-Shirt

**Liebt:** Zeichnen, Malen, Mode, Musik und Shay Fletcher

**Liebste Besitztümer:** ihr Haar, Tagebuch, Zeichenblock, Turmzimmer

**Ihr größter Traum:** eines Tages Model, Schauspielerin oder Modedesignerin zu werden

# Summers Früchtespieße

Als gesunder, erfrischender Snack an heißen Sommertagen dienen diese Obstspieße, die du ganz leicht selber machen kannst.

**Du brauchst:**
Lieblingsfrüchte (am besten sind Kiwi, Erdbeeren, Trauben, Orangen, Wassermelone und Ananas)

- 10 oder mehr Holzspieße
- Keksausstecher in Herz-, Blumen- oder Schmetterlingsform
- Eine Schuhschachtel (der »Garten«, in dem deine Fruchtspieße wachsen)

**So geht's:**
Auf einem Schneidebrett schneidest du das ausgewählte Obst zu flachen runden Stücken.

Lege die Obstscheiben nacheinander auf das Brett und steche eine Blume, einen Schmetterling oder ein Herz mithilfe der Förmchen aus.

Nun spieße das Obst vorsichtig auf. Fertig ist der Spieß für deinen Garten.

## Herstellen einer Blume:

Schneide eine Scheibe Ananas in Blumenform zurecht und stecke sie horizontal auf den Spieß. Dann noch eine kleine Erdbeere obendrauf, sie bildet das Zentrum der Blüte. An den Stängel kommen noch ein paar Trauben als Blätter, und fertig. Du kannst die Spieße aber auch beliebig verzieren, ganz wie du möchtest!

# Fertigstellung des Obstgartens:

Verziere die Schuhschachtel, damit sie aussieht wie ein Garten. Nimm dazu grüne Farbe, Servietten, Blumenaufkleber u.s.w.

Schneide in den Deckel der Schachtel kleine Löcher.

Stecke die Blumenspieße in die Löcher, das war's!

**Top-Tipp!**
Extra frisch schmeckt das Ganze, wenn man es mit Joghurt oder einem Dipp aus Frischkäse serviert!

# Leckere Eisbecher

## Bananensplit

**Du brauchst:**

1 Banane
Vanilleeis
gehackte Haselnüsse
Schokosoße

**So geht's:**

Zerteile die Banane der Länge nach in zwei Hälften, platziere sie in einer Schale und arrangiere drei Kugeln Vanilleeis zwischen den Bananen.

Verziere das Ganze mit Haselnussstreuseln und einem Spritzer Schokosoße!

## Schokoladen-himmel

**Du brauchst:**

3 Kekse mit Schokostücken, zerbröselt
4 Stückchen Schokolade, gerieben
Vanilleeis
Schokoeis
Schokosoße
Sprühsahne

**So geht's:**

Befülle ein hohes Glas abwechselnd mit einer Kugel Vanilleeis, ein wenig Keksbröseln, einer Kugel Schokoeis und darauf eine Schicht geriebene Schokolade. Dann beginnst du wieder mit einer Kugel Vanilleeis und einer Schicht Keksbröseln. Obendrauf noch eine Schicht Sprühsahne, mit geriebener Schokolade verzieren … einfach himmlisch!

# Erdbeerbecher

**Du brauchst:**
frische Erdbeeren
Naturjoghurt, gefroren
Erdbeerjoghurt
Erdbeersoße

**So geht's:**
Die Erdbeeren vierteln, dann in ein hohes Glas schichten, zusammen mit gefrorenem Joghurt, Erdbeerjoghurt und ein paar Klecksen Erdbeersoße dazwischen.

Bis zum Rand des Glases schichten. Zum Abschluss mit den übrigen Erdbeeren und Erdbeersoße dekorieren!

© Chris Watt

**Cathy Cassidy,** 1962 in England geboren, schrieb ihr erstes Bilderbuch mit acht oder neun Jahren für ihren jüngeren Bruder. Nachdem sie einige Jahre als Zeitungsredakteurin und Kunstlehrerin gearbeitet hat, widmet sie sich heute fast ausschließlich dem Schreiben. Cathy lebt mit ihrem Mann Liam, ihren zwei Kindern, zwei Hunden und zwei Katzen in einem Cottage in den Galloway Hills in Schottland, wo Schafe und Kühe ihre nächsten Nachbarn sind.

Cathy Cassidy

# Die Chocolate Box Girls – Kirschenherz

320 Seiten, ISBN 978-3-570-16282-8

Endlich eine richtige Familie! Für Cherry geht ein Traum in Erfüllung, als ihr Dad sich neu verliebt und zu Charlotte und ihren vier Töchtern ans Meer zieht. Skye, Summer und Coco freunden sich auch sofort mit Cherry an, nur Honey zeigt sich wenig begeistert von dem Familienzuwachs. Erst recht, als es zwischen Cherry und Honeys Freund, dem süßen Shay, ganz schön knistert ...

Cathy Cassidy

# Die Chocolate Box Girls – Marshmallow-Wölkchen

320 Seiten, ISBN 978-3-570-16281-1

Die 12-jährige Skye Tanberry ist verträumt, ein bisschen exzentrisch, liebt Marshmallows, Vintage-Klamotten – und natürlich ihre Zwillingsschwester Summer. Trotzdem sehnt sie sich danach, endlich aus dem Schatten ihrer beliebten, talentierten Schwester herauszutreten. Skye flüchtet sich in eine Traumwelt, in der endlich sie die Hauptrolle spielt – und in der sie sich mehr und mehr zu verlieren droht. Ob sie es schafft, auch im wahren Leben aus Summers Schatten herauszutreten?

Cathy Cassidy

# Die Chocolate Box Girls – Bittersüß – Shays Geschichte

Nur als eOnly erhältlich, ISBN 978-3-641-15227-7

Shay, der Junge mit dem weizenblonden Haar und der blauen Gitarre, der so unglaublich süß ist und nach Meer riecht, ist Cherrys Freund. Doch das war nicht immer so. Bevor er Cherry traf, war er mit Honey zusammen, Cherrys ältester Stiefschwester. Seit sie Schluss gemacht haben, herrscht eisige Stille zwischen ihnen. Doch jetzt braucht Honey seine Hilfe. Das führt zu Missverständnissen und Streit mit Cherry. Dabei hat Shay gerade genug um die Ohren. Sein heiß ersehnter Plattenvertrag steht auf dem Spiel. Wird er nicht nur Cherry verlieren sondern auch seinen großen Traum aufgeben müssen?

60026

www.cbt-buecher.de